花儿 与手枪

成都凸凹　著

四川文艺出版社

图书在版编目（CIP）数据

花儿与手枪 / 成都凸凹著. — 2版. — 成都：四
川文艺出版社，2019.3
ISBN 978-7-5411-5257-3

Ⅰ.①花… Ⅱ.①成… Ⅲ.①中篇小说—小说集—中
国—当代②短篇小说—小说集—中国—当代 Ⅳ.①I247.7

中国版本图书馆CIP数据核字（2019）第028039号

HUAER YU SHOUQIANG

花儿与手枪

成都凸凹 著

责任编辑	金炀淏　邓永勤
封面设计	叶　茂
内文设计	史小燕
责任校对	汪　平
责任印制	崔　娜

出版发行　四川文艺出版社（成都市槐树街2号）
网　　址　www.scwys.com
电　　话　028-86259285（发行部）　028-86259303（编辑部）
传　　真　028-86259306

邮购地址　成都市槐树街2号四川文艺出版社邮购部　610031
排　　版　四川最近文化传播有限公司
印　　刷　三河市华东印刷有限公司
成品尺寸　145mm×210mm　　开　本　32开
印　　张　9.25　　　　　　　　字　数　210千
版　　次　2019年3月第二版　　印　次　2019年3月第一次印刷
书　　号　ISBN 978-7-5411-5257-3
定　　价　42.00元

花蕊山有一朵花儿

花蕊山有一把手枪

目录

花儿与手枪

算了时间，请了公休，接上宁宁，一上高速，成都在车后奔逃。

　　春天妖冶而鬼魅，惊险而荒唐，没有哪个季节比她更能让人想入非非、蠢蠢欲动的了。

　　春天没说来也来了。

　　宁宁喜欢刺激。一大四学生，扭到我这个年逾五十的半蔫子老头吠，吠的就是刺激。当然，就年岁以及年岁带来的经历、经验、身份与之相媲形成的差异论，这只是刺激的一种。

　　宁宁喜欢层峦叠嶂、层层加码、长江后浪推前浪的刺激。

　　宁宁的这一癖好，像一等比数列，至少等差数列。我对宁宁癖好的迎合，也像一等比数列，至少等差数列。只是我俩公比和公差的方向刚好反向，她的脸在刺激中越来越发红，我的脸在刺激中越来越发青。当然，宁宁并不认为脸蛋的发红、发青有什么本质的不同，两种颜色都是刺激的产物，只不过个体的生物有着不尽一致的表达罢，正常了。再说，集万千宠爱于一身的80后女孩，哪会把进了自己笼子的时间丛林中的顾惜，放了鸽子，放给自己以外的主？

这疯丫头把我折磨得脸色发青，印堂冒汗，但我愿意。因为我也喜欢刺激，只不过我喜欢的刺激品种无多，这几年，宁宁儿成我唯一的刺激。

今天，我送给宁宁的新刺激，是带她去山中，去春天，见一些惊世骇俗的宝贝疙瘩和惊世骇俗的花儿——映山红。

涂鸦，你就吹吧。她不信。吹得白泡子翻天她也不信。她不信我也不想说的，但终是没架住她赖在床边打死不趴下不献身的沉着。我说，那些宝贝疙瘩，是洞子里的军工厂，生产卫星的遗址，废弃的导弹，掩填的核坑，树尖上美蒋特务的降落伞……我神神叨叨说，没人知道那地方，它曾经是三线保密单位。告诉你吧，我曾经就在那儿献过青春。后来，这家军工厂的大部分调迁到了城里，我也随工厂离开了山沟，走向了亲亲的你。你就瞎掰吧！航天和核工咋会尿一壶里？宁宁揪了我下颌一爪，边说边爬了下去。她还没被我给她准备的宝贝疙瘩刺激呢，自己就先成了刺激我的宝贝疙瘩。

9401有枪吗？啥？枪，山里，有吗？宁宁突然想到了枪。

宁宁突然想到枪，一点不突然，相反，正常了。这是神马时候啊，刚刚真枪实弹干过，硝烟还在眼眶、鼻孔和呼吸中作收尾的文章呢！更直接的，是宾馆房间电视正播着爆头哥周克华女友被判刑五年的新闻。

永远不能说没有枪，否则，在哪儿去为这疯丫头寻找新刺激？我说，枪哇，有的，有的。一把手枪，一把真资格的闪闪发亮的手枪。我说，我知道那把枪在哪儿，是我一哥们告诉我的。哥们早死了，但那枪一准还活着！我越说越滑溜，越说越兴奋，宁宁受了感染，跟倒兴奋。

我因势利导、顺水推舟说的假话，其实是真话，至少主体部分是真话。没有诳宁宁，向毛主席保证。

　　高速只通到通绥，之后，我将越野车驶上了北去的国道。怕9401厂那地方住宿困难，就在鲆泰县城歇了一夜。工农区前几年已拆，又还原成鲆泰县一个镇了。翌晨，宁宁掌盘，沿着一条去9401厂的专用车道走着，刚进入花蕊山中，枪的故事还没听完，宁宁就被刺激得惊诧诧叫唤起来，只差把脑球蹦出天窗与低飞的杜鹃联系在一起。车外，河风轻拂，万山红遍。车子以四十五码的速度，在映山红的盛典中不疾不徐匀匀净净穿行。

　　映山红铺天盖地来了。9401厂，再次穿上了繁花似锦的十公里长大红袍。但陈大为对此熟视无睹。

　　陈大为也够倒霉的，昨天，车间，竟被一块钢板绊了下；脚崴了，肿得老高不说，一只脚出工不出力，竟让自己成了十天半月也不定伸抖的跛子。但这不算啥。

　　这两天上班，陈大为觉得周遭的人很吊诡，不是一个两个，而是个个。个个看自己的眼光，都像狐狸。陈大为预感到有事发生。事实上也是有事发生的。他发现，9401厂尤其六区三个车间的人在玩失踪，今天三两个、明天七八个地在失踪。越邻近警卫连的车间和机构，失踪的人越多。警卫连设在51公里六区地盘上，厂办公大楼和陈大为所在的四车间属于六区，相较其他车间和机构，四车间距警卫连不远也不近。

　　这天早晨，陈大为沐浴着厂广播站高音喇叭吼出的革命歌声与美女广播员黑荔哑巴出的厂内新闻，乘坐大巴，望着路边的映山红和金沙河，到了车间，屁股还没把工艺组的木椅坐热，就失踪了。

陈大为被几个身着制服、带着家伙的人推出车间,塞进警车。直到坐上厂保卫科讯问室独凳,才知道他正在被发生什么,以及周遭的人为何失踪,失踪到了哪里。

肖科长:姓名?年龄?身份?

陈大为:陈大为。二十一岁。四车间工艺员。

肖科长:四月一日晚上六点至七点之间,你在哪里?

陈大为:沿河边往宿舍走——我住47公里——顺便抓鱼,捉诗。

肖科长:捉诗?

陈大为:我爱好写诗,在金沙河寻找灵感,有什么不对吗?

肖科长:和谁在一起?谁能证明?

陈大为:我一个人在河边,没人证明,虽然也遇到了一些工人、农民。不过,也许有吧。指不定有我们相互认识的人,或认识我而我不认识他的人看见我了,只是我不知道。

肖科长:一直沿着河边走?

陈大为:不是。在Z形弯离开河边,沿公路回到了47公里。

肖科长:之后呢?

陈大为:回到47公里后,在小北京馆子下了一碗仔肺面,去了趟宿舍,随后去澡堂泡了个澡,搓了个背,再后回宿舍与小宋师傅吹牛,十一点关灯睡觉。

肖科长:四月一日晚上六点至七点之间,你看见什么人出现在了警卫连营房附近?

陈大为:我咋知道营房附近的情况?那个时段,我离营房远了。

肖科长突然问:会使枪吗?

陈大为被肖科长陡地变调的声音吓了一跳，怔了怔说：啥？问我会不会使枪？会，又说：9401的人恐怕都会吧，谁没有军训过、打过靶？

问了这些，陈大为被再次塞进警车，羁留在了警卫连一间空房里。空房不空，里面挤有二三十人。

又过了一天，空房还是二三十人，因为这一天里，进来的与出去的，人数基本相等。每进来一人，就有佩枪的主声色俱厉地大喝一声：老实待着，不准说话！有什么情况，主动揭发、交代！人家的意思是，不能用一切器官说话。但大家伙还是说了，只不过说了也等于白说，因为没人能明白那些挤眉弄眼、抓耳挠腮的意思。也不是不明白，那些挤眉弄眼、抓耳挠腮的意思，使本来的意思多了几层意思，更复杂更扑朔迷离了。空房里的每个人，开始挖空心思，想自己一生那些见不得人的鬼事。"只要想起一生中后悔的事，梅花便落满南山。"这样，看上去，他们正捂着心事，为坦白与否忧伤着，纠结着，彻夜不眠。

陈大为有理由怀疑，他的进来，与早他一天进来的小青师傅立功心切、疯狗乱咬人有关。但小青师傅不承认，直到今天也不。

一大群人失踪到军营，本来的意思是这样的。

那天，警卫连晋指导员吃过晚饭，逍逍闲闲在金沙河边溜达了半小时回来，掏出钥匙，打开宿舍门，一瞥之间，见本该像军人步伐一样整齐的床单、枕头有些走样，急忙掀开枕头，不禁大惊失色。

枕头下的一支五四式7.62mm手枪不翼而飞！

通讯员飞叉叉跑出营房，老远就听见一种凌空炸响的风声，随声寻望，就看见正恶狠狠抽打金沙河的孔连长。孔连长在河边玩打水漂时，见一根笔直竹竿歪七扭八浮上沉下漂到自己脚边，就弯腰抓在手中。而后，逮了端头，抡起臂，左一下，右一下，把金沙河当仇人抽打。啪啪啪挨打的金沙河绽开伤口，但竿起伤愈。相反，孔连长感到了右手虎口的疼痛。通讯员正在这当口跑到了孔连长面前。孔连长听说丢了枪，手上的竹竿就做了自由落体运动，一截水里，一截沙滩。竹竿仿佛吞了摇头丸，开始在漂有映山红花瓣的金沙河舞池搔首弄姿，跳起摇头舞。孔连长背着残阳跑回营房，不像驮着残阳，倒像残阳的手推着，这样，看上去他的跑就不是跑，而是飞。年长的晋指导员见到小毛头孔连长，就像一个犯了天大错误、六神无主的孩子见了严父。

"通讯员，集合！"行动果敢、从容镇定的年轻指挥官孔连长下达了他的第一道命令。嘘——嘘，连队紧急集合哨吹响。全连列队，全副武装（晋指导员除外），集合完毕。点名确认在营房吃晚饭的官兵一个不少后，孔连长命令三个排交叉清查对方的身上、床铺上以及刚才的去留处有无一支五四式手机。

口水命令变成了手脚眼嘴并举的噼里啪啦的行动。

但一无所获。

孔连长让晋指导员搜查孔连长。晋指导员很为难。晋指导员对孔连长搜身时，踟蹰忸怩的身形，活像一对初恋的同志首次试水。这还不算，令晋指导员完全没想到的是，搜了孔连长后，孔连长还不容分说地对晋指导员全身和宿舍进行了透彻搜查。孔连长的怀疑是全面的，包括晋指导员可能的监守自盗，贼喊捉贼。

通讯员有晋指导员宿舍钥匙，但他监守自盗的嫌疑已在交叉清查中基本排除。

孔连长又命令对刚才集合时最后入列的十个人，进行重新的重点的排查。

还是一无所获。

显然，孔连长首先把目标锁定在了内部。

营房背山临水，三合而围；两排平房一长一短，呈手枪形布列；长的一排（枪管）筑在山脚线上，短的一排（枪柄）一端邻山，一端抵在河堰上；长排房与短排房交叉处内侧，砌有一圆状花台（扳机护圈）；另一面，是围墙与大门。晋指导员的宿舍嵌在长排平房里，宽三米，进深五米，一门一窗；窗开后墙，很小，平开玻璃扇面后边，有钢条竖插封死窗洞。营房大门，设有门岗哨兵一名。大门外十丈远处，有一平坝，打球是球场，练武是操场。如此格局，孔连长将盗枪贼目标锁定在内部是有道理的。但排查事实说明，孔连长的道理没道理。

这一天，孔连长的最后一道命令是，除留下三位守营房的，以及全厂军品科研生产重要点位既有岗位不动外，警卫连全副武装，全体出动，以营房为圆心，向周遭扩展搜索。与此同时，孔连长在电话中向通绥军分区首长报告了失枪寻枪情况。

孔连长下最后一道命令的时候，天已完全变身成了一条极不乖觉的黑狗。金沙河的样子，只是一片三角形的哗哗水声。从后来的情况看，孔连长首先是犯了先验主义错误，而后，果敢的孔连长太果敢了。更为严重的是，他施用的是攘外须安内的蒋介石策略，而非一致对外的共产党主张。如果第一时间就沿盗贼可能窜逃的路线追捕，就算无功而返，也会离真相更近一些吧。但马后炮和事后诸葛亮于事无补，人人都会当。这样说来，孔连长就没有错了。孔连长因地制宜，从常理出发，不为小概率的侥幸所扰，何错之有？

孔连长这最后一道命令，令已然入梦的映山红陡地睁开惊疑的肉帘，瞳孔通红，好比兔眼。

没超过当晚十二点，"9401厂'四·一'盗枪案"联合专案组宣告成立。专案组由基地保卫处、厂保卫科、警卫连和军分区一名参谋组成。把陈大为如拎小鸡塞进警车，以及稍后讯问他的人，就来自这个联合专案组。按照分工，熟悉9401及当地情况的厂保卫科肖科长是联合专案组的一线具体执行官。

军营中出现枪支被盗情况，不光哨兵倒霉，晋指导员撤职、孔连长降职也在所难免。但为眼下工作计，孔连长、晋指导员依然以原职担纲着自己的职责，这样，二人对肖科长的配合就非常卖力了。谁不想追回手枪，立功受奖，以功抵过呢？组织的眼睛雪亮着呢。

联合专案组利用组织力量，工农兵三方联动，集中资源搜查寻找和走访调查了三天，虽没把手枪寻出，却寻出了一位关键证人、一件核心物证和一大堆涉案嫌疑人。

搜寻到花蕊山腹心地带时，在一无人区，几位解放军发现了两间靠岩边搭建的窝棚，随后，又抓住了一男一女两个正欲逃窜的、城里人穿着的美蒋特务。解放军从窝棚里搜出了自制火枪和西瓜刀，但没有从两位美蒋特务身上搜到现代枪支、委任状、传单和密码本。待将美蒋特务押解下山，回到营房，肖科长一看，哭笑不得。两人哪是美蒋特务，他们是几年前从9401知青点偷跑出来的一对姐弟，因参不了工，就上山刨食去了。对于他俩的行为，官方是睁只眼闭只眼，民间却将其演绎成了"姐弟开荒"的传奇故事。他俩不是美蒋特务，却不能证明他俩不是偷枪贼。这样，姐弟俩也成了盗枪案嫌疑人。

三天时间，专案组针对营房周边山林、河流、车间、职工宿舍、农民院宅，进行的地毯式搜寻，虽未达到"山要过火，石要过刀，人要换种"程度，也有那么个意思了。

陈大为进入军营空房不到一个时辰，就对自己的同伴有了基本了解。同伴中大部分是穿厂服的职工，个别的几个人一看就是农二哥。陈大为从航天技校中专班毕业，下厂没两年，因此，他眼里的同伴基本上都是陌生面孔。认识的几人中，除同车间的小青师傅等，还有大名鼎鼎的蒯老四。在9401厂十公里夹皮沟里，关于蒯氏五兄弟的传闻甚多，总之，这"五虎将"纯粹就是混混、地头蛇、大哥大、袍哥舵爷、黑社会代名词。就在上个月，因陈大为无意中撞见蒯老二蒯老四偷五十二车间铝锭，被钣金工蒯老四一把揪住衣领，棱着眼赠送过欺辱兼警告。在这儿碰上蒯老四，陈大为不说有落井下石的想法，至少也有一种幸灾乐祸的味道自心井泛开。

但即使在这样的地方，具有职业敲打锤击能力的蒯老四也没忘再行欺负之能事。陈大为穿了一件当时挺时髦的洗得发白的绿军服，而蒯老四则穿一件机油味扑鼻的劳保服。这就出问题了。蒯老四说，兄弟，这夜晚挺凉的，别冻坏了身体，来，哥这件劳保服厚实些，咱俩换下穿，行不？陈大为哪敢说不，当下就剥下换了。蒯老四的体味和体温通过衣布传递到陈大为身上，令陈大为感到了不适，但很快，又有了几分说不出的野趣与壮丽。他为这奇妙的感觉不安并恐惧。

老实巴交的文青陈大为只在空房宿了一夜，就被吆喝了出来。一出门，他看见另一间房里出来了十来个女的，于是明白羁留的不光有男同伴，还有女同伴。当时他并不知道，女同伴中，有一个是"五虎将"的三姐。这三姐，也就是险些被当作美蒋女特务的主。不错，演绎"姐弟开荒"传奇中的弟，不仅是"五虎将"中的一员，还是大哥。幸亏当时陈大为并不知悉这些，否则，他在军营中做的噩梦，一定是一间看守所，自己被蒯家两男一女掐脖子的场面。

　　从两间空房里出来的三四十位男男女女走出军营大门，来到操场上。操场在金沙河的水声和夹皮沟的风声中有些鼓荡的激动，又在满山遍野映山红照耀下现出叫春的颜色。这些盗枪嫌疑人，被立正、稍息、向右看齐、向前看、稍息等一系列动作拍整下来，队列整齐，步调一致，竟像模像样有了军人的范儿。你看他们眼仁放光，胸部前挺，腰杆杆倍儿直。之后，就一直稍息在那里，再没人搭理，动不得，走不得。情况如此，他们这才感到不是那么回事了。

　　直到一群下山的羊在映山红中露出头角，而瞎眼牧羊女又在这群羊中露出脸蛋，他们才像有了事儿做，更像有了希望，竟有些冲动和欢喜了。瞎眼牧羊女真是一美人胚子，全身上下哪儿都美，瞎去的双目（先天眼底病，俗称睁眼瞎）也像那维纳斯断掉的臂。她是老红军的孙女，民办教师的女儿，叫花儿，只有十六岁。

　　在红军打游击的年代，花蕊山属于张国焘、徐向前、陈昌浩、王树声、徐海东、陈赓、李先念、许世友等领导的四方面军的地盘。那时，根据地手握刀枪的人，万山红遍，跟映山红一样多。那时，这里叫红区，如今叫老区。瞎眼牧羊女的爷爷，就是在那时加入了穷人翻身闹革命的滚滚洪流。9401选址花蕊山中，除了自然地理原因，还有人文环境原因，而后者最愿选择的，当然是老区的群众基础与觉悟。

瞎眼牧羊女正是专案组寻获到的关键证人。寻获到瞎眼牧羊女，与瞎眼无关，与竹竿有关，与流水有关。

瞎眼牧羊女左手抱一束映山红，右手拄一根竹杖，站在队伍前方一侧，就跟女首长一样，而离她十来步远的肖科长、孔连长、晋指导员，基本上就侍从那意思。

"全体脱鞋！把鞋扔到前边！"孔连长喊。

胶鞋、布鞋、皮鞋呼啸着飞到了队伍前边。操场成了脚臭的解放区。面对脚臭的激扬欢呼，解放军不为所动。

"青发贵，出列！走！快走！跑！跑！停！归队！"随着孔连长的号令，小青师傅赤脚绕着瞎眼牧羊女转起圈来，那样子，活像一只想踩蛋的鸡太监。陈大为也出列赤脚转了两圈，所有人包括女嫌疑人都出列赤脚转了两圈。大家伙儿绕着瞎眼牧羊女转圈时，瞎眼牧羊女僵尸一样屏声息气，一动不动，但她的耳朵明显大了、长了、尖了，薄得像映山红的花瓣，透过太阳，连内里的梗子与血丝丝，都清晰可见。与此同时，她的一缩一鼓的鼻翼也离了身体，像扇翅的鹞子和小飞机，在空气中飞翔，不知在嗅寻什么。

但瞎眼牧羊女没有反应。

"这次穿胶鞋走！青发贵，出列！穿上胶鞋！走！快走！跑！跑！停！归队！"孔连长喊声又起。所有人选了合脚胶鞋走跑了两圈。

穿布鞋走跑。

穿皮鞋走跑。

但瞎眼牧羊女通通没有反应。似乎有些疑惑，又有些矛盾。突然，她愤怒了，左手一扬，手中的映山红满天飞播。她吼道："不是，不是这样的！"当无法再把愤怒与声音再往上扬时，竟哭了起来。不久，她安静下来，像一只安静的羊。

时间在操场上铺排开来，又一层一层往上码。队伍就在时间下边，处在时间可能坍塌的危险中。

除了瞎眼牧羊女，所有人的目光都望向肖科长。肖科长双手蒙眼，像在学瞎眼牧羊女的样子，只不过学得很鹦鹉。大约过了五六分钟，肖科长亮出眼睛，上前扶了瞎眼牧羊女，朝晋指导员宿舍走去。孔连长、晋指导员紧缀其后，与前边的移动物隔着人影子的距离。也就是说，你每一脚都往人影子上踩，每一脚都没有踩上。操场边，早有几位战士成为荷枪实弹牧羊人。一切归位后，操场上的队形开始归位，一分为二，男归男位，女归女位。归位路上，一上午跑了八圈的陈大为，脚跛幅愈见大了。

只有枪不见归位了。肖科长脑花用尽，也不知枪去了哪间庙。

不仅不知枪去了哪间庙，连枪是怎样出的晋指导员宿舍也没弄醒活（清醒）。专案组成立后，第一时间钻进晋指导员宿舍，锤子、镊子、相机、显微镜、药水、皮尺等齐上，但在这屁大的地方倒腾一天也没倒腾出个所以然来。莫说指纹不见一丝，连外人的脚印也未见一个。

晋指导员宿舍陈设简单，进门左边一张床，床身上方墙壁挂着棕褐色牛皮手枪套，这后墙窗下一张书桌，书桌前一把木椅。右边墙上挂有毛主席像、邓小平语录，以及正待取下的已有些摇动的华国锋像。

回宿舍，进门第一件事，把手枪套从腰间皮带上解下，抽出枪放枕底，枪套挂墙上，是晋指导员的习惯。据他讲，这一习惯，还是他从一部苏联卫国战争小说中看来的。好处是，躺在床上，即使深睡，枪也被自己把控，且伸手可及。另外，枪、套分开，也算是给谋枪者布了迷魂阵。

肖科长听了孔连长、晋指导员汇报，又察勘了现场后说，在没有鬼和外星人涉案的前提下，有三种失枪路径：部队内鬼，晋指导员、通讯员监守自盗，祸起后墙窗孔。既然前两种路径已被排除，剩下的就只窗户这一条路了。你们看，房间门锁完好，四墙无恙，房顶天棚以及地面也原封不动，未显异样，我们面临的和待解决的问题是，盗枪贼是怎样将枪取走的？窗户有窗玻璃但没有用插销锁死，这样，盗枪贼就只能通过窗孔钢栅间缝盗枪。盗枪贼是怎么知道或发现这屋里有枪的呢？这点，不用解释。只要身高在一米七五以上，或身高不足但有垫脚物弥补的，都能够从窗口一眼看见墙上挂着的枪套。当盗枪贼的首个目标行动在枪套处上当受挫后，第二个寻处，一定会是枕下。常理如此，不用多想。

肖科长在屋子里转圈说话时，将手上的白尼龙手套取了戴，戴了取。

肖科长的说话，颇似吃语症患者，既像说给别人听。窗栅间缝只拳头大，什么样的东西可以出入这个间缝，且，动静小得不能再小地取走枕下的枪呢？我这里说的动静小得不能再小，是指不能让警卫连任何一只人耳听见的声响。是野生的，或训练有素的狗、猫、猴子？不可能。最起码的，它们应该留下毛发、足迹和气味。看来，只能是人了。但这个人不可能全身而入，全身而退，因为他的硬脑壳不可能有比窗栅缝更小的尺寸。缩骨功也不行。这个人可以让手进入屋内，但手的长度却不能够着枕头下的枪，因为从窗栅到枕头最近的距离也有四米一五。那么，这个人只能借助无形的气功或有形的物质工具盗枪。而气功是可以排除的，因为我，当然也包括你们，从没见哪个人真的把一支四米外的枪隔空搬移到了自己的怀中。就只剩下有形的细长的物质工具了。一根系有重物的软绳可以够着枕头，但干不出理想的活儿。排除到这里，入室盗枪的直接嫌疑人，即唯一的工具，就是一根四米以上的竿子了。并且，竿子的端头，一定捆绑有一个可以钩牢手枪的钩子。但是，情况真是这样的吗？下面，让我们来为这个假设做个实验，模拟一遍案发现场。

说罢，肖科长从腰间抽出手枪，定睛看着，之后，用手抚了抚，用嘴吹了吹，再之后，走到床边，轻轻抬起枕头一边呈四十五度角，把枪顺四十五度角放进去，平睡在床单上，像婴儿。一放手，枕头落下，覆盖了枪。肖科长的枪，也是仿苏五四式。

一堵军营后墙，把一万吨映山红挡在了山上。

孔连长站在窗外，从室内看去，他的脸相被竖直的钢条均匀分开成几块，又像竖直的钢条，把试图分裂、均匀逃窜的脸相牢牢抓住，黏合在一起。孔连长拿着一根前端绑有铁丝钩子的竹竿，连着手臂一起伸进晋指导员宿舍，伸向枕头。当竹竿像抓屎耙刨出手枪时，枕头、床单已凌乱得不成体统。为了将铁丝钩伸进手枪扳机护圈，孔连长左支右绌，上蹿下跳，臭汗把军衣都透穿了。这个时候的脸相，就像癌到了晚期，五形都脱了。钩子

前进，护圈前进，钩子后退，护圈不后退，钩子上挑下摁，护圈
遍地打滚。护圈对自己的捍卫，让钩子的企图一败再败。但最终
还是进去了。钩子钩吊着手枪，离开了床单与枕头。在离地两米
的空中，枪向窗洞飞去。摇摇晃晃的枪，荡着秋千，阳光把它黑
不溜秋的皮肤，洇染得白亮如冰。白亮如冰的枪管，在空中寻找
游戏的目标，明知枪未开锁，但枪口晃向屋内的自己时，不管是
谁，都下意识歪一下腰身。如果瞎眼牧羊女这会儿也待在这儿，
只有她会是唯一的例外。枪终于飞到了孔连长手上。孔连长把枪
贴心口，虚脱得躲在窗洞下，跪歇了好一阵。

通讯员、晋指导员也模拟还原了盗枪现场。

结果是，孔连长的成绩最好，也即最接近盗枪人，最像盗
枪人。

但接近一词无疑是可疑的。它可以相当于没有，空气，屁。
隔一粒米、一片纸，其实隔了九重天。

其实，晋指导员还没完成模拟，就被迫中止了。晋指导员没
完成模拟，却花去了比孔连长更长的模拟时间。晋指导员的竹竿
在空中一下一下啄食目标，却被肖科长一把夺了去。晋指导员身
心在目标上，没留神，身子被竹竿带着往前一送，窗户钢条立时
被脑球撞得像叫驴一样叫唤。

肖科长神经质的动作，把屋子里外除他以外的所有人吓了一
大跳；让晋指导员直想骂娘，但他已不是完整意义上的晋指导员
了，因此，骂娘是不成立的。大家伙儿不知发生了什么，看肖科
长，是一把俊逸而危险的枪站在那儿，更是一粒隽小而恐怖的子
弹悬在那儿。

肖科长夺过竹竿，像抓了一块红炭圆，生怕烫着似地飞快丢

在地上。竹竿顽童般在地面蹦跶了一会儿，就如一条过冬的竹叶青，一动不动睡在晋指导员宿舍的洞窟里。肖科长蹲下身子，看了竹竿粗端口，又看细端口，甚至屁股朝天，将鼻子伸到端口深深地长嗅了一通。肖科长做这一切，一直戴着白尼龙手套。

肖科长立起身子问通讯员，竹竿哪儿来的。通讯员说，河边捡来的。又问，捡来就这么长吧。通讯员说是。再问，竹竿怎么去了河边。通讯员说，孔连长知道。

孔连长再次成为营房王国主角。他有些恍惚，好像这个主角离他已有千年之远。刚刚勃兴的感觉，又陷入疲懒与忧伤。

听了孔连长回答，又去河边看了现场，肖科长一气把两道指令作一句话说了：马上打电话请地区公安局火速支援一条警犬，盗枪贼顺金沙河边朝上游跑了！

对肖科长而言，这真是落竹无意，流水有情啊！

因为精准锁定了盗枪贼逃逸方向，专案组只用了一天半时间就找到了目击证人，准确地讲，是找到了耳击证人并鼻击证人：瞎眼牧羊女。

除了雨天大雪天，瞎眼牧羊女每天都会去同一片山坡放羊，又会在天擦黑之前，沿同一条山路吆着羊群回家。

营房背后有多条山路，但靠近河边的山路只有一条。这一条，正是瞎眼牧羊女上山与回家的主路。

在官兵晚上饭口下手的盗枪贼，得手之后的逃逸，一定会与瞎眼牧羊女劈面相遇。

瞎眼牧羊女说，那个时间，她的确听见了一个人从前面跑来，跑到她后面去了。那一阵，她还嗅到了那一阵风的气味。

还没从大山褶皱和映山红迷宫中找到瞎眼牧羊女，一条眼睛特大鼻孔特小的搜捕犬就到了。

　　带犬人员把犬带到晋指导员宿舍后墙窗外，让犬嗅竹竿。嗅过之后，犬并不急于走，而是突然后腿直立，前腿趴在窗栅上，把嘴筒连同一条猩红的长长的舌头伸进屋内。晋指导员的宿舍一下子阴黑了脸。屋里的人，无不处于犬的阴影中。

　　犬的背后，映山红在太阳的火盆中燃起冲天大火，又悄无声息。

　　屋子复又亮堂没多久，犬绕军营半圈，大摇大摆通过门岗，走进军营。正朝大门急匆匆走来妄图尾随犬的一群人，不承想被犬反找了来。犬拦住这群人去路，从中扯出了孔连长、晋指导员和通讯员。犬立功似地大声说，汪汪汪。三人立马现出黄泥巴掉裤裆不是屎也是屎的紧张。肖科长在心里骂道，妈的，竹竿上就算抹了粪，刻了字，也被河水刮没了，被沙石拉白了！

　　带犬人员再一次把犬带到晋指导员宿舍后墙窗外，让犬隔着窗栅嗅了晋指导员枪套，又嗅了孔连长五四式手枪。犬沉思了一会儿，就在那一会儿，带犬人员看见全世界的风流动起来，朝犬鼻洞吹拂。犬走进军营，很快找到目标，完成了任务。犬跳到晋指导员床上，把挂在墙上的枪套挂在自己嘴上，呈递带犬人员。犬又扑向孔连长，嘴脚并用，三下五除二就下了孔连长的枪。孔连长显得惊慌，既往的练习与洗脑，都是下别人尤其苏美蒋的枪。

　　直到犬跳上吉普车前，犬也没能在军营捞到一顿可口饭菜。吉普车点火那一刻，肖科长真想把犬倒吊在河边黄桷树上，剥了它的皮。他这样想，其实是更想剥了盗枪贼与自己的皮。

陈大为们穿了自己的鞋回到空房，刚刚吃了午饭，又被叫了出来，又被集合了在操场。原因是，瞎眼牧羊女的耳朵看见了响尾蛇一般的竹竿。

肖科长扶着拄竹杖的瞎眼牧羊女走进晋指导员宿舍时，怕地上的那根竹竿绊倒了瞎眼牧羊女，就一脚踢在了墙边。瞎眼牧羊女听见竹竿响动，怔了怔。肖科长把她扶在床沿坐下，她像木偶一样，呆了很久才坐下，坐下也像木偶。午饭后，瞎眼牧羊女说话了：那是竹竿的声音吧；饭前，进门当口，肖科长踢的。肖科长只怔了不到两秒钟就发出了自己短硬如竹节疤的命令：

"把嫌疑人带到操场上去，集合！"

肖科长在屋子里转圈，抽烟，有大红鸡公的兴奋。身处圆心位置的孔连长、晋指导员呆若木鸡。

通讯员跑来，军礼，吐词："报告，集合完毕！"

走，拿上竹竿，去操场。肖科长一边发命令，一边扶起瞎眼牧羊女。

操场。盗枪嫌疑人队伍中的陈大为看见一根四米三长的竹竿向操场，不，向自己走来，一颗心就似搁在火车几案上的苹果，开始没有方向感地晃摇起来。透过长矛长枪般的竹竿，陈大为还瞥见了映山红上空杜鹃的翻飞，听见了蜀王化鸟，杜鹃啼血，以及20世纪30年代红缨枪长竹矛在万源保卫战的白匪阵中发出红色的呼啸。陈大为知道，竹竿，正是枪案的核心物证。

是的，陈大为一走进空房就知道被羁留的本来意思。全世界也只有陈大为知道比本来的意思更多的意思。

陈大为不仅是犯罪嫌疑人，还是犯罪人。宁宁一歪脸，正正经经判断说。

"还是宁宁聪明。"我左手握方向盘，右手刮了刮宁宁的鼻子。又说，"这鼻子，灵呢。"

你讲手枪故事，一讲就讲到陈大为那里去，陈大为不是盗枪贼，谁是？涂鸦先生，你不就是一者名诗人吗？你那点脑水水，诓我，门儿都没有！为示幽默，宁宁故意将著名说成者名，还没说完，就斜了身子，一头埋在我的大腿上。正因为处于这样的身形，疯丫头的叽里咕噜的后半截话，也只有我能够连懵带猜成个形儿，换了其他人，不成。

开了一整天车，终于钻进山里的鲆泰县城。第二天，换宁宁开车，沿一条堆满映山红的夹皮沟，向9401厂驶去。金沙河还像三十一年前那样流淌，只不过没有那么汹涌了。大山拉尿也跟人一样，随着年岁增大，飙扬的劲力小了？

可是，陈大为到底是咋个盗枪的呢？他被抓了吗？还有，陈大为小屁娃一个，偷枪干吗？

甭管假老练的宁宁问的语速有多慢，也没能掩饰住刻在她心上的那十万个急字。哼，求俺了吧。尽管放马过来！

依旧是保卫科讯问室。作为主审官，肖科长再一次审起陈大为来。陈大为一副有求必应，破罐子破摔的二球（无赖）样。

陈大为，说，你为啥盗枪？动机，动机何在？

不为啥。好玩呗。

啥不好玩？为什么偏偏玩枪？

啥都没有枪好玩。砰，砰，我代表人民，判处你死刑——多带劲儿。

还有呢？

练胆呀。我现在胆儿小得连同学佟哑花都不敢追。暗恋了两三年，一个成形儿的字也没出口。

佟哑花不是厂男篮队长展二娃的女朋友吗？我明白了，你精心策划，预谋，准备，就是想盗一把枪，射杀情敌。对，这才是你陈大为盗枪的真正动机！

拉倒吧，扯什么蛋！我要是这动机，他展二娃当天晚上就该躺下了，还见得了第二天的太阳？

那是为啥？

就想拥有一把手枪，据手枪为己有，却不使用。国外不是有手枪收藏家吗？这感觉好玩极了。懂不起？这就像我们厂生产导弹，只是为国家备在那儿，指不定永远也不会发射呢。

扯球淡！

这个时间还没轮到肖科长审讯陈大为。以上对话的被审讯人是陈大为，审讯人还是陈大为。在营房空屋里，陈大为心里的陈大为与心里的肖科长经常开展如是对话。陈大为抱头猫着，一声不吭，正是二人大声博弈的时候。

那天晚上，陈大为六点零五分走出工艺组，在考勤柜前翻牌后，出了车间。公路上，下班人流稠密如蚁，一些挤大巴，一些骑自行车，一些步行。陈大为磨磨蹭蹭来到公路上时，人流大势已去，很快，都有些寂寥了。陈大为下了公路，走了几十米金色油菜花畦埂，进入山边灌木林，跑了百把米，就在路边映山红丛中抽出了一根端头绑有一只半红半蓝马蹄形磁铁的竹竿。又跑了不到百米，到了营房后墙根。蹲在晋指导员宿舍窗口下，戴上车间发的劳保、白色线手套。轻轻一推，玻璃窗开了，青壮单身男人的一股骚味脱屋而出，鼻毛挡不住。但骚味被军营嘈杂的开饭声瞬间消解了。

陈大为用竹竿将马蹄形磁铁伸向晋指导员宿舍墙上的枪套。马蹄形磁铁像蛇头一样拖着竹竿快速前进。离枪套五十厘米，蛇头慢下来，吐纳真气，一寸一寸移动。很明显，胜算在握、信心满满的蛇头，不屑于对一把枪亲自动手，只喊了声缴枪不杀。它这会儿悠哉了，一心等枪套连同枪举白旗，自动走向自己，乖乖进入口中。但是，直到蛇头离枪套只一寸之远，枪套也纹丝不动。蛇头大惊，继而大怒，一口咬去，却被枪套使了凹劲，反吸了进去。蛇头缩颈一看，枪套哪里是枪套，纯是轻飘无物的一团怪风。

蛇头只犹疑了几秒，就一个俯冲，到了枕头边上。还没开始进一步动作，一把乌黑的手枪就亮晃晃从枕下飞出，像一只凶猛的鹰隼，腾空叼住了蛇头。蛇头猝不及防，还没看清咋回事，就本能地缩回到了窗边，回到了耍蛇人陈大为手中。

陈大为轻轻一拉，玻璃窗关了。捞起衣裳，手枪贴肚皮插在皮带上。陈大为飞快给了磁铁一个吻，就像赏了猎鹰一块吃食。

陈大为跳上营房后堡坎，穿过一片映山红，上了临河山路。右手隔衣按枪，左手攥着连着竹竿的马蹄形磁铁。一会儿跑，一会儿走，竹竿像他的尾巴曳地而行。连跑带走了一两里许，一上坡拐弯处，与拄着竹杖慢慢行走的瞎眼牧羊女迎面相遇。这个，早想到了。不但不惊惶，反而还为自己计划的精准性而自恋不已。其实，是先与瞎眼牧羊女的歌声相遇的。"夜半三更哟盼天明，寒冬腊月哟盼春风，若要盼得哟红军来，岭上开遍哟映山红……"瞎眼牧羊女唱的是电影《闪闪的红星》中的《映山红》。唱得真好听，陈大为都听得差点忘了自己干吗来了。

与瞎眼牧羊女和一群羊擦身而过不久，陈大为扭开铁丝，取下马蹄形磁铁，手臂大尺度一挥，将竹竿扔向了山下的金沙河中。竹竿飞行了一小会儿，借了三四十米落差的势能，狠狠地插入水中，又优雅地浮上来。浮上来时，早不在原处，顺水位移了十多二十米。空中，映山红花瓣在夕晖中飘飞，它们是粘在竹竿上又从竹竿上簌簌掉落的，它们像一些风中的红唇。

望着竹竿的去向，陈大为突然后悔了，但来不及了。不管后悔的啥，全都来不及了。

陈大为轻车熟路离开山路，钻进映山红丛林，跑到一排山崖前。他伸臂从一条深狭岩缝取出一塑料袋，将手枪塞进袋中，扎死口子，又将有了分量的塑料袋塞进岩缝。返身山路，绕过51公里处的军营，潜行至河边。

在49公里Z形弯处，踩着圆木桥到了金沙河对岸。看见河边三三两两的男女，工人农民都有，钓鱼，捉鱼，赶牛，走路，还有的在干啥球事，他压根儿不关心。

陈大为过河后，沿河边沙滩走了一阵，正要翻河堤上公路，却见展二娃、炸弹、小青师傅等几个厂篮球明星和球迷走了过来。他们笼着球衣，把一篮球在空中五花八门颠来簌去的。妈的，佟哑花居然也在其中，并且，还紧紧傍着展二娃！陈大为急摸腰间硬物，却什么也没摸到。陈大为勾了头，等狗日的挨枪的这伙鸟人嘻嘻哈哈走过之后，才上了公路。

走拢47公里，9401的天已麻麻黑了。而陈大为的天，刚刚露出鱼肚白。

竹竿走到嫌疑人队伍前停了下来；竹竿插在通讯员这墩底座上；此前像撑竿跳运动员一样走来的通讯员，角色获转变——他把竹竿交了出去。

羊群还在不远处映山红间缝埋头吃草。羊什么都不做，一生都在幸福地吃草。不知羊知道不，自己一路拉的屎蛋子，是帝国主义修正主义的飞机炸弹都奈不何的玩意儿。基于这样的见地，中国三线军工厂无不以"羊拉屎"作为自己的建设布局。"羊拉屎"光荣着军分区，也头痛着军分区，更把驻厂警卫布防官兵折腾得够呛。

又开始绕瞎眼牧羊女转圈了，与上午不同的是，此次转圈的人，均握着竹竿的一头，让另一头拖在地上。还有一个不同，上午太阳在东边看，下午太阳在西边看。

陈大为的紧张可想而知——他已做好了被瞎眼牧羊女听出来的准备。他跛着脚转圈时，关闭了一切器官，在耳上的用力比瞎眼牧羊女都大，瞎眼牧羊女可是分了一部分力在嗅觉上的。

赤脚。胶鞋。布鞋。皮鞋。

每人两圈，嫌疑人跑得不见了。操场上，嫌疑人都缩身变形为赤脚、胶鞋、布鞋、皮鞋。在孔连长看来，这一套滑稽的动作其实是肖科长布置给大家伙儿的作业。圆规的一只脚是瞎眼牧羊女，另一只脚是嫌疑人。

蒯老四是最后一个跑的。穿着旧军装（陈大为的）、新皮鞋（恰好是他自己的）的蒯老四正跑得扎劲，瞎眼牧羊女竟突然爆了个响亮的喷嚏。不知是有情况还是累坏了，感冒了，总之查枪大戏落幕前出了喷嚏。正是这个喷嚏让蒯老四倒了霉。瞎眼牧羊女一再说，她的喷嚏与枪无关，与贼无关，但蒯老四还是倒了霉。

蒯老四的霉倒得不算很大，他在基地保卫处黑咕隆咚的地下室蹲了两月不到就出来了。谁都想找出蒯老四盗枪证据，谁都没找出。蒯老四出来了，但大家伙儿还是认定他是盗枪贼——9401，蒯老四不是，谁还能是。

那天下午，四米三的竹竿成了三米四，足足短了九十厘米。作为物证，这根竹竿归入了基地"9401厂'四·一'盗枪案"档案。短了的竹竿高了起来。这是后话。

晋指导员、孔连长盯着竹竿，想的是，他们的人生前景如果短了，一定是短竹、短枪的短。

本女子当然知道，陈大为没被瞎眼牧羊女揪出，主要得益于两点，非常偶然的两点：声音与气息的变化。这个，恐怕陈大为这傻B自己都不清楚吧。相反，陈大为一定认为瞎眼牧羊女笨、肖科长傻呢。其实肖科长大大的狡猾，瞎眼牧羊女大大的聪慧。

宁宁分析完点评完感叹完，又说——说相调皮至极，喂，涂老师，你咋知道陈大为是这样偷枪的呢？猜的。屁，鬼才相信。当然不能相信。告诉你，陈大为是我哥们兼诗友，我俩都是9401颜色主义的成员，我还是常务副社长呢。

所有问题，在宁宁那里是问题，在我这儿则不是。毕竟，吃的盐比她吞的饭多，过的桥比她走的路多，虽然这一点也不值得骄傲，甚至让人沮丧。

我不仅不是猜的，整个故事，还真是陈大为一字不漏告诉我的。

宁宁猜到了陈大为是偷枪贼，却万万没想到陈大为就是我。"涂鸦"只是我的笔名，陈大为才是我的本名兼曾用名呢。

宁宁因崇拜而认识涂鸦，因陈大为毫无名声而不认识陈大为，情况就是这样的。那时我与宁宁感情已很深，但相识才一二月；那时我还没告诉宁宁，我是涂鸦，我更是陈大为。情况就是这样的。

基本空空如也的9401厂总算到了。

一到9401，宁宁似乎早忘了洞子呀卫星呀导弹呀核坑呀美蒋特务降落伞呀的茬，直嚷着寻枪去。她说，找到枪，刺激了。我说，何需找，俺随身带着呢。她顺着我的淫笑看了我下边一眼，蛮横而贪婪地嗯一声，不行，本女子两把枪都要！

从县城到9401，按照宁宁的示谕，我指路，宁宁把车径直开到了昔日军号嘹亮如今衰朽成蒿的军营操场。又捡了一根围菜园子的长竹竿拿在手上拖着。之后，我俩学着当年陈大为的样儿，逆着河水，喘着粗气，沿着他当年逃窜的临河山路，且跑且走。竹竿一会儿在她手上，一会儿在我手上。路上，我俩看见了不远处一群在映山红间缝中啃草的羊，还听见了远山传来的一声打猎的枪声。这里曾是红军根据地，红军来前走后，也曾是王三春等土匪盘踞地——当地土著历来以彪悍善战驰名。在一视野开阔处，金沙河在山下高调地流着。宁宁说，竹竿，我要扔竹竿。我把竹竿递给宁宁，宁宁就以想象中的陈大为姿势，把竹竿奋力抛了出去。宁宁是自下而上抛的，竹竿飞得不远，但高，粘在竹竿上的映山红花瓣脱落下来，竟有几瓣回到了我俩脸上。宁宁对着河对岸，山呼万岁。末了，兴犹未尽，还摘了一捧映山红花瓣，来了个天女散花无穷乐。

我俩很容易就走到了一堵十几米高、百来米长的山崖前。

　　"涂鸦，陈大为没告诉你具体的藏枪位置吗？"宁宁眼睛对着山崖说。

　　"告诉了呀。他说就在这山崖壁上的一处岩缝里。对了，他说在中段，那条岩缝。"我做回忆状说。

　　"你们就没来找过？"宁宁又问。

　　"陈大为本就是闹着玩的，他要枪干吗？我就是想要，也不敢呀，惹事！再说，谁知还在不在呢？"

　　好啦！找枪，谁先找到谁得奖励，比赛开始！

　　慢！奖励啥？

　　让我想想。对，奖一个要求。赢的一方可以向输的一方提任何要求，输的一方必须答应！

　　那，那我要是赢了，就要求你与我在映山红中野合，像孔老夫子的妈老汉在桑林中那样。

　　随你。开始吧！

　　和平年代，两个人的寻枪比赛。我找得起劲，汗都出了，自然是装模作样出来的。宁宁也找得起劲，并且，从她的搜寻范围趋势来看，越来越接近藏枪地了。我突然一惊，这疯丫头铆足劲寻赢，该不是借此要求我离婚，而后与她怎么怎么吧？念及这一层，急忙赶在她前边，将手臂伸进岩缝。但是，我摸到的是败草、映山红枯叶和一把拧得出水的空气。怎么会这样？

　　干啥呢？找枪吧？枪在这儿呢！

　　一中年女人的声音从背后传来。吓得一愣，转过头，却见一位穿得干干净净利利索索的农妇，睁着眼一眨不眨对着我。不远处映山红中，一群羊开始发出涧水一样深蓝的轻咩。中年农妇手掌上垫着一张洁白手绢，手绢上，是一个脏兮兮已然脆化的塑料袋，塑料袋上，是一坨褐黄色屎疙瘩。再定睛一瞧，那褐黄屎疙瘩，竟是一把锈得一塌糊涂的手枪。假若中年农妇没拄一支竹杖，没眨眼，我应该很难将其与瞎眼牧羊女画等号；俩女人的声音，一尖嫩如映山红花儿，一粗老如映山红秋叶，差别大了。

我本能地说：你是——

瞎眼牧羊女没搭理我，径直说：我等你等了整整三十一年了。三十一年前的今天，你把枪藏在这里，我找了五年，才找到它。我想，你一定会来取枪的，就在这山上等着，没想，一等又等了二十六年。今天，你终于来了。谁来了，谁就是盗枪贼。你来了，你就是盗枪贼！

我本能地狡辩，我看见宁宁走过来站在我和瞎眼牧羊女之间的旁侧了。我说：不，我不是盗枪贼，不是！可我知道谁是，真的知道！

瞎眼牧羊女说：我不会认错人的。你刚才拖着竹竿上山时，我正在路边一块大石后边厮尿。我听见了，又嗅到了。你的声音、气味，跟三十一年前的那个盗枪贼一模一样。

我望了宁宁一眼，说：不，大姐，妹子，我从没到这里来过，你可能产生了幻觉……

瞎眼牧羊女说：跟我到军营找解放军叔叔自首去吧。走，找肖科长、孔连长，还有晋指导员去。我要像爷爷一样，挣表现，为党、为人民再立新功！爸爸说，公社书记发了话，揪出盗枪贼，还有参工指标呢！

我说：他们早不在这里了。大姐，你是不是……我跨前一步，悄悄对宁宁说，这女人疯了，我们赶快跑吧。也不等宁宁反应，一把拉了宁宁的手，就朝山下跑去。瞎眼牧羊女在身后大喊：你才疯了呢！跑什么跑，我逗你玩呢。盗枪贼！我抓你，仅仅是证明我能抓到你，仅仅是证明我当年没有对解放军和肖科长撒谎，没有别的意思！别怕呀！哈哈！

拉着宁宁跑了一阵，宁宁就不再跑了。宁宁甩开我的手，正色道：滚开，陈大为，你就是盗枪贼！

宁宁！

别碰我！

宁宁一溜烟跑了，比风都快。衣衫，把映山红刮拉了一路。

我枯坐路边，颓唐得一下子老了十年，二十年。那首《映山红》从山崖那边传了来：夜半三更哟盼天明，寒冬腊月哟盼春风，若要盼得哟红军来，岭上开遍哟映山红……歌声与三十一年前一模一样，就像录了当时的音现在放出来。不明白，同是瞎眼牧羊女的声音，说话与唱歌，一变一不变，为什么差异如此之大？

不明白，瞎眼牧羊女，到底是真疯还是装疯。

山道上满是映山红花瓣，我却不能阻止自己踩下。

回到操场，拉开越野车门，竟看见一张笑吟吟的脸——是宁宁！车内响着广播，宁宁正在收听一地方娱乐台，内容是彭丽媛伴夫外访归来后有关她衣饰、手提包款式牌子被爆炒到多少多少万元的八卦。

宁宁说，涂鸦，老公，上来呀，愣着干吗，不认识你老婆了？本女子巴不得你是盗枪贼呢，巴不得那睁眼瞎女人说的是真的呢。多刺激，傻瓜！只可惜，几十年的老皇历了，有刺激也稀了，淡了，哎，没劲，真没劲。我说，宁宁，你真希望我是盗枪贼？宁宁说，嗯，真希望。我说，我还真是，我还真是陈大为。
宁宁不信，说何以证明？我从汽车后备厢取了一件东西递给宁
宁。我说，这个就能证明。宁宁接过被绸缎包裹的东西，问，这
是啥？我说，枪案故事中，那只半红半蓝的马蹄形磁铁。

　　宁宁惊得手一松，嘭一声闷响，东西掉落车上；一只马蹄形磁
铁从绸缎中得得跑出，咴咴咴叫；幽幽的光，一半红，一半蓝。

　　宁宁两眼大得像两朵映山红，露出的是我无法拿捏的下一步
会做什么的表情。我是什么表情？妈的，不至于在这个小丫头片
子面前显出这愚人节一样的傻样吧？

　　今天，四月一日，跟三十一年前一样，也是映山红花儿铺张
浪费得完全不计后果的愚人节。巧了。

　　　　花蕊山有一朵花儿
　　　　花蕊山有一把手枪

　　　手枪不知花儿在哪里
　　　花儿漫山遍野，手枪知道
　　　她叫映山红

　　　手枪还知道
　　　有位美丽的村姑，名叫花儿
　　　但她不声不响，她是聋哑人

　　　多的多得过余，少的少得过分
　　　手枪也不知道

手枪自己在哪里

手枪哪里知道
它的知道，不知道
花儿全知道

既然逃出庙堂
相忘于江湖又有什么不好

故事的结局是
观音岩中，手枪完全锈了
松软，低回，锈成一把炭黑的黄花

2013—3—23一稿，2013—3—26二稿

总统套房

1

情况是这样的。

搬开鞋柜，我开始沿入户门两侧拆护墙板。没一会儿，撬开一段红影护墙板后，竟发现墙体有一处凹穴，凹穴中有一个塑料袋，黑色，鼓胀。发现塑料袋后，我用手指摁了摁，又打开看了看，惊异不已，阴倒高兴。塑料袋里是一堆人民币。见在隔壁干活的小陈、老唐正抡圆二锤砸间墙，就把塑料袋取出，爬上地铺，掖进铺盖卷里。

然后，我让小陈去联系运渣车，让老唐去小区物管办理车辆出入手续。

两人一走，我就向铺盖卷扑去。

一万一叠的现钞，五十叠，还有一张牡丹卡出现在我肮脏、破烂的地铺上。

将牡丹卡向窗外扔去，还没出手，又收了回来。我扯了一块水泥包装纸包了牡丹卡，放进墙体凹穴里，又塞了几匹断砖。

我不知道队长为什么让我装这样一套房子。他说："财哥，五星级的，总统套房，你吃得下吗？"我说："只要子弹足，别说五星级，十星级也吃得下！"他说："这是单包工程，我供材料，你挣工钱。""辅材呢？""你想自购？""嗯。""那可是要垫资的。""队长付大头，我垫小头嘛。"

看了图纸，我说："狗屁五星级，最多刚上星，勉强二星吧。"队长笑了："狗屁总统套房，也就那么一说，打肿脸充胖子，求个心理安慰呗。""哦，这样。""不过，格局可是按总统套房设计的，主卧、次卧、主客厅、次客厅、娱乐厅、厨卫、各种配套设施，麻雀虽小，五脏六腑，样样俱全，一样不拉。"

协议就这样达成了。没有骑缝章，甚至可供捺指纹的一纸文字也没有。队长一个电话，我就到了城郊一家蓬头垢面的洗头房。一见面，队长就抱怨道："你他妈真他妈难找。"我嬉皮笑脸："别人不好找，你队长找我，还不是裤裆里抓小鸡！"队长笑了，踢我一脚："那倒也是。"我们一人压着一个洗头妹，一边干事，一边说事。下边干完了，上边也谈完了。队长找我做工程，总是这样。他以为我好这一口，其实，我以为他更好这一口。因为把活儿给我，所以我请了客。我知道，下回付款，还得我请客。

装之前的第一道工序是拆。

因为队长让我装的总统套房，目前还只是一套二手房。

这套二手房在滨河花园里，进小区大门左拐，第一幢楼，第十二层。

七八年前，滨河花园，这座城市的楼盘翘楚，如今，已成隐于市井的隐了。

二手私宅改造成总统套房，拆卸的动作比较大。按照队长交给我的图纸要求，除梁柱外，基本上要拆除掉原房中的一切。好在滨河小区楼盘系全框架结构，可以这样做。

这样做当然好。谢谢全框架，谢谢总统套房，谢谢亲爱的队长——因为你们，我发财了！

我发财了，但我隐忍不发，没事一样。现在想来，我如果就此脚底板抹油，溜之大吉，或许真能在另一座城市成为准中产阶级，至少，不会在短短一年时间里就闹出了动静，犯了事。

五十万，让我想精想怪，不知天高地厚。

2

把二手房完全拆空之后，队长带来了一位女人。

当时，我带着小陈、老唐正在打槽开洞、敷设线管。小陈、老唐是装修行里的多面手，从拆卸工到水电工，过渡自然。

女人站在灰白一片的巨大水泥洞穴中，显得小而生动，轻而鲜艳，像三月桃花开在冬月间。

此前，我问队长房主是谁。队长抖着图纸说："你他妈问这么多干啥？图纸，图纸就是你的房主，也是我的老板！"房主是谜，是隐形人，这，大异于以往。

但队长带来这个女人后就改了口。队长对我和女人说："这是财哥，哦，你叫他老财吧，他是我们施工队总统套房项目负责人。这是丁老师，就是这套房子的房主。财哥，从今天起，你一方面要照图施工，一方面要服从丁老师的监督指导。"我双脚一并，解放军似的立即回答："是，队长！从今天起，丁老师叫干啥就干啥！"丁老师笑了："老财，你还是听图纸的，听队长的。"我说："队长，你是我的老板，你看，这——"队长说："从今天起，我不是你的老板了，当然，你的工程款，还是我来付。从今天起，图纸和丁老师，就是你的老板。丁老师，你看这样行不行，图纸说清楚了的，财哥听图纸的，图纸没说清楚的，甚至没说的，听你的，好不？"丁老师说："我哪懂装修？我看，我们就听队长的安排吧。"

"丁老师要改图纸咋办？"我问队长。

"改吧。"队长说，"丁老师说改就改，丁老师说怎么改就怎么改。"

丁老师装着没听见，背手，看起房来。满目的水泥钢筋混凝土，你能看出什么来呢？就装吧。

按照队长安排，丁老师就开始对我颐指气使、吆三喝四、横挑鼻子竖挑眼，行使起房主权力来。

房主是老板的老板，是钱源的终端，所以房主有这个权力，这个脾性。对此，作为挂靠在装修施工队下边的小工头，我早已习惯低眉顺眼、逆来顺受，以全心全意为房主服务的心态作为自己的思想准则和行为宗旨。但是，想方设法在工程中获得最大利益，又是我的最低追求和最高目标。

这样一来，我与丁老师的关系又成了暗中较劲与虎豹博弈后，双方妥协的结果。这样的情况，常有，甚至一天好几次。比如，她让我在次卧东墙上多开两个插座孔。我说没必要，已经够多的了。再说，你说晚了，现在返工，很麻烦，费时耗工。她说有必要，一定要开。最后，好说歹说，她想通了，我也想开了，她终于同意只开一个，并在工程增加单上签了字。

老实讲，丁老师的字写得不怎么样，但它是结算依据，是钱，所以我把它小心又小心地放进工作包里。

丁老师有次签字的时候，长发一甩，竟拂过了我的脸。我看见她长发很黑，我感到自己脸蛋很红。压着怦怦乱窜的心跳，我害羞地退后了一步半。

这样了两次后，我不仅不后退，反而前进了两步。我把单子连同一本地摊杂志递向她，却抓住不放，让她以我的手板为办公桌。如此，两张脸就几乎贴到一起了。如此，丁老师如兰气息，纤幽，却哗一声泼了过来。

由于装的是跃式房，丁老师就老是在楼上楼下奔波，这就为我造成了机会。

如果运气好，她上楼正好穿裙子而非牛仔裤，我就能仰脸，透过梯阶，窥见她的裤衩，厚薄，色泽，宽窄，都能窥见。梯步的颠簸，更是让她的乳房波涛汹涌，形如地震。

她在楼下，而我在楼上，则可让眼睛顺乳沟钻进，把她的冰肌玉体亲吻、抚弄个够。为进一步造成这种居高临下视点，我高空作业时，故意忘了某样东西而让她踮起脚尖递给我。这时，小陈、老唐之流，会急忙蹲下拿材料或工具，眼睛就顺着她的裸腰往上打木锲子。

小陈、老唐之流还有更过分的时候，他们在连接空压机与喷枪时，假装胶管失控，竟让突起的大风把丁老师的裙、衫吹得乱了章法。丁老师扯着裙、衫惊叫，嗔骂。我狠狠瞪了无耻之徒一眼。

男人们的肮脏心思在丁老师如厕时原形毕露。那时，所有的男耳都尖向一个地方，即使什么动静也没听见也这样尖着。我们装模作样干着手上的活儿，耳朵却与想象达成同谋。丁老师走出卫生间，空茫地扫房舍一眼，我们纷纷低了头。几次之后，丁老师如厕，从头至尾都响着水声，她拧开了卫生间所有龙头。

丁老师的所有细节都没逃过我的眼睛——接打电话，穿着，心情，疲倦否，爱好，我如数家珍，无一不知。

纵然如此，我与丁老师的关系也依然只是房主与装修工的关系。只是，作为正常男人的我，在挣着丁老师银子的同时还想吃一点丁老师豆腐，哪怕这豆腐，清汤寡水得只是一点精神，一袭气息。

没有几天时间，我就完全丧失了一以贯之的博弈房主的老脾性。

面对利益，我一退再退，不是因为爱上丁老师折损了智商，而是因为丁老师作为房主的神秘性，以及房子本身的神秘性吸引了我。

丁老师是谁？干什么的？哪来这么多钱？干吗要装总统套房？

谁在房墙里藏下巨资而不带走？原房主是谁？原房主与藏金者是同一人吗？这套房子可是几易其主，它有几个原房主？

面前的神秘让我变了一个人。它该不会影响我的职业素质与专业精神吧。

3

　　爱上丁老师是从一个男人的出现开始的。

　　男人来的时候，装修刚完成预埋工序，正开始做吊顶龙骨。男人是一个人来的，戴着一副宽边墨镜，中华在嘴上冒烟。男人对我说，木龙骨一定要涂杀虫剂，钢龙骨一定要刷防锈漆。

　　男人一路说来，一路向工人们撒红中华。一圈没走完，烟就开了第二包。现在，除了小陈、老唐，我又上了以木工为主的二十多个工人。一支中华，让装修声的刺耳调子下降许多。

　　从丁老师对男人的态度看，男人应该是真正的房主，也就是说，是这套总统套房的男主人，丁老师是女主人。我想我的猜测八九不离十。

　　虽然丁老师没有介绍男人的来路，姓甚名谁，但正是这种不介绍向我做了介绍。对一个装修工头来说，什么样的房主没见过？

　　"小丁，这里的灰尘太大了，你也不必常来。要相信工人师傅嘛，他们会做好的。"男人一边说，一边拍打丁老师身上的灰尘，他甚至还在丁老师屁股上拍了几下。丁老师屁股遭到拍打时，竟然从脸上和腰肢上露出了从未露出过的娇羞。娇羞的丁老师把屁股撅得那么幸福，鲜活，那么高。甚至，那么骚。男人一巴掌就拍开了一朵花，一朵让我看见的花。

　　我一下泛起了醋意，并且，下边也涌起了生命的冲动。

　　男人不知道，正是他在丁老师屁股上拍的几巴掌拍出了一个情敌来。

　　没错，我就是男人即将面临的情敌。

从那一刻起，丁老师的屁股就总在我脑银幕上放电影。它骄傲地撅着，紧扎，圆润，前进或后退，均反弹并放飞出永不松弛的俏皮、迷雾与新疆灰信鸽。

　　丁老师送男人下楼后，我就跑到窗前站着。我用不去想电梯间里发生的身体故事的决心，想象着这个故事。我上升的想象，与电梯的下降等速。楼下，黑色奥迪车旁，一个秘书模样的年轻人把男人迎上车，车瞬间开走了。司机脸廓，国学一样复杂，刀子一样简捷。

　　车开了好远，丁老师还在花草疏影中挥手。

　　那个下午，我才发觉，丁老师不仅美，还那么年轻。

　　男人是下午来的，男人走后不久，一片乌云飘来，天很快黑了。

　　那是一个吊诡的下午。一个要命的下午。

　　没过几天，我就看见了那个男人。

　　去建材路买铁钉、铁丝、木条等辅料途中，透过落地大玻璃窗，我看见那个男人与一个女人在喝咖啡，样子悠然而雅致。

　　我为发现这个而难抑兴奋。

　　遂不怀好意地将这个秘密告诉丁老师。"女人？""是，女人。""长啥样？""瘦型，戴眼镜。""你认错人了，那不是我的男人。""我没看错！""干活儿去吧。这个世界上，没有哪个喜欢管闲事的人！本人更不喜欢！"

　　男人来过的第二天，队长来了。与队长同时来的还有两人，一女，一男。女的戴眼镜，瘦，男的不戴，胖。队长陪着男胖子，对女眼镜点头哈腰，阿谀不止。我一路紧随队长，看队长眼色行事。我叫停电锤、电锯、射钉枪、空压机、木工机床、切割机等，屋子一下安静下来。工人们抹汗，喝水，望着来人。

来人看房，看图，又聊天。

"我可是一级建筑资质，你的装修，不仅实际施工要一流，资质也要上得去啊！"女眼镜对男胖子说。

"您就放心。我的装修资质，也是一级。"男胖子肯定地回答。

"质量要高，进度要快，人手不够，就多上点！"女眼镜指示。

"工作台面只有这么大，又要考虑小区居民对噪音的投诉，难度大啊！"男胖子叫苦。

"没有难度，我还把工程交给你？现在这点小工程都没招儿，下一步整大工程，又咋办？喂，小丁有什么意见？"女眼镜发问。

"丁老师很满意。"男胖子回答。

今早还在睡梦中，队长电话就来了："妈的，才几天，又换号了？喂，财哥，丁老师对装修满意吗？""满意，满意！"我抹着眼屎，忙不迭回答。

队长把女眼镜男胖子送下楼，又返了上来。他把二人提出的意见向我汇总和梳理了一遍，之后，说：

"财哥，你啥都别问，我啥都不说，你完全按刚才那两个老总说的干！"

"队长，你不是说完全按丁老师说的干吗？"

"他们说的，就是丁老师说的。猪脑哇！"

听三人对话，观队长言行，我基本上可以猜出，女眼镜是建筑商，男胖子是队长挂靠装修公司老板。而建筑商的装修工程，令装修老板垂涎三尺。

那个竹竿瘦的女眼镜正是我在咖啡馆外看见的、与那个男人有一层关系的那个。

奇怪的是，这一天，丁老师没有来。

　

其实，丁老师没来，也没什么奇怪。丁老师并不是天天都来的。

男人出现前，我对丁老师的来与不来没什么特别感觉。来了吧，可以饱个眼福，打个精神牙祭；不来吧，耳根子清静不说，我还是总统套房里的总统。

男人出现之后就不一样了。丁老师黑脸呵斥，也如黛玉娇咤。被娇咤后，我还会轻轻哼起一首歌来：我愿抛弃了财产，跟她去放羊，每天看着那粉红的笑脸，和那美丽金边的衣裳；我愿做一只小羊，跟在她身旁，我愿她拿着细细的皮鞭，不断轻轻的打在我身上……

男人出现后，丁老师一天不来，心里就猫抓。

对于群体劳动，我农村老家有句话，叫作男女搭配，干活不累。丁老师不来，我干起活来特累，不仅累，还嫌天日漫长，太阳总也落不下山。看见手下工人兄弟们说浑话都没劲儿的熊样，我知道他们也出现了与我同样的心思。

我都不配，他们怎配？想丁老师，就那么好想的吗？丁老师在天上吐气如兰，我们在地上流着臭汗，鸡蛋与石头，鲜花与牛粪，不搭界。

但是，老天爷为了让我与"我们"分离开来与她搭界，叫我挖出了金。现在，我已从地面上升到了半空。我与丁老师只隔着一朵云的距离。丁老师一下雨，首先淋到的就是我；我一望天，首先看见的，就是丁老师。

丁老师不来，我就会想，丁老师在干吗？病了？还是与那个神秘男人抱在一起日在一起？

丁老师不来，不管她出于上述哪种情况，我都会很痛苦。一只蚂蟥钻进脚肚子，十条牛也拉不出。

丁老师不来，我却有办法把她喊来。工程现场问题，多如稻田稗子，怎么拔也拔不净。我今天喊丁老师来拍板，明天喊丁老师来签字。质量认定、材料验收、图纸修改、小区协调、水电使用……为见丁老师，我的鬼点子层出不穷。丁老师是老师，面对我的爱情策划，老师也有剪不断、理还乱的时候。

但我的办法也不是永远灵验。有时，我就是打烫电话她也不接，我就是说破天她也不来。那会儿，我就想，妈的，对于她，天底下还有比总统套房更大的事吗？还有比我财哥的爱情更大的事吗？

爱上丁老师后，丁老师的字就变得好看了。

夜里，我把工程增加单蒙在脸上，仰头，伸嘴，拱着亲着丁老师的签字进入梦乡。有时，第二天醒来，竟发现丁老师的签字模糊了，甚至不见了，于是，又去找丁老师补签。面对工程增加单，丁老师高兴就补签，不高兴就不补签。丁老师不补签我也不怪丁老师——谁叫我把字迹模糊或消失的原因说得羞羞答答含糊不清呢？

为丁老师亏银子，我有说不出的高兴。

苞谷酒嗝还没打起来，小陈、老唐就开始说我傻，说丁老师不讲道理。我说你们才傻才不讲道理呢。小陈、老唐塑在小馆子门前街灯下，当真傻了。

4

正是神秘又私密的丁老师激活与生发了我的窥私癖。

窥私癖让我养成了跟踪丁老师的业余爱好。

往往是，丁老师一离开总统套房工地，我亦尾随而去。丁老师一般是晚饭前离开，而这时小区居民正陆续回家，所以，并不影响工作。

我湮没在下班高峰人群中。无数人在我眼前晃动，我的丁老师浮于人海，一动不动。

跟踪的结果表明，我的世界只有丁老师，丁老师的世界只有那个男人。夜幕中，所有物事慢下来时，丁老师与那个男人的活动紧锣密鼓进行开来：吃饭，逛商场，看电影，散步，唱歌，洗脚，泡澡，酒吧，消夜，睡觉……睡觉地方有两处，主要在丁老师的租房，偶尔也去一些高档宾馆开套房。

正是在一个白天里的跟踪中，我知道了男人身份，甚至，丁老师身份。

丁老师正趾高气扬巡视总统套房工地时，电话响了。她接电话，闭电话，挽坤包，快步出门，招手打的。通衢大道，我的出租车咬着她不放。

我看见她在宾馆大厅服务台要了门卡，入了电梯。我现身，数着电梯上行的楼层数码，数码为"7"时数码安静下来。入电梯，我到了第七层楼道。正猜测丁老师入了哪个房间，见电梯口先后伸出一只脚和一颗脑袋。男人来了。我避在楼道拐角，看男人走到701房前，敲门。门才亮一缝，男人就把自己塞了进去。不到两小时，男人出701，入电梯。在地下停车场，我看见男人钻进那辆黑色奥迪，看见司机脸廓。奥迪飞快离去。这次，看清了奥迪牌号。根据车牌号，不到两天，我查出男人身份是局长。又不到两天，查到局长家，家中的老婆、女儿。

从负一楼停车场到一楼大厅，刚出电梯，就看见丁老师背影正匆匆穿过宾馆自动感应玻门，继而消失在人流中。我回到总统套房，锤子没摸热，丁老师就到了。丁老师应该还是老样子，可我越看越凌乱。

现在，我知道，丁老师是二奶。事后不久，我还知道，丁老师不仅是二奶，且只有初中文化。

我不喜欢二奶，但我喜欢丁老师。

我一直在想，除了甲乙方工作关系，自己怎样才能与丁老师再形成一种关系，一种暧昧的，进而不暧昧的，再进而深的、通透的关系。

终于想到一种介质。这种介质，有形成这个关系的可能。我相信，毋论结果，这种介质一出现，我和丁老师的关系就近了一层。这种介质，就是那张屁用没有的牡丹卡。

丁老师在检查护墙板基板质量时，发现有一块基板有些发黑，就问我："怎么回事？""应该是被水泡过，现在起了反应。""拆了！重新换一张！"

我把基板一拆，墙体上就出现了一个凹穴。凹穴中塞有几块断砖和一团水泥纸。

她说："这段护墙板，哪个拆的？"

我说："我拆的。"

她说："这个洞，为什么不用水泥砂浆砌上？"

我说："不能用水泥砂浆砌。墙体不干，不能封木板。而不过一个夏天，新砌墙体是干不了的。"

玩似的，我把凹穴中的几块断砖和一团水泥纸刨出来，并打开了水泥纸团。我很镇定地对身边小陈、老唐等几个工人说，这儿没你们事，上楼干活吧。待工人们一走，我即神秘莫测、紧张而兴奋地对丁老师说："丁老师，你猜我捡了啥？""啥？"

我张开拳头，牡丹盛开在摊开的掌心上。

我说："丁老师，拿去吧。是你掉的吧。幸亏我帮你捡到了。"

丁老师接过牡丹卡，看了上面看下面："不是，不是我掉的。"

"不是你掉的？反正在你屋中捡到的，就是你的了。拿去吧。"

"估计是原房主藏在这儿的。我看，你还是还给原房主吧。"

"才不。再说，我上哪儿找原房主去？"

我没有告诉丁老师，原房主已死，这套总统套房是凶宅。我率小陈、老唐进场施工之初，见几个小区居民对着我们指指点点，不禁好奇，就去问原委。居民对我说，我们去装的房子，是座凶宅——五年前，一家人中出了个吊颈女鬼；一年前，另一家的男主人莫名其妙死在浴缸里。我没有对丁老师说凶宅之事是不想吓倒丁老师，影响工程顺利进行。另外，我本人对凶不凶宅并不上心。甭说不是我住，就是我住，我也不会拿凶宅当回事。

"老财，我看这卡拿着也没用。里面有钱无钱，有多少钱，挂失没挂失不说，不知密码，还不是死卡一张！"

"不就是密码吗？放心，我可是解码高手，没准儿，我几天就把密码解了！不过，咱俩可有言在先，取到钱后，无论多少，一人一半哈！"

"谁要你的一半，解开了，全都是你的。不，我再奖你一万！"

"捡"了牡丹卡的第二天，我对丁老师说，我想出密码了。我把握十足地告诉丁老师，滨河小区门牌号，加上总统套房房号，不就是密码吗？

丁老师觉得蛮有理，直夸我聪明。夸了之后，反问我："难道不可以是这座城市的电话区号加上房号？或者，房号加区号？又或者，房号加小区门牌号？"我尴尬地笑笑："嘿嘿，也可以，也可以。老师就是老师，丁老师真聪明。"夸，总让人受用，丁老师笑了。就像鸡公开叫后，总叫，丁老师对我笑过后，就总对我笑了。丁老师一笑，板地就耕了，荒山就绿了，牛羊更是满山跑。

我建议，不管怎样，我们还是试试。我说，我算过了，今年我行大运，你也行大运，你签字时，我偷偷看过你的手相。望着我的认真劲，丁老师最终同意了。

我们像顽童做仿真游戏一样，开始了试码取币行动。

丁老师负责在工行街对面放哨，我负责驯服自动取款机。为消解银行摄像监视头危害，我化了妆——装修工成了白领。丁老师夸我原来老财比白领还白领哇。

手指刚刚把牡丹卡插到自动取款机入卡口，还没按进，肩头就被重重按了一下。我缩回手指，吓了一大跳，回头，是丁老师。

丁老师终止了这个危险游戏。

回到总统套房，丁老师一抬手，牡丹卡张开翅膀，准确无误飞进了它的旧巢穴。

就这样，我与丁老师的关系成了同谋者关系。我俩什么都没做，又什么都做了。谁说农二哥脑水水不如城里人多？

同谋后，丁老师不仅对我多了笑，连看我的眼神都变了——变温顺了；而我的活儿，也干得更加瓷实了——慢工出细活儿嘛。

丁老师有时会与我们一样，在工地上叫盒饭。她不是叫一盒，而是一人一盒。每次她叫来盒饭，总要往我的盒子里倾倒一些，这让我舒服极了。作为报答，我也会亲自下楼买冷饮，给兄弟伙吃冰棍，给丁老师吃冰激凌。丁老师明白我对她好，但不明白我为啥对她好。

这样，同谋者的关系就变成了礼尚往来、无话不谈的关系。

我告诉丁老师，我的老家在大巴山地区的万源市白沙镇花萼村，高中毕业后出来打工，跑遍大江南北，干遍各种活路，最后才选中装修行业并在本城扎了根。丁老师问我有啥爱好，我说爱好地摊文学和侦探小说。丁老师说我档次真低，说过之后，她说她也爱好地摊文学和侦探小说。我于是说，我们这档次还挺般配的。丁老师于是说，也不撒泡尿照照，谁跟你般配？我笑了，说，哪跟哪啊，我是说爱好般配，不是人般配。丁老师问我有女朋友没，我说至今放单。她说哪天给我介绍个，我说好，但要长得像丁老师。

丁老师告诉我，她是教授女儿，但初中未毕业就混社会了。父母气得不行，又拿她没治，说再不悔改就与她断绝所有关系。

她说，断就断，自此远走他乡，不再踏入家门。她在酒吧当陪酒女郎时，遇到他。他会看相，捏着她的手，立马呆了，他说他找了她一千二百年了。他很快就成了她的男人。男人来自穷山村，穷怕了。男人说，住总统套房，是他一生的情结与梦。

丁老师看上去正正规规，哪像个混过社会的酒吧女郎和现任二奶？

与丁老师的关系发展到这一层时，我就该滚出总统套房了——工程已近尾声了。

尾声工程是铺地毯，安装电器、壁饰、家具等设施。

5

去建材路买爆炸螺栓、强力胶水等安装材料途中，透过落地大玻璃窗，我看见男胖子与女眼镜在喝咖啡，样子悠然而雅致，局长秘书正向他俩走去。

我为发现这个而无动于衷。

这应该属于商业间谍抑或杀人越货的范畴。而我，只是一个想当总统的装修工，一个患着严重相思病的花痴。

总统套房终于竣工了，工期延长了整整十一天。

没有人知道工期延长的真正原因。对于一日不见如隔三秋的丁老师，我想的，是多处一天是一天。

总统套房竣工验收、交付使用的头一天，我把工友聚在一起，垫资付了工钱，然后请他们海喝了一场。看他们歪歪扭扭四散开去后，我一个人偏偏倒倒自言自语回到了总统套房。

我在总统套房住最后一夜，是以守房人、守夜人身份住的。我装过很多房子，新房装好之日，就是离开之日。我至今没有新房，旧房也没有。但我装的新房，都把它的初夜献给了我——这是作为装修工的特权与荣幸。

总统套房也不例外。但我并不满足。

偌大的跃式房，我戴着沉重的钥匙手镯，发出咣咣啷啷的金属声，上楼，下楼，反复练习总统的威仪与寂寞，直到走不动，趴伏在廊道印度进口檀香木地板上，喘着高原牦牛的粗气。最后，我泡了总统澡，上了总统床。

这一夜，七零八落想了很多，过往，未来，凶宅，我甚至想到男人与丁老师穿着总统套房这件阔袍，在里面赤身裸体散步。总统与总统夫人，演绎现代版《皇帝的新衣》故事。而我抱着的总统夫人，只是一个大枕头。想到我的总统套房明天就是别人的了，我忧伤不已。

而我今晚是总统——整个工期内，我都是总统。

而我明晚也要是总统。

总统梦，送我开疆拓土，去远方。

翌日，我抹下沉重的钥匙手镯，咣咣啷啷移交到丁老师手上。丁老师说："这么多，我哪晓得哪把钥匙开哪把锁？"于是，我领着丁老师，一间屋一间屋走，教她把钥匙插进锁孔。她一路插过去，终于停在楼上次卧门前。

"我插不进去。"她说。

"再插。"我鼓励她。

"还是进不去。"她使出了全身的劲。

"来，我来插。这样插，你看，进去了。"还未说完，我哪儿哪儿都硬了。

丁老师似乎反应过来，正欲对我发作，但见本人一本正经，正忙着示范，就自个儿偷偷红了一下脸。

"这五把是入户门钥匙，建议你换掉。锁不下，换个锁芯就搞掂。"

丁老师当日白天就换了入户门锁芯，而我当日晚上就有了入户钥匙。当日晚上，我是一只与楼房浑然一体、向目标窗户爬去的壁虎。

接收总统套房的，除了总统夫人丁老师，自然还有总统本人局长大人。只是，在我眼里，后者就是一个隐形人。

隐形人与丁老师一到，我就带二人巡视了两遍房宅。隐形人一边问，丁老师一边答，丁老师说不上来时，就问我。我喜欢丁老师问我，我对丁老师的问题，回答得细致而温软。有一瞬，我看见局长用眼睛向我投着飞镖、蝎子和巫蛊。但是，局长说出的话依然慈祥、仁义："小伙子，辛苦了。"

局长巡视毕，就在大厅沙发上坐下来，翘二郎腿，打电话、接电话。局长电话那头不管人影怎样幢幢，我相信，其中一人，是女眼镜。

总统忙打电话，我和总统夫人忙插钥匙。

为当总统，我先当了梁上君子。

装修工应该是全世界手工技能最全面、最强大的一类人。以我为例，木工、钳工、漆工、磨工、灰工、钣金工、水电工、泥水工、安装工、下料工，以及拆墙打洞、翻墙爬院、开门入窗等，无所不会。这些都会了，梁上君子伎俩，还不是小儿科兼小菜一碟？

没有人比我更熟悉总统套房的门窗、布局、床柜、电器、设施，任何旮旯角落，甚至一块玻璃、一颗钉子、一根插销，我都知道，远比房子主人更知道——这个意思是说，我不仅可以随便进出套房，就是在套房里待上一年半载也不会被人揪出，更不会饿死渴死冻死热死。

这些条件，不仅满足了我的窥私癖，还让我当上了总统——第二总统也是总统。

住了总统套房，睡了总统夫人，我不是总统谁他妈是总统！

当然，局长是总统，更是第一总统，历史造成的现状，我必须认账。

上帝，怎样才能让第一总统禅位于第二总统，成为前总统呢？

梁上君子的作为让我窥见了总统与总统夫人的做爱，那真是惊心动魄的一幕——总统居然是一个热衷且癖好强奸与被强奸的主！

交房的当天晚上，我就趴在主卧屋顶灯槽里，自上而下，目睹了总统强奸总统夫人的全过程。当然，准确地讲，不是"目睹"，而是聆听。

二人一边洗总统浴，一边喝法国葡萄酒。我看过了瘾，就去主卧，静等大戏上场。不料，二人洗完澡并未立即上床，而是穿戴整齐，正襟危坐，待在客厅看电视。整座房宅只有客厅亮灯。看了不到半小时，总统闭了电视，起身，按了电灯开关。世界顿时一片漆黑。"啊，强盗来了！"总统夫人一边惊叫，一边满屋子逃窜。"本王来也，哪里逃！"总统闻香识径，遁声追逃。终于，总统夫人被总统扑倒在地。我听见总统夫人被总统拎了脚，乒乒乓乓倒拖着来了主卧，然后，一声闷响，掼在床上。跟着，总统扑上去。总统卸皮带声，总统夫人惊恐万状的叫声以及裙子、裤衩被扯开声响彻云霄。现在我才开窍，做墙、屋顶工程时，为什么丁老师一个劲儿令我多用消音隔音材料。

多么陡峭的声音！那一刻，我差点从天而降，当一回救美英雄佐罗。

"饶了小女子吧大王！"半裸的总统夫人哀怜得越凶，总统强暴得越厉害。我听见总统夫人屁股和大腿被大巴掌打得啪啪响，总统发出胜利者的狞笑。慢慢地，总统夫人的哀怜完全反了过来："再来呀大王，小女子舒服死了想死了！"后来，哀怜声成了献给总统的摇篮曲：一个婴儿酣然入睡，鼾声匀称。

丁老师开灯上卫生间时，我看见她正卸掉绑在眼睛上的黑纱，还看见丁老师屁股和大腿上红的手指印。

局长并不常来，有时十天半月才来一次。晚上来时，大多摇摇摆摆，打着酒嗝，一进门就关灯。丁老师在床上就直接霸王硬上弓，丁老师没在床上就满屋子逮，逮到就干，浴室逮到浴室干，储藏间逮到储藏间干。有时，一句话不说，干完就走，绝不拖泥带水。

局长白天做爱习惯与夜晚正好相反，满屋子把灯开得一颗不剩。女匪丁老师劫住他，用牛皮筋捆了手脚，用黑纱绑了眼睛。女匪自己脱得一丝不挂，对其劫获的战利品，只拉了裤裆拉链。"女英雄饶了俺放过俺吧，俺还是没开叫的童子鸡啊！"她的战利品挣扎着大叫。"乖，听话，本女王就是喜欢童子鸡。"女匪绕着中轴，公鸡旋转，百般娇媚。最后，女匪扬起一条美腿，屁股往后一磕，稳稳骑坐，跟着催马扬鞭，让马儿腾入云中，仙去。

看见总统与总统夫人做爱，我也就想与总统夫人做爱。

夜幕降临，拿出浑身解数，浑水摸鱼，瞒天过海，移花接木，明修栈道暗度陈仓，我终于强暴了总统夫人，当了一回总统！第一总统身份第一，功力却不是第一。他人到中年，哪有第二总统生猛——他哪次能让总统夫人完全散架，语言成不了形，只有呻唤的份？

当了一回后，还想当二回。这样，两个月不到，我就当了好几回了。

当了好几回后，就想永远当下去。可是，总统就那么好当吗？

好几回里，我一声不吭，蒙了总统夫人眼，只顾拼命干活儿。现在，看丁老师，除了眼睛不管用，身体哪个部位都管用。久走夜路必遇鬼，假总统提心吊胆。

第一回当总统当了两天：从头天晚上十一点当到翌日凌晨一点半。一离开总统套房，总统就变回装修工，财哥我就拎了酒菜，找难兄难弟小陈、老唐去了。二人的租房在城乡结合部的农院里，我是打夜的去的。

我把二人从被窝里拽出来，陪我喝到日上三竿。

二人傻傻地笑，分享着我的高兴，却不知分享了我的什么地方的高兴。

6

把性生活过得超凡脱俗、惊世骇俗的局长跳楼自杀了。

保安、公安、记者来了。到滨河小区看热闹的人很多，我也是其中之一。一段时日来，我一直在小区附近逗留，一直在等着这场热闹。我的预感是，这场热闹一定会来。

血水泛滥，决了身体的堤。局长泡在自己的血水中，样子恐怖、丑陋又可怜。丁老师扣在眼睛蒙了黑纱的局长身上，浑身血红，哭着直至昏厥。她身边撒落着她刚从超市购回的物品。这些物品，局长已无法消受了。人们不知丁老师是死者的谁——夫人、情人、妹妹、女儿、粉丝？

趁人不注意，我把丁老师背到总统套房中，给她擦身，换衣，喂水，服侍她睡下，整个过程干净利落、行云流水，没有生疏处，就像在自己家中侍弄老婆一样。我看见她慵懒地睁了下眼，又无力地闭上了。

之后，我跑上楼顶，极目远眺，做了一个总统常做的向万人挥手动作。纵览城市的同时，把俯瞰的眼睛放回到楼下人群中。

城市霞光万丈、金碧辉煌，但我却从城市万象中看见一只乱象鸟，鼓着血红眼，贪婪地扇着翅膀。但是，它与城市融入一体，没有人看见它的存在。或许，它就是城市的一部分和所有"我"的一部分。

没有人发现那个扣在死者身上哭泣的女人不见了，大家只对死人身份、跳楼原因，以及从哪套房中坠落感兴趣。我看见小陈、老唐也来了，他们面对似曾相识的死者，正兴奋地对记者回忆着什么。根据死者身上的证件，公安拨打着电话。我看见局长老婆、女儿来了。女眼镜、男胖子、队长、秘书、司机悄悄来了，又悄悄走了，个个都是一副自认倒霉的背运样。这些人的迅速到来，后来被认为是我打的电话，但是，我向天发誓，我绝没有打这些电话，虽然我有他们的电话号码，也有看一场大戏的好心情。

天渐黑了。我掏出手机，开始拆卸"手机窃听器软件"。这样做了觉得还不够，又把手机朝车水马龙、灯火如昼的大街扔去。一辆奔驰，真二，它居然没有避开这只从天而降的飞速旋转手机的精准点击。

跳楼新闻第二天就见了报。

报道说，跳楼者系一局长，他从办公室来到滨河花园小区某单身女人房中，让女人出去购些物品回来，自己则待在房中抽闷烟，抽着抽着就把眼睛蒙了黑纱，摸索着爬上窗台，跳了楼。局长跳楼原因，公安与检察院反贪局尚在侦察中，云云。

网上亦真亦假，却要丰富生动许多，尤其微博，完全口无遮拦。说，那单身女人住的是一处凶宅，跳楼正常，不跳楼才不正常呢；为什么局长不在自己家跳？魔鬼缠身，身不由己啊。说，局长生前，围绕他出现过两封匿名信，一封写给他的，一封是写给纪委的，至于内容，不得而知。说，局长手头原有个酒店工程，因城市建设调规，市委市府决定本届不建，这一变数，打破了局长与某建筑商的默契，建筑商翻脸，局长坐卧不安。说，局长包二奶，二奶贪得无厌，住在所谓"总统套房"里，局长身体与经济双双出现重压，面临崩盘。说，局长跳楼前一天去了一趟金龙寺，见了一个老和尚，连续抽了三次签……

公安一男一女找上门来，与丁老师谈了一次话，又谈了一次话……我偷听了其中一次谈话。谈话前，公安按例巡查一遍房宅。公安巡A房，我在B房，公安查C柜，我在D柜——我与公安躲猫猫。

"局长跳楼前有什么反应？"

"没什么反应。"

"他写有什么东西吗？比如，日记？比如，遗书？"

"没有。或许有。反正，我不知道。"

"这套房子是他送你的吧？"

"不是。是我自己买的。喏，这是房产证，这是土地使用权证，上面都是我的名字。"

"装修呢？"

"是他送我的礼物。"

"你能回忆一下你买房的过程吗？"

"当然。我委托雷秘，让他帮我买套二手跃式房，中档小区，闹中取静位置。"丁老师说的雷秘是局长秘书。"雷秘选了房，领我看了，我对房子和房价均感满意，就把钱交给雷秘。雷秘很快就把房子过户到了我名下。"

"你怎么可能有这么多钱？"

"买套二手房就钱多？告诉你们吧，我在酒吧干活儿的那些年，收入可不比你们局长差！"

"你有其他男友吗？"

"没有。"

公安出门时，男公安回过头来对丁老师说：

"还是告诉你吧。雷秘书在帮你买房过程中，通过房介，吃了你20万！这是一套没人买的房子，便宜得很。"

"便宜？"

"没想到吧，你的总统套房是民间所说的凶宅。"女公安环看了一眼房景，冷笑道。

丁老师二十多年的泼辣与傲慢，时间只用几个月就把它一层一层蜕去了。

局长一死，丁老师一点不像总统夫人，甚至不像老师。

7

我一直在等着局长老婆、女儿打上门来。

这一天终于来了。与二人一起来的还有三个气势汹汹的男人。

他们把门砸得山响，丁老师蜷在总统床午觉，吓得浑身发抖，变青，她跑上楼，关了次卧，把一床大丝被往耳孔里塞。他们破门而入，又破门而入，把她拖下床，拖下楼，嘣嘣嘣，一直拖到客厅。丁老师本来还笼着绣花睡衣，到了客厅，就只剩胸罩裤衩了。丁老师被楼梯磕得满脸血污。他们还不解恨，开始对了无遮拦的丁老师拳打脚踢。

局长老婆进屋，啥都不做，满屋乱窜一气，墙上，桌上，见到局长与丁老师的合影照就砸，一边砸，一边拿脚踩。由于进口地毯厚实，弹性好，可塑性能极佳，其中一个镜框不仅没砸烂，反而跳将起来扇了她一耳光。她不知道这一耳光是死老公扇的还是活情敌扇的，抑或二人联手扇的，气得来到客厅，揪着活情敌头发只顾扇耳光。一边扇，一边扯了活情敌那两片最后的遮羞布。一丝不挂的活情敌已经半死不活了。"妈，别打了，再打就出人命了！"局长女儿喊。"出就出！老娘就是要她出人命！"

局长夫人扇丁老师耳光时，其他人就开始往外搬抬房中值钱物：陶瓷、电器等。

我认为财哥该现身了，我认为财哥此时现身恰到好处——现身早了，局长家人没出到气，丁老师没付出代价，我也显不出价值；现身晚了，丁老师的命和丁老师的总统套房就危险了。

财哥一现身就镇住了所有人！

"住手！滚！全他妈滚出去！"

财哥裸着上身，腰上一圈皮带上全挂着刀：各型菜刀、斫骨刀、水果刀、特种刀、装饰刀——我把厨房里的刀具刃具鳞甲一样全缠在了身体上。

我左手拎着一把特大号斫骨刀，右手往左膀上扎水果刀，刚扎第二把刀，血就染红了一条手臂，顺着斫骨刀尖滴在地毯上。地毯吸得血滋兹冒烟。刚扎第三把刀，五个擅闯总统套房者，全都惊叫着鸟兽散去。

我拔下手臂上的三把水果刀，用衬衣束了伤口。不一会儿，衬衣就被血透透彻彻浆过了。

我把丁老师抱上总统床，端一盆热水，拿热毛巾给她擦血污。盆水很快红了。我去卫生间换水，丁老师还是闭着眼，却一下抱了我，泪不成行，泣不成声。

我继续给丁老师洗擦，之后，从内衣柜中取出贴身衣裤，给她套上。整个过程，丁老师闭着双目，软软的，不反抗，随波逐流。当然，她也没有能力反抗。

我从未侍候过女人。我为自己侍候女人的这种天生的五星级能力惊讶不已。

我拿出装修工本事，三下五除二，把砸开的入户保险多层金属门修了个半好。

我拿出花痴痴心与劲力，把丁老师背下楼，背进出租车，背到医院病床上。路上，掏出手机，让小陈、老唐立即去总统套房，该修的修，该换的换，把屋子收拾到原样。电话里，我告诉了他们进屋方法。

一星期，丁老师出院。一星期里，我一直以丁老师丈夫身份出入医院，侍候病人，并与院方做着相关交涉。

每天都有人给丁老师送鲜花、水果。丁老师掐指一算，七个。出院时，丁老师亲了我七下，亲过之后，说："你就是七个人，七个人就是你。"声音因感激，有些嘶哑、难听。

丁老师是老师，什么都瞒不了老师。

离开福尔马林、酒精和苏打水气味，我和丁老师一路相携，回到滨河小区。

就这样，我终于成为总统套房中的总统，朝思暮想、爱进骨头的丁老师，终于正式成为我的总统夫人。

为更像那么回事，也为爱情不被家务俗事干扰，总统套房迎来了自己的一名女佣。

我不知道总统夫人是否晓得我冒充前总统"强暴"她一事。

她没问我，我也不想主动交代。但我隐隐约约觉得她心里明镜似的，只是不想点破，让我尴尬，更让她自己尴尬。

本来，以"强暴"为主旨的性文化，我已习惯，且已上瘾，但我又不想让她看见前总统的影子，更不想让她撕开我的真面目，就只好忍痛割爱，改变了性文化内容。与前总统线路正好相反，以前是，她让前总统怎样欲死欲仙，现在是，我让她怎样欲仙欲死。她对我的线路，很满意，并心怀歉疚。

这些舒服的日子毕竟是前总统带来的，所以，怎么绕也绕不开前总统这块礁石。

"哎，他可是因我而死、为我而死呀。"

"一个贪官，死了就死了，夫人，乖，别想他了哈。"

"他贪谁的了？酒店工程？可这个工程压根就没发生呀，国家没损失一分钱！"

"可是，这些装修，都是他的公共职权带来的私利吧。"

"证据呢？不错，他是欠老板装修款，可他以他的命去偿还了。要说欠，只有我欠他的份。再说，愿打愿挨，老板是心甘情愿的，并且，老板也没找他还。再再说，这些装修，装上去是钱，拆下来还是钱吗？所以，想还，也没法还。"

"可我觉得，作为一个局长……"

"还说？"

"好好好，我的总统夫人，总统不说了，行了吧。"

"再说一句，老娘一脚把你踹下去！"

大门响了响，女佣买菜回来了。透过床架，我们看了看墙上的瑞士钟，十点半。如今，我早已习惯搂着丁老师睡懒觉。不仅习惯睡懒觉，夜间特别惊醒的我，也因睡前功课的释放与松弛，能够酣然入睡了。

其实，丁老师更喜欢搂着我睡觉，并且，还有了夜间惊醒的毛病——丁老师已经知道自己住的是凶宅了。我知道丁老师还有一怕，怕梦见前总统，怕前总统活过来。

总统床阔大，方正，顶棚圆形，局部鎏金，通体桃红。相对主卧，它是房中房；相对花儿，它是蒂。

一日。半夜异响吓坏了总统夫人，我说是风，是雨，是雷，是城市建设的声音。她捂着耳朵，说，不是不是不是不是统统不是。

她说是凶宅的声音。

我下床寻找，果然发现了声音。我化作猫，向声音扑去，又扑去。那声音与我捉迷藏。声音终于被我熄灭了。那是一只硕鼠。打电话责问值班保安，保安说，怎么可能呢，怎么可能呢，我们小区的电梯楼宅，还从未见过老鼠呢，别说硕鼠，小鼠也未见过。

我对总统夫人说，看来，老鼠也做着总统梦啊。总统夫人啐我一口，呸，总统夫人岂是一只老鼠可以想的？

如果老鼠是前总统的本相呢？我暗忖，不说。

打了老鼠，久久无法入眠。我想到了老家的父亲、母亲、妹妹。我想把母亲、妹妹接来住住总统套房，享享亲人带给她们的福；她们住在这里，一定梦中笑醒，疑为皇宫。但我，只是想想而已。

更想把父亲接来，但父亲已是一座坟茔了。

黑暗里，想着老家，我大哭起来，却不发出声音。

月光为了接近我，不停地抽打黑暗。月光抽打一下，我痛一下，月光不知道，我也是黑暗的一部分。

8

忙完针对总统夫人一个人的竞选总统事，我开始忙其他事。其他事，当然是钱事。

由于垫支总统套房装修工程的部分辅料款和工钱，我的挖金成果及全部储蓄所剩无几，又由于当总统后，对总统套房基本运行费用的一己支撑，我必须踏上钱程了。怎么来描述丁老师的赤贫呢？打个比喻吧，有点像开着宝马到处找油钱的主。实情是，住总统套房的女人，奥拓也没得开。

我必须向我的甲方老板要到该付未付我的工程款。

此前，我给队长打过多次电话，开始几次他说，过几天就付，后来，一见我电话，就似若不见。这次，我不再电话，而是让小陈、老唐去找真人。根据兄弟伙提供的地址，在一家旅店找到了队长。队长一脸苦瓜相，真诚无比地说："财哥，我手头真的没钱，按口头协议，我已付了你不少。可老板完全不理合同，一分没付我呀！要不，你去找老板要要？"

见队长可怜，心一软，就去找男胖子。男胖子不在装修公司。等男胖子回来的过程中，等来了女眼镜。于是心生一计，决定先声夺人，诈她一把。

"老板，你认识我的，滨河小区那套房子是我装的。我还有80万没有收到呢！队长说是装修老板没付他，装修老板说是你没

065

付他。看来，我这80万得找你要。"

"冤有头，债有主。做生意要讲规矩。小兄弟，你跟队长签的合同，你的债权债务，只跟队长有关。"

"我知道。可队长不付我，终是因为你没把该付的付出来。源头症结是你。"

"胖子真说我没付？"

"是啊。"

"这个死胖子，看我还给他工程做，哼！走！"女眼镜被她的两个男保镖拥到门口，头也不回地说："小兄弟，告诉你吧，死鬼局长没付我，但我付了胖子的，一分不少！"

终于等来了男胖子。男胖子说了女眼镜同样的话："小兄弟，告诉你吧，我付了队长的，一分不少！"

再回头找队长，队长人间蒸发。

总统夫人窥见了总统的捉襟见肘。总统夫人的明察秋毫让总统险些阳萎。

她跪在床上，抱着累得满头大汗的我，做出了一个悲壮的决定：卖物过日。

女佣年轻会上网，按女雇主要求，她开始在网上卖物。这样，隔三岔五，总统套房中的物什就会流失一件两件。

买主上门搬运物品时，我总能从总统夫人眼睛看见几许忧伤，看见前总统辛勤操劳的面影。

作为任上总统，我无地自容。

我和丁老师突然就想到雷秘书吃去的二十万。

"我找雷秘。"我对局大门门卫说。

"你是他什么人？"门卫很警惕。

"哦，这样的，他一个老乡让我带封信给他。"

"去看守所找吧。他好像正在接受调查。"

回到总统套房，我建议总统夫人再做出一个决定：解雇女佣。

解雇女佣基于两种考虑：一是减少开支，二是让我们的二人世界来得更赤裸纯粹一些——她不小心弄出的响声常常掐灭爱情高潮的到来。

解雇女佣，女佣哭了。女佣一哭，丁老师就给她手里加塞了一只台灯。抱着一大堆东西的女佣终于勉勉强强走出总统套房。

总统套房有了末代皇宫风雨飘摇的味道。

我和丁老师怎么也没想到原房主会找上门来。

原房主当然不会来，来的是原房主的儿子——原房主的法定代表人。儿子说，父亲醉了回家，在卫生间泡澡，煤气泄漏，中毒而死。

原房主儿子是与他女朋友和两个男同学一起上的门。他们戴着手套，攥着钢钎、铁锤。他们的行头吓了丁老师一跳。丁老师躲在我身后静观事态发展。原房主儿子一进门就为房子的大变脸感到惊讶，惊讶之后，有了沮丧。纵使沮丧，他还是拿一双猫眼死死盯着入户门旁一块护墙板不放。

原房主儿子说，他的父亲猝死后，他的后妈就托房介贱卖了房子，携房款逃之夭夭。

丁老师说："可是，这与我何干？你来找我干啥？"

原房主儿子指着那块护墙板说："我想撬开这块护墙板看

看，并取走里面的东西。"

丁老师说："我装得好好的，凭什么让你撬？"

原房主儿子说："撬开后，我负责修好。"

丁老师说："这是我的私宅，凭什么让你折腾？"

原房主儿子说："我赔你五千！"

我说："不行。"

原房主儿子说："赔一万！"

我说："拿钱来。"

我见丁老师收了钱，说："撬吧。"见他们笨手笨脚，又说，"让开！"飞起一脚，护墙板端了个洞。尔后，随着手的扳动，嚓嚓嚓，墙体与凹穴出现光斑，并慢慢敞开在众人面前。

原房主儿子跪着，歪脖，把手伸得无限细长，掏鸟蛋一样拿出了牡丹卡。拿出牡丹卡后，又伸手掏了阵，才缩回空手。"你们，动过这卡吗？"他望着我和丁老师。"谁动这玩意？我发现它后，便把它放在了原处。"我说。"这么说，你只拿了那五十万现金？""你是说这墙里还藏有五十万现金？""你就装吧。不过，找回现金，我本也没寄希望。牡丹卡回来了，已经是幸事了。"

"这到底是怎么回事？"现房主丁老师问。

原房主儿子说："我在英国留学，后妈封锁消息，我十天前才得知父亲出意外。这笔钱，是父亲死前一个月，瞒着后妈藏下的，他告诉了我。"原房主儿子舞着牡丹卡，特别对着我说："老板，是这样的，五十万现金，加上这张卡上的三百万，共三百五十万，在这里藏着。另外，我告诉你，这张卡没设密码，也就是说，任何人都可以提现，当然，你也可以。"

我一边懊恼，一边大吼："放屁！没有你说的五十万现金！没有！就算有，难道不会是别人先我取走了它？难道不会是你那死鬼老爸有什么事，自己取走了，又没来得及告诉你呢？"我还没吼完，一行人已出了门。我关了门，望着丁老师。

"你要相信我。"

"我相信。"

丁老师说了这三个字后，就去玩电脑了。

9

像公安追逃一样，我追查队长。

小陈、老唐提供的一条信息让我追到一座小县城。在小县城一无所获，正待无功而返，又有了队长消息。小陈给我发了手机短信：队长从灵池去了达川。我正待启程，手机一震，屏幕上出现一条丁老师发来的短信：我打了电话，万源县有花萼村，花萼村没有你。

我立即拨打丁老师手机，关机。再打，关机。再打，停机。打座机，停机。

没有任何犹豫，我踏上返程之路。

滨河花园小区保安望着我，不说话，笑得诡谲、暧昧。我掏出钥匙，插入总统套房锁孔，却无法插入。门开了，女眼镜倚着门框，竹竿瘦斜。她说："是你？你来干吗？哦，这样的，小伙子，小丁把这套房子转让给了我，便宜得像农贸市场的大白菜。不瞒你说，我是用它来包养总统的，嗒，他是第一个。谁都可以来竞选，你也可以哟！哈哈，年轻的总统！"一个小师哥在客厅练俯卧撑。他的脸廓，国学一样复杂，刀子一样简捷——这不是局长生前的奥迪司机是谁？

"老总，你知道丁老师去哪儿了？"

"知道啊。"

"哪儿？"

"哪儿没你，她就去了哪儿。"

"呸！"

"别呸。我这房子哪儿有问题了，还得找你。你得包维修哇！喂，听见没……"电梯门砰一声，切断了女眼镜恶心的声音。

我哪里知道，我在前边追寻丁老师，丁老师和女佣在后边追寻我。

追寻丁老师，追寻得很苦。要不是小陈、老唐帮衬，我早就乞丐了。

追寻丁老师过程中，我抓获了队长。当时，他戴一顶斗笠正在河边钓鱼。

面对我，队长毫无惧色。原来，他逃避的并不是我，而是有涉黑性质的更大的债主。怪不得，他逃匿得如此尖端，如此踏雪无迹。

队长对我的藐视让我愤怒，更令我好笑。

队长见我急了，斗狠，就掏出匕首与我过招。他当然不是我的对手。即使输了，他还是不肯付钱。"狗日的，知道我是谁吗？""你就是公安，就是高院院长，我也没钱给你！"听他这样说，我一急，就说出了自己的真实身份。队长没想到我有这样的真实身份。

我说出真实身份后，队长不仅答应付款，还讲述了他的苦衷：

"财哥，你知道总统套房这个工程是咋回事吗？那个建筑女老板想揽酒店的建筑和二装工程，就找了局长。局长说，我想知道你们公司的二装能力。女老板说，我可以为您免费装套样板房，符合酒店要求的。局长就说，我正好有套空房子，跃式，可以提供出来，供你们公司装样板房。女老板说，跃式好，放心，我会装个总统套房出来，供您考察、验收。二人一拍即合。

"我的老板听到消息后，一心想揽酒店二装工程。女老板对他说，啥都别说，先装套样板房让我瞧瞧吧，我只付工程款的三成，你贴七成，干不干？我的老板高兴死了，把消息透给我，说付我六成，我贴四成。我又找到你，说付你九成，你把利润看薄些吧。一套房子四家抬，这本是大伙儿赚钱的大好事啊，亏点小钱，赚酒店工程的大钱，多好。"

我从他包里掏出纸烟，我一支，他一支，他掏火点上，猛吸一口，继续说："没想到，工程没了，局长也突然跳楼，竹篮打水一场空。两个大老板亏得起，我一个施工队长哪亏得起。再说，我另外承包的几个工地，甲方资金总也不到位，害得大大小小几十个债主跟着我屁股后面追……"

因为我说出了自己的真实身份，呈现了确凿无疑的证据，一直暗中跟踪我的总统套房女佣就现了真身。

女佣说："你割了你们乡副乡长三个器官，逃匿了八年零七个月。"

我说："是的。"

女佣说："如果不是你捎钱回家，留下线索，我很难追到这座城市，并怀疑上你。"

我说："辛苦了。向女侦探学习。"

女佣说出了我的行为，却没有说出我为什么这样行为。我必须亲口说一遍，虽然她一定从我的卷宗里知道了一切。我相信我说出的文字是热的，她看见的文字是冷的。

八年零七个月前，按照县上要求，我们乡要将一片平地，以每亩一元的价格卖给一家生产型企业，农户的拆迁赔偿费首付一半，另一半用企业上缴的税款逐年赔付。我们家就在这片地上。我父亲不干，要求乡上一次性付现钱，乡上也不干，我们家就成了钉子户。深夜，面对副乡长带来的拆迁队，父亲一手拎汽油桶，一手舞火把，不准强拆。副乡长一声令下，拆迁队员扑上来抢父亲的火把。父亲后退，绊倒在地，汽油泼了出来，流在了被打落地面的火把上。不到一个时辰，我们家房子烧得干干净净，母亲烧坏了腿，妹妹毁了容，父亲活活烧死，变成了几根炭棒。捧着炭棒父亲，仇恨，吞噬了全世界。埋了炭棒父亲，我摸黑闯入副乡长家，拿掉了他的鼻子、耳朵、舌头。母亲、妹妹知道我残杀副乡长后，吓得要死，让我连夜逃走，永不回乡。

是啊，我的罪过在于，在副乡长脸上操练了永不能复原的拆卸，更不能进一步装修的操作。

我之所以对女佣坦白交代，是因为女佣亮出了她的警官证、手枪和闪闪发光的金属手铐。

女警官的身后站着丁老师，我一路寻找的我的总统夫人，我看见她眼睛有些湿，有些红。我相信女警官抓捕到我，与她有关，但我不怪她。为了让她相信我不怪她，我对她羞涩地笑了笑。看着我的笑，她只是站着，不知怎样对我表情。

局长跳楼后，多次上门找丁老师谈话的一男一女两公安也来了。两人坐在河畔草坪上，跟看风景的闲人没有两样。

小陈、老唐喘着大气、吐着口臭跑来："警官，财哥是好人！""你们知道他是什么人吗？""财哥呀！从不拖欠我们工钱，请我们喝酒吃肉的财哥呀！是这样吧，小陈。""就知道这些？""知道这些就够了。我们只需要知道这些，对吧老唐。"老唐一指丁老师："财哥还喜欢丁老师。"我对丁老师说："对不起，丁老师。"我对女警官说："别问他们了。他们什么也不知道。他们没犯窝藏罪。"

队长傻B似地站着，想闪，又不敢。

"信不信，不给钱，老子立马宰了你！"这是我一小时前对队长撂的狠话。之后，我对他说出了自己的身份——

我是一名通缉犯，公安部B级通缉令上的通缉犯。

情况就是这样的。

2012—1—21至2012—1—28

鸡公车进城

林大爷和钟婆婆搬进小区新家小半年不到，就闹出离婚笑话。你说两位都久经沙场岁数一大把连孙子辈都有了的主，离婚总得有点放得上桌面，或者算得上事的事吧？可二人离婚，竟是因为一架旧里吧叽二不跨五的鸡公车！

　　城镇化前，老两口住在山上，鸡公车也住在山上。从山上往驿马河边的怡合新城搬家时，二人淘汰了所有沾农味的东西，剩下的那点，往两个蛇皮编织袋一揆，又把鼓得溜圆的蛇皮编织袋往鸡公车上一扔，就利索干净了。下山途中，坐在鸡公车上的钟婆婆居然老妖艳了一回，跷着二郎腿，丢心落肠得一根肠子通到底地吼了几嗓子当年的情色山歌。这几嗓子通天接地，来得如此陡峭与妙曼，让林大爷惊骇，却默不作声。要是往常，婆娘出了这歌声，林大爷看得见山风和落叶被歌声拽着跑，今天，他两眼一抹黑。

　　从小路下行到了半山腰的公路，二人就把两个蛇皮编织袋往政府派来的搬家汽车上放。

　　"不是说好不要这破烂货了吗？"见林大爷吆喝俩青壮把作为周转运输工具的鸡公车也往汽车上搬，钟婆婆一脸疑惑，发问了。

"你以为这大货车就能把东西拉到小区楼下？拐弯抹角，堆场转货，还得鸡公车，好使！"林大爷气壮山河肾劲十足的口气，显然是得理不饶人稳操胜券的。老两口几十年修炼出的阴阳平衡关系，除了你中有我，我中有你，基本上可归于你来我往的敌进我退，敌退我追，敌驻我扰，敌疲我打的轮回套路。这不，见老家伙雄起了，钟婆婆就软不溜秋嘀咕道："哦，这样嗦，还以为你又起啥子打猫心肠了呢。"

　　就这样，林大爷只使了兵不厌诈和步步为营两个小计，就完成了把鸡公车从旧农村开进新城市的战略大转移。

　　直到此时，钟婆婆才搞清白，选房时，老头子为啥说自己腰酸背痛老来恐高加之想伺候一个菜园子就非要底楼不可，又为啥以扭着青山不放松、抱着祖坟不挪窝的决心，绝意不领会组织意图打死舅子不下山进城坐享清福。原来理儿呀根儿儿在这个地方：安置房啥都安置得了，就是安置不了一架鸡公车。

　　按一人三十五平方米的分房政策，老两口在摆脱"又旱又涝"土地的束缚、放弃农活儿的同时，分了房，在小区有了自己的新窝窝，同时也成了拥有城市户口本本可以参加社区组织的义务劳动的新市民。把钟婆婆气得一跳八丈高的是，两室一厅的房子，总共两室，一架破鸡公车居然蛮横霸道得独占了一室！不就一只不打鸣不下蛋的木鸡吗，不，应该是半只，还有半只是车轱辘呢。夫子曰，三十而立，四十而不惑，五十而知天命，六十而耳顺，七十而从心所欲不逾矩。这老家伙六十不到，又活倒转了去，呆若木鸡了！不是"若"，压根儿就是，一只呆得挺尸的木鸡。过惯了一人一床宽松日子的老两口，又被迫挤在了一起——被迫把新习惯改成老习惯。别了司徒雷登，别了武器，别了那些裸不裸睡自个儿做主、横扳顺跳拳打镇关西脚踢东海龙王的床上逍遥生活。

木已成舟，米已下锅，犯上作乱也作了。面对引狼入室的老头子，自认为忍了一辈子的钟婆婆还是千难万难地忍了。为了不乱上加乱，乱成散雁，钟婆婆把离开肝的火，又一指一寸地摁进身体，让其匀匀净净归位于肝。肝火终于不显山不露水，肝又有了正形。但钟婆婆忽略了时间的倒腾，或者说没想到时间的倒腾反应在枕边人这里会这般剽厉。一忍再忍，忍无可忍后，到底是爆发了。引爆她的，当然还是鸡公车。

老两口有个女儿，女儿嫁出去后随了男方，一小家子与男方一大家子窝在怡合新城一套大房里。女儿女婿出了带把儿产品后，就像圆满完成重大而壮丽的任务，欢喜无比忧伤无比地出了口长气。俩人出了漂亮活儿，就出了家门，一直常年在外打工讨生活；累是累，倒也无羁无绊，潇洒自在，小两口的欢喜安逸自不必说，外孙就由亲家带。亲家当然乐意带了。你看这亲家母，抱着穿开裆裤的正孙儿在村子和小区里转悠，嘴上嘘着小曲儿，魔法手指就在正孙肉把儿钢琴上做肖邦式弹奏；走一路弹一路，老大不小年纪还有小屁孩的人来疯德行，人越多，弹奏得越有生色；那个熟练劲儿，不仅有肖邦的洋气，还有坐在老屋院坝玉米棒中间抹拉玉米粒的田园气；美死了这老妖婆。

不承想，住进新房小半年不到，亲家公病倒了。他自己说是水土不服，坊间传闻则是被城里土著一点不顾念新来户感觉一天到晚吃喝嫖赌歌舞升平给眼气的。还传闻，亲家公是完全可以不被城里土著眼气的，非但不被，反过来，还可以眼气城里土著呢。说他没有钱也罢了，说他身体上不去也罢了，偏偏他这两样都惊人地不俗。他惊人的不俗又偏偏遇上了贤内助兼女老虎的亲家母在管理老伴爱情方面，惊人的不俗。亲家公的病根，正在这里。如此说来，亲家公的病，还真怪不了城里土著，要怪只能怪亲家母。

少了亲家公这个人手，亲家母忙老忙小，忙里忙外，哪里忙得过来？至于弹奏之美，早已消弭殆尽，随麂子翻十八道山梁去了。正孙何去何从，亲家犯了纠结，却也有了不二主意。开始拨电话。

女儿只在电话里哭了三声不到，分贝也没完全高上去，林家老两口就铁了主意乖乖儿带外孙。但机不可失，时不再来，二老好容易逮了机会，就想借机熬下牌，对女儿说："不跟你说，跟你说不上，叫他自己说。"又对女婿说："你不是行实得很吗，当初我们说我们带，或者一家一季，两家轮流带，抓阄猜子儿也行。楞格公正的事，却像要了你们的命，啷个都不干。这下晓得锅儿是铁打的了，晓得火芋儿烫手脱不了爪爪了……"天下女婿哪个不通熟丈老汉岳母大人的鬼板样和烂德行？老林家女婿也不例外。他只管对着电话猛灌死皮赖脸的憨笑与言子儿，生怕电话线海长，憨笑与言子儿不够，灌不拢俩老怪物耳孔孔。直到把女婿娃收拾得下了矮桩，服了文武，老两口才勉勉强强应诺下来。放了电话，老两口学着电视的玩法，喊了"耶"，只差旋转飞撵与嘴堵嘴堵得背气。

还真怪，在亲家那边耍腻了现代玩具的外孙，一到这边就只对鸡公车感兴趣。亲家当过村会计，包过采石场，天南地北的摩登玩具堆了小半屋。老两口其实真正憎恨的不是亲家，不是女婿女儿，正是这小半屋。没有这小半屋，争夺孙孙之战，他们即使输，也断不会输得一塌糊涂没有底底呀。他们一辈子挣的脸面被这一小半屋抹光了，又拉毛了。今儿终于扬眉吐气了，俺林大爷只一架鸡公车就把那狗屁小半屋碥得啥球也不是了。下山后，从未给过鸡公车好脸色的钟婆婆这回终于给出了两个，但还是给得略显小气。这颇像皇帝恩踢给大臣的赏物，在皇帝一方是涓埃，在大臣一方却是大海和永辈的千恩万谢。

林大爷把小外孙抱在促狭的鸡公车上玩，就像老忠仆把小主子抱在宽敞的后花园玩。白天沐着阳光小区推，晚上浴着灯光家中拉。"叽咕，叽咕"，车辘辘一路鸡叫鸭叫，曲项向天歌，叫得可欢了，惹得楼窗前全是盯眉盯眼的脑袋瓜儿，惹得一帮野鸟和家禽家畜不得安宁，不停搞歌咏比赛秀。

外孙被推拉，相当于做推拿，喜乐了。可把小区那帮细娃儿妒忌得要死，一双嫩手不停搓捻，都有了老茧；或呼天抢地，或耍娇卖乖，绝活使尽，非扭到大人买鸡公车不可。这让林大爷爽啊——自己的鸡公车即使走出山林，虎落平阳，也有笑傲江湖、重振雄风的时候！但钟婆婆不乐观，打小，动物一样对天气特灵的她预感到了一场风雨的临近。

果然，爽日子才开始不到一礼拜，物管上门了。原来，细娃儿扭着大人们买鸡公车不放手，大人们就扭着物管不放手。物管上门，是让林大爷放手。

林大爷火了，抓着鸡公车的手竿竿老筋暴鼓如秦明狼牙棒："放手？人家要买鸡公车关我屁事！如果你买了一套大房子，巴适得不得了，别人见了，跟到也要买。就因为这个，要你放手，卖房，我问你，你干不干？"

物管一脸无奈："桥是桥，路是路，一码归一码。林大爷，您老这是偷换概念，房子，鸡公车，能拿一块说事儿吗？再说，毕竟是群众意见吧。"

林大爷说："群众意见？我也是群众！"看一眼坐在鸡公车上如坐在宝马上看风景的顽童，又说："我外孙也是！"

"可你这玩意儿的噪音，叽嘎叽嘎的，扰民啊！要是哪天环保局来测分贝——"

"放屁！鸡公车的声音，比……比……比那辣妹子宋祖英的声音都好听！她宋祖英不扰民，凭啥老林家的鸡公车就扰民了？你听——"说话间，林大爷一个马步，做出架势，又准备启动鸡公车。

"好听个屁！"这回是钟婆婆火了，"人家物管在理！明天你不把鸡公车扔出去，我就当破烂卖！"难怪钟婆婆发火，钟婆婆最闹心的就是老头子迷宋祖英。她也迷宋祖英，且迷得拔不出来。正因为她迷，又迷成这样，才反对老头子迷。老婆子这理儿，林大爷懂，所以总是阴倒迷，一般不表露，要表露也轻描淡写，不当回事儿的样子。今儿一急，嘴不关风，出状况了。

第二天，林大爷带外孙坐火三轮看了附近的汽车城回来，一拢屋，脸就垮了下来。一个脸盘子，巴掌大个地儿，败坏得像地震废墟。林大爷发现整个屋子空落落的，大得徒有四壁，物没有，人没有，声儿更没有。直到转身出门跑遍全城，以双倍价把鸡公车从旧货收购站回购回来，脸色又才活泛起来。心说，该老林家的就该老林家的，妄想鸡飞车打，哼，没门！鸡公车一落屋，钟婆婆就一把箍了林大爷手腕往外拽。

"疯婆子，拽我干啥？""拽算轻的。老娘连杀你的心都有！""哪去？""离婚！""离婚？巴不得，离就离！"老两口的离婚风波就这样在小区传开了。

婚最终没离成。老两口旋风般来到民政局，结果办事员突然肚子奇痛抱腹去了医院。次日雄赳赳气昂昂赶拢，刚轮到他们，又遇到上不了网并且打印机坏了。第三天上，那位靓妞工作人员才让他们说子曰，自己还没开口，老两口就主动撤退了。女儿是事后才晓得这事儿的，她在电话里说，你们瓜的嗦，那是民政局为故意收拾你们这一类临时起意的离婚人使的招儿，不定还是你们社区居委会跟他们联手做的呢。

钟婆婆听了，气咻咻吼道："狗日的民政，砍瓜儿的居委，咋能这样，咋能这样。你老汉要是再拿鸡公车烦你妈，逮了机会，还离！"女儿一听，乐了，故意操妈道："那你离呀，有本事离呀！"钟婆婆吼道："狗日的，没良心的，你妈生你前咋不说这话？现在才说，啥意思嘛，不算！"女儿说："那会儿呀，女儿都不存在，嘟格说嘛。"一家人在电话两头忍着不笑，后又哄堂大笑。

离婚不成，老两口各自收回了一些脾性，往后退了一步。

外孙儿的到来，不光添了林家的喜性，还让老两口的睡觉问题得到了部分解决。外孙儿外婆已然像蛇一样盘缠着睡了，林大爷还不知趣地往上拱，结果被钟婆婆一个鸳鸯腿给踹下了床。

这样，林大爷就跟鸡公车睡了一宿。有了一宿，就有二宿，一路宿下去，林大爷就与鸡公车同居了。林大爷睡眠一直不好，看了一千个中医灌了一万服中医也不见好转，甚至连蜈蚣牛屎蚂蚁蛋童子尿等偏方都服了；跟鸡公车一睡，居然奇迹般好了。林大爷将沙发从客厅拖进来，与鸡公车并在一起，那自然形成的中间的凹槽，就成了他的金窝银窝都不如的狗窝。搂着鸡公车睡，他感到既是搂着出生了又死去了的先父睡，又是搂着还没出生就被计划掉死去了的儿子睡。在这一点上，他没有想到隔壁的婆娘、外孙儿和电话那头的女儿女婿。为此，他感到羞耻和不安；好在那边的羞耻和不安，并没有搅挈他这边的痊愈的睡眠。

林大爷还推鸡公车供外孙玩，只是不在小区和宅内推了。每天从龙泉山下的驿马桥出发，沿滨河路左岸推去，至向阳桥调头，沿滨河路右岸推回。上午一圈，下午一圈。这一推，却推出了风景。一路上都有人请求与鸡公车合影，尤其傻不拉叽的老外，把鸡公车当什么似的，照了相不够，还当义工，抢了车，把屁股撅成大饼，推着外孙发疯。由于车只一架，而需要推车和与车照相的人又那么多，这就出现情况了：市场出现了。好些人大声嚷嚷，争先恐后付费。但林大爷不愿挣这个钱，更不屑挣这个钱。如今都转户成城里人了，还在乎这几个子儿？大街上的，也不嫌丢人现眼！林大爷这会儿又成了思想家哲学家啥的，他思想的和哲学的课题是，声音的审美与时间长短有关——同样是叽咕叽咕的声响，小区里不美，那是因为长了，滨河路美，那是因为不长。林大爷为自己的研究成果骄傲着呢。

林家的日子就这样松松垮垮不咸不淡自生自灭过着。

不久，老林家喜从天降。汽车城私立博物馆提出收购老林家的鸡公车，并且，一出价就是十万！

原来，这架鸡公车太有故事了：湖广填川、辛亥保路、慰问抗日川军、解放大西南、公社送粮、大炼钢铁、包产到户，直至现在而今眼目下的新型城镇化，这些事，它都一件不落亲力亲为参与了。它从老林家祖地广东梅州来川后，又在成都东边成渝古驿道上跑了三百年。它是老林家的传家宝，更是汽车城坐落地古老交通工具的弥足珍贵的历史见证。偏偏是，像猎犬一样到处收集陆路交通文物的汽车城博物馆，又不知从哪儿嗅到了这个重大信息。

钟婆婆见老头子的宝贝有个好去处，也打心眼里高兴，高兴的空儿里，没忘劝老头子赶快脱手变现。哪知林大爷像个闷头货，弄死不开腔，一句话没有，一个态度不给。钟婆婆以为老头子高兴过于，成了闷骚癫子，就打算把他往四医院送。林大爷终于说话了："哪个癫了？你才癫了呢！"

"林大爷，十万你都不卖？"找上门来的博物馆女馆长什么都料到了，就是没料到自己一张热脸瓣儿，竟碰了林大爷的冷屁股，但不甘心，又小心翼翼问。

"一百万也不卖！"林大爷的声音气吞山河气贯长虹，发散出去历久弥坚。

钟婆婆完全瓜了。女馆长更完全瓜了。全世界全瓜了。女馆长觉得面前的犟老头子怪到了不可理喻的地步。就在她气得、可怜得只差跪下时，听到了林大爷平平静静不大不小像裘毛一样柔顺的声音：

"我捐献给你们。不要钱，一分不要。"又说，"我现在就给你们送去。"

钟婆婆气得一甩屁股差点走掉。女馆长什么话不说，她已经哽塞得说不出话了。但她最终还是不放心地试着问了句："您，什么都不要？"

林大爷说："要的。哪能白送，不明不白送。"又说，"您给发一个捐赠证吧。"

女馆长噙着泪，使劲点头点成了鸡啄米。送鸡公车去汽博时，林大爷还提了一个要求，他要女馆长不坐沃尔沃，坐他的鸡公车，让女馆长亲自、亲身感受一下这架鸡公车的质量和神奇，以及他推鸡公车的技术是如何霸道。他还让老婆子和外孙待在家里，但老婆子和外孙都不干。老婆子不干，是不想男人跟一个狐狸精富婆太近乎太热乎，外孙不干，是因了鸡公车居然要撇下他这个小车主自顾去了。女馆长请钟婆婆和外孙上沃尔沃，让司机送馆里休息。钟婆婆还是不干，女馆长不明白钟婆婆的不干，不再多言，让司机走了。女馆长一捞裙子，屁股一歪，坐上了鸡公车。她没有骑坐，而是双腿顺在一边，侧坐了。林大爷心里说，这城里婆娘坐鸡公车硬是耐看，怎么瞅都是一幅画。鸡公车一个颠簸，女馆长就一个笑，一路上鸡叫鹅叫笑个不停，惹得路人像看西洋镜。

钟婆婆抱着孙儿跟在后面，心里酸酸的，笑得像哭。按说，鸡公车为她带来的烦恼消停了，该释然才对的，可她的心情和表情就这样了，这是谁也没有办法的事。

去汽博，是下午，乜斜着眼睛看人的太阳给每个人都留下了影子，但没人察觉，包括钟婆婆。

说话间到了汽博门口。二老受到了该馆包括沃尔沃司机在内的全体员工的夹道欢迎，噼里啪啦的巴巴掌响得就像夏夜的一泼雨。这是二老平生领略到的最大礼遇，像极了国家领导人外访走下飞机舷梯走上红地毯那个阵仗，当下自是感动不已，惊惶不已。小外孙也笑了，笑得老气横秋，两长排肉巴掌拍打出的无烟火炮，让他早把鸡公车忘在了乌有国。这天下午，所有人都活蹦乱跳，如果非要评个之最，还数女馆长的活蹦乱跳。

晚上，林大爷把捐赠证放在家中神龛前，手持一炷香，双膝跪地，说，"先祖啊，我是想要那十万块钱的，可我又怎能要哇。卖传家宝，我不是败家子谁是？所以，先祖，不要怪我，我没有卖，真的没有卖！"说着，把捐赠证取下，握在手上，"这个捐赠证，就是证明啊。捐赠证上写得可清白了，这架鸡公车，是林家的家宝啊！"

林大爷说："先祖啊，馆长说了，这鸡公车不仅是家宝，它现在还是省宝了呢，再过些年头，没准就是国宝了！"

次年，秋天。钟婆婆身上鼓了一个包；先是不知道，后来那地方老有动静，到医院查找，打CT，就打出一个包来。医院说了，还好，这个包发现得早，可以一刀解决。林家转忧为喜，一问刀价，又瓜了。妈妈哟，这一刀下去，需要三十万！老林家的人抱头哭了几场，就抹了泪，开始凑钱。几天下来，靠着亲家的帮衬，凑了十万。面对二十万缺口，如果不出现奇迹的话，老林家只有砸锅卖房，露宿街头了。

这个包像一场严霜，把老林家完全打蔫巴了。钟婆婆拜了神龛，趁人不留神，跑上了龙泉山。她把自己挂在老林家那棵歪脖子老核桃树上，以期让自己的一生和百把斤肉，在山上坟地形成更大一个包。心说，包就包到底，一了百了。但她还是被匆匆寻来的老头子和健步如飞的亲家公拦腰一抱，解了绳套，救下了树。蹬开垫脚石前，山风一阵一阵吹来，把钟婆婆吹成了一浪一浪的秋千。正想着来年坟草青青，美如外孙满墙满纸的多彩涂鸦呢，俩老头子屁颠屁颠赶拢了。俟后，她对俩老头说，我可不是你们救的，是我孙孙救的。如果不去想坟草，哪去想孙孙，不想孙孙，早喝了孟婆汤，过了奈何桥。你们想追也追不上了。

"卖房！"林老头子一声山吼。又吼："活人还能让一泡尿憋死！"

"卖了房还咋过日子啊！啊——"钟婆婆哭山了，又吼山了。

人要活，就得吃饭穿衣，而房是衣服的衣服，这理儿，钟婆婆懂的。

林家还没卖出去房子，医院的账上就进来了票子。钟婆婆出院时，非要医院告诉她二十万捐资人是谁。医院被磨叽得不行，就说了。医院说，捐资人叫鸡公车。

"鸡公车是哪个哟？"钟婆婆有些蒙，心说，"还有诨名叫鸡公车的莽子？"

"我们医院咋晓得？反正那个捐资人自己说叫鸡公车，还再三扎咐，不要跟你们说。对了，那人是一女的，四十不到，长相不摆了，乖得很。"

"傻婆子，我晓得是哪个了。"林大爷说完，又说，"是鸡公车救了你这个老不死的老妖婆的老命啊！"

对来苏水味特敏感的钟婆婆，这会儿就像站在山上的桃林里。鸡公车如一扇万吨级铁闸，关住了钟婆婆比猫胡子都灵的嗅觉。

钟婆婆渐渐有了反应。她没有像汽博女馆长那样哽塞得说不出话，而是哇一声哭出来，大把大把流泪。她哭得张开了臂，弯下了腰……像了，越来越像了。老头子看她的眼神，竟像看自己的鸡公车。

钟婆婆活蹦乱跳都一两年了，林大爷才听说，女馆长已经没法活蹦乱跳了，她被框定在了法庭的围栏里。女馆长被框定，还是因为鸡公车。围栏里的女馆长耷拉着脑球，跟一只身体内长了包的母羊没什么两样。女馆长的情况，林大爷是听女馆长的代理律师说的。这个代理律师，以打伦理型经济官司闻名这座城市。

"湖广填川博物馆"、"辛亥保路运动博物馆"和"中国古驿道博物馆"等十来家对文物古玩收藏特敏感的机构从报上看见了老林家这辆满载了三百年故事的鸡公车的故事，就齐扑扑按到汽博，找到女馆长，出价一浪高过一浪，欲将鸡公车据为己有而后快。女馆长打死不卖，但最后又迷迷糊糊与其中一家签了转让协议，一百万。汽博的另外几个股东知道这事后，大爆粗口，一气之下，把擅作主张的女馆长告上了法庭。

叽咕叽咕，鸡公车叫着，也被推进了法庭，它在等候自己的去向与归宿。

林大爷、钟婆婆也被请进了法庭，老两口是作为女馆长的证人来的。附带的，还有接受多方问询的义务。当然，更重要的，作为鸡公车原主人，鸡公车何去何从，法庭需要老两口出个声儿，拿个倾向性意见。

2013—4—10

背 后

1

　　所谓走背运，就是好运与自己背道而驰。喻水庸感到座椅在摇晃。这家伙坐不住了。聆听命运，他有第六感。

　　芸芸众生，遍布大地，为什么不直接说人体咋样，人身怎的，而说人影憧憧。在喻水庸看来，这是说，我们看见的人，不是人，而是人的影子。

　　换一个意思说，任何一个人的背后一定还有人，也许是一个，也许是一个以上；把这个意思反过来也是成立的，即，任何一个人的前边都有一个人，或一个以上的人；总之，我们随便看见哪个人，那个人都不是一个人，而是两个，甚至一群人。

　　正因为有这样的认识，喻水庸就有理由说，现在，与自己对阵的，除了影子还有人；影子并不可怕，人倒了，影子就不复存在了。

　　这个意思，喻水庸很早以前就清白了，在部队？不，应该是在三岔溪时代吧。弄清白了是一回事，弄清白后想不想又是一回事。在喻水庸看来，这件事就像做爱，不能说弄清白了就不想了，不定想得更欢更扎劲呢。有时，喻水庸看见面前的人，心里就忍不住严肃或发笑，暗忖，你哪是你啊，以为我喻某不晓得，你不就是某某的影子吗。当然，那会儿，面前的人什么也不知道，在面部表情与心理表情之间砌一堵囚墙或拦洪坝，是喻水庸天生的修为与后天的拿手好戏。喻水庸之所以喜欢想人与影子的事，是因为他觉得这种想跟品一样，越品越有味道，并且，每一次品都有不同的味道。

在喻水庸心里，这个意思已不仅仅只是一个意思，而是一种认识、逻辑、哲学，乃至高无上的真理与美。

这是市委大院，市委政研室副主任喻水庸有滋有味品着，还未品及真理、刚刚品到哲学这一层级时，办公桌面上的座机响了起来。他很不高兴这个响，就像瘾君子不高兴瘾没过足而被莫名其妙打断一样。不想接这个电话，但还是接了。果然，一个毫不重要，也可以说莫名其妙的电话。电话是找他的手下小唐的，却打到了他这里。他什么都没说就要放电话，想想，还是说了三个字，打错了。然后，不给对方续话的机会，快速放了电话。小唐名义上是他的手下，实质上是他的秘书，因为秘书这个职务中央规定副部级以上领导才享有配备权；他这个副处职位，自然不属可以明文规定派发一个跟班的范畴。中央的文件从省市县乡一直到村组社区，层层打折，到老百姓面前时，已变得不成体统了；那些字模糊得正面反面都可理解，那些纸皱褶得前后左右都可参阅。但这并不影响喻水庸是实际上的领导，小唐是实际上的秘书，或者说，喻水庸是小唐的背后，小唐是喻水庸的前边。这样的关系，决定了他如果喊小唐接电话，他不自在，小唐更不自在。

这个无意义的电话让电话变得意义起来。喻水庸立刻意识到，该打一个电话了。但是他一时又不知这个电话打给谁。上司、老婆、情人，抑或唐人宋人，抑或某个外星人？都是，又都不是。

今天是时任市委书记刀天伟履新、前任市委书记王满生离任的日子。今天一早，省委组织部一位副部长陪同天伟同志从省城前来华康市，这会儿正在全市领导干部会议上宣布任命呢。宣布完毕后，副部长还将陪同满生同志返回省城，满生同志将到中央党校地市干部班参加一段时间的学习。说是学习，其实是一种过渡，一次心情整理。当然，也是用来等省人大的一个会议——这个会议一开，满生同志就在省人大的某个专门委员会有了一个位置。这个位置与市委书记的位置平级，也属正厅级，但权重效果完全是两码事。满生同志很不想去，但又不得不去，这是没有办法的事。他的年龄，离退休未满，干满一届又不够，他背后那人在电话里说，满生啊，只能这样了，你的命只能这样了啊。满生同志听出来了，老爷子第一个"啊"是权威兼慈爱，第二个"啊"是无奈加无奈。

在华康市第一主官易位更替之际，喻水庸相信全市的官场都处于了一种状态。官场是什么？是权力平台，是政治秩序。没错。但权力平台也罢，政治秩序也罢，构筑、掌握和运用的主体都是人，都是那种被叫着官员，制人而非制于人的人。因此，所谓全市官场的状态，其实是官员的状态。望着全市权力宝塔塔尖上市委书记释放的灯光，全市所有官员的屁股都在试探自己的位置是否依然稳固；如果稳固，是否还可以升一台级；如果不稳固，又当何以为。

喻水庸一想到屁股，就想到了最坏的可能性。他需要知道底线，如果底线都可以承受，就没有什么不能承受的。这是他思考和决策问题的基本方法。他的自信使他成为一个乐观主义者；正因为乐观的原因，他的立场永远都从悲观主义出发。这样，他首先就感到了位置的摇晃，接着，想到了可能撼动位子的一些枝枝蔓蔓、根根绊绊。

喻水庸觉得应该给彭代军打个电话。彭代军这条线不能直接决定他上升，却能直接决定他下课。可能决定他下课的线很多，甚至看上去与他八辈子不挨边、八竿子打不着的事，也可能就是他的麦城和滑铁卢。但这些线都是暗线，是看不见乃至尚未成形的线，可以暂时不管，也没法管。他之所以要管彭代军这条线，是因为这条线是他的明线。这条线是他的明线，但没有人知道，因此对于外人来说依然是暗线。

喻水庸与彭代军的联系，除了秘密见面，就是电话了。二人各有一张用假身份证购买的SIM卡，只在二人之间使用。他们之间的这个电话号码，全世界只有他们二人知道，也就是说，连父母、妻子、孩子、情人也不知道——这是喻水庸的规定。喻水庸的规定投影在兄弟彭代军身上，就成了铁律，兄弟总是执行的。

大哥，啥事？电话才响两声，兄弟就接了。

代军，天立最近没什么事吧？大哥沉稳地问道。

天立能有什么事，没事。兄弟轻松回答。

尔雅江南开工还正常吧？

正常呀。

税，放贷，竞标，拜神，都没什么事吧？大哥喻水庸说的拜神，在他们这一行里就是塞包袱上贡的意思。

哥，咋了，是不是你那里麻烦了？兄弟左想右想天立集团近来都很正常，反而是大哥今天这个电话一点不正常。大哥很少给他电话，一给就是直接下达指令，绝不扯闲。

代军，再想想。人呢？有没有哪个给你或天立惹麻烦，或者，有没有谁近来反常？

哥，你这一说我倒想起黑狗来。见电话这头未吭声，又说，黑狗这狗日的，老子两天没他的音讯了，手机也关了机。

你再叫两人找找。说完，不待兄弟说话，关了机。

喻水庸用的是双卡手机，他切换了一下按键，用另一个号即华康市委机关内部电话簿上登记的号拨了小靳的手机。小靳是市纪委法规室副主任，也是市监察局法规室副主任。纪委真是一个繁复神秘而有趣的机构，它属于党口，履行中共的纪律检查职能，同时它又与属于政口的监察机构合署办公，行使政府行政监察职能，此外，还在监察机构那里加挂有一块预防腐败机构牌子。面对不同的人与事，一会儿三合一，一会儿一分三，像一位武林奇人使着变幻莫测的无影掌。小靳人前是一副英姿飒爽、正气凛然的模样，一到床上就邪乎得要人命。不知小靳知道不，老白马王子喻副主任喜欢的正是她这种干啥像啥的现场感和投入状态。

情人在电话里的声音也是一本正经的。不过，她可比彭代军灵光多了，喻水庸没跟她扯淡几句，她就知道了这个大众情人的真实动机。他可是一个基本不在上班时间找话头扯咸淡的主，表面上是找她，实际上恐怕是找纪委吧。找纪委干吗？不是关心自己的那点事，就是关心别人的那点事。

情人不想再绕了，决定直奔主题，说，放心，你屁股上没屎。

他坦然而又狡黠地说，我当然没有，不过，我关心的是，如果有的话，宝贝会不会给老公擦掉。

情人说，会的，不过，不是擦掉，是查掉！

他心里骂道，婊子，笼上裤子不认账的东西，嘴上却厚颜无耻说，宝贝，不会这么狠心吧。

情人正言道，严肃点，上班时间。没事我挂了哈。

他也决定直奔主题，咕噜道，我是没事了，我不相信别人也没事。你知道，我一直在做保持党的先进性纯洁性系列课题，涉及反贪腐方面的……

情人问，你是听到什么了吧？

他说，就算听到什么也只能算谣言，哪有个准儿？

情人说，我听说弋原区规划局出了窝案，四个人前天被双规了，局长，副局长，两个处长，应该是我们市纪委执行的。区规划局目前是一个副局长在主持工作，你不知道？

区上的事，我哪知道。他说，并放下电话。

真是怕什么来什么！至此，喻水庸的预感完全得到坐实。不用说，黑狗也是因为规划局这个窝案被卷了进去。黑狗如果吐出彭代军，彭代军就危险了；彭代军一危险，天立集团就危险了；一路危险过来，世界就塌了，他更是完了。一个人走路有多种走法，倒退着走，也是一种。他突然觉得，自己是否应该倒退着走了。这样，危险就会离自己越来越远，危险的样子，也在眼睛的罩子里。可是，倒退着走，倒行逆施，是在拿背与屁股顶背后的人啊。这样一想，背上冒寒气了。

办公室是坐不住了。喻水庸踱着步，左手�腰，右手拿烟，竟然彪炳着一种伟人在大战来临前的坚定与从容。办公室踱步，才三圈，他就踱出了窗外，他感到自己在整个华康的天空上踱步。即或如此，那一丝注定的悲观主义还是发酵成了一场云雾，层峦叠嶂，向他袭来。

他向彭代军发出了指令：马上安排人转移天立房地产账上的资金，如果有可能，把天立集团的资金也转移或调拨一些出去。记住，账号一旦冻结，就证明里面的人已经吐了，我们也就没必要捞人了。

喻水庸不经意间就在上述指令里说出了他和他的利益集团在这个夏天的关键词：捞人。

2

里面的人一开口，外面的账号就封口。大哥一针见血的结论性判断让彭代军佩服得五体投地。从这一天起，天立的财务人员把很大一部分精力投放在了侦知银行账户的动静上。

当天晚上，喻水庸与彭代军兄弟俩在丽山苑二十六号别墅见了面。专门用于二人见面的别墅有好几套，天立集团是这些别墅的主人。往往是，二人约定见面后，就由彭代军开车，在某条街的路边上接上喻水庸，确定车后没尾巴后，再驶向别墅。为了防止车内被人做手脚，安上监视仪器，喻水庸就让彭代军不停地换车。

菲佣给二人弄了吃的后就知趣地回房看电视去了。其实这位不会中文的菲佣完全可以不避开二人的，但谨慎的喻水庸觉得他们兄弟之间谈事还是二人世界踏实。明明面前有一人却视为无物，即或修炼到家如喻水庸者，也办不到。与菲佣交谈，喻水庸靠简单的英语，彭代军靠的则是手脚并举的肢体语言。喻水庸饮法国葡萄酒，彭代军喝茅台，两个男人已过了拼酒示豪情的年龄。

二人开始交流并整理信息，形成思想。彭代军认同大哥的判断，即黑狗的失踪，百分之九十九与规划局窝案有关。第一判断往往就是主判断，哪怕这个判断指向最糟糕的结果，也要相信这个判断，任何侥幸的心理都会带来致命的深渊，这是喻水庸常对兄弟说的一句话。又常说，他之所以很少犯决策错误，就是因为自己坚持了这个不带感情色彩，属于概率统计数理范畴的基本运算法则与判断规则。

三个月前，为答谢区规划局四人，天立房地产公司法定代表人、总经理黑狗在滨江路狮子吼酒楼办了一桌。饭后，黑狗相送，至酒楼大门外时，嘻嘻哈哈极其随便地给四人分别递了一条软中华。四人看上去也没当回事，比送烟人更随便更自然地接了过去。即或这样，黑狗还是从他们说出的谢谢中（以前他们接烟何曾说过谢字），从他们牢牢抓住软中华的力道中看见了民间送给官员的那句话——一脸猪相，心中嘹亮，于是笑着挥了挥手甩出一句话，这烟可不是水货，留着自己抽吧，送人可就亏了去了。这句话非常多余，甚至因侮辱了四人的智商而让四人心中不悦，但平民主义思想依然严重的黑狗还是忍不住说了。每条软中华里都有一张随时可提现的没有名字、未设密码的信用卡。当然，四张卡的额度是不同的。四人联袂操做出的功劳，让天立很满意；四人将尔雅江南高档住宅小区的容积率由购地前规定的3.0调整到了3.9；天立吐出的四张卡是小区开发溢出利润中的一点毛毛雨。

纪委双规了规划局四人，黑狗不属于党委政府任命的国家公职人员，连普通党员都不是，自然享受不了纪委的双规待遇，他只能作为行贿嫌疑人被检察院反贪局或者公安部门拘留。又鉴于五人属同案犯，故，喻水庸判断，为处理这个窝案性质的案件，应该成立有专案组。喻水庸这样判断并不是不知道纪委也可以独立办案，因为即或你不在吃公饭之列，且系党外人士，可党员的案子一旦牵涉到你，纪委一样可以办你。当然，若纪委认为利益于己不大，还可以有把你移交相关部门办理的选择。喻水庸认为有专案组，一是判断这事儿的发招源头应该不在纪委本身，而是上意；二是，它有大得诱人的案值。因于此，成立专案组并由纪委组阁把持，当是纪委的不二之选。

事实证明，喻水庸的推断基本正确。

代军啊，你让柴律师丢开手上的工作，全力投入进来，看看这个案子在法律程序上有无漏子。离开丽山苑二十六号别墅前，喻水庸最后说。

彭代军用了不到一天时间就查出了黑狗被拘留的情况。当时，黑狗和一名小姐模样的人刚从傲立洗浴中心出来，就被几个从一辆闪着警灯的中巴车上下来的人围住了，内中一人（后来得知是老邱）一把抓住他的手腕后，大家一拥而上，把黑狗推上了警车；小姐见状，倏忽遁之。洗浴中心的那位半蔫子门卫目睹了这一切。喻水庸在与小靳挤牙膏式的摆谈中也证实了市纪委信访室（市政府监察举报中心）主任科员老邱参与了拘留行贿嫌疑人行动。老邱至此成为已知的对手阵容中冲到喻水庸视阈里最前面的人，虽然这之间还隔着喻水庸构筑的几道防御工事。

喻水庸同样用了不到一天时间就得到了进一步的信息。市纪委监察局副局长卢章辉挂了专案组长的名，该局纪检监察二室主任陈栋担纲副组长，九名成员中，老邱等六名来自纪检监察，一名来自检察院反贪局，两名来自公安。从这个专案组的人员构成看，处于实际操作地位的是纪委，其他部门不过做做样子装装门面而已。五位同案嫌疑人被专案组带去了一个地方，但喻水庸没有打听到这个地方。相关的通着的电话无不强调着一个事实，专案组成员既有电话全部处于关机状态。市纪委迈过区纪委插手区管干部，显然属于上一级纪委接手立案并直接办理的相对特殊和重大的案子。在喻水庸眼里，双规恰如手拿金箍棒的孙猴儿，是可以来无影，去无踪，变化万千，神秘莫测的。它属于党内的一种纪律调查行为，故不受《宪法》约束，但它又可以随意进出司法程序，让检察院直接把被双规者送上法庭。官场中人有两怕：一怕背后没人，二怕升职超龄。其实较之双规，这些怕都不叫怕了。

有一个流传很广的段子，说的是纪委书记让一名刚到纪委工作不久的年轻人通知本市几个廉政建设方面表现优秀的局长参加座谈会，接受几家中央媒体采访。年轻人着急下班，通知各单位办公室时说得比较简单：请你们局长明天到纪委来一下。没想到，国土局长接到通知后大小便失禁，财政局长当晚自首，房管局长凌晨跳楼，交通局长立即失踪，发改局长一把掐死二奶，以为二奶举报了他……一时间，市属各局委办工作陷入瘫痪。

行走官场谁个没点问题？制度有缝，是人就过不了经济与作风的关，关键是看大老板想不想动你，想动的话，给纪委一个电话，纪委再给你一个电话，一切就搞掂了。

现在的情势是，一旦五人背弃信用，吐出信用卡上的信息和相关情节，黑狗和天立房产就完了。如果黑狗进一步开口，危局就会在彭代军和天立集团面前放宽银幕；黑狗在天立房地产的法定代表人身份，仅挂名而已。如果危局展开到不能控制的程度，恐怕喻水庸就该浮出水面来了。我喻水庸玩完的时候，大约也该是华康官场大地震出现的时候吧。想到这里，喻水庸一声冷笑。这声冷笑，居然阴干了先前的一背冷汗。

解决这个危局的当务之急是捞人，捞不出五人，捞出黑狗一人也好。那四个贪官的死活与天立无关；黑狗就不一样了，只要黑狗咬紧牙关，依然是彭代军的好兄弟和铁杆帮手。

怎么捞呢？

面对局势这头大牛，喻水庸只想当庖丁；现在，庖丁举起了手，却不知将手中的解刀下到何处。

伟人说过，帝国主义和一切反动派都是纸老虎，你不打，他就不倒。伟人还说过，扫帚不到，灰尘照例不会自己跑掉。喻水庸把伟人说的话放在此时此地来理解，是，不打垮把他们弄进去的人，他们不会自动出来。这样一来，岂不成杀敌一千，自伤八百？那么，有无不战而屈人之兵的良策？

捞人也罢，良策也罢，急中之急是让五人变成哑巴。

3

每一个人背后有另一个人，每一件事背后也有另一件事。世人看见的，都是台上戏；台上戏，都是幕后人导演出来的。

市级层面独立成立专案组，双规四人，拘留一人；五人不知羁留何处。这是前面的情况，背后呢？不找到背后的湖泊，眼前看见的东西就只是一场雾，又一场雾。

为找到背后的湖泊，喻水庸对着书房中的水银镜向另一个喻水庸提出了几个为什么——这是他多年养成的习惯。他喜欢提问，喜欢自己的提问得到解答。但他只喜欢自己问自己，自己回答自己。可他毕竟不是神，他也有回答不了的时候。这很正常。全世界没有任何一个人看清过一生中看到过的每一件事；很多错，都是眼睛给出的，凭物像；很多错，也是心灵给出，凭感觉；还有很多错，是智商给的，凭自信。这种时候，他就不回答，并且不再寻找另外的途径，岔口有时让道路变得举脚可触，有时让道路变得遥不可及。但总之是有必须回答的万不得已的情况，这种时候，他会犹豫再三，最后把电话拨给自己背后的人。这种时候，从背后传来的回答，已不是回答，而是解决。

他提出一个为什么，水银镜上就显像出一个为什么。当然，这种显像，没人看见过。

要想提出为什么，也不是那么简单。有了基本的事体，还应该对双方较力的力量有一个评估。干掉敌人，既要了解自己，更要了解敌人。

成立这样一个多部门参与的联合专案组，提口袋的人自然是高于市纪委书记、市政法委书记，否则，是无力号令和协调这两方势力的。这样的人，党口有三人：市委书记、市长、市委副书记。从成立专案组的时间看，这三人又必须是上一届就在任上的。如此，排除现任市委书记刀天伟的同时，得出了三人名单：前任市委书记王满生、现任市委副书记兼市长范平平、现任市委副书记龙浩。又由于市长秘书并不知情，喻水庸就有理由认为提口袋的人是王满生、龙浩两人中的一人了。除了提口袋的人，还应有一个决定的人，即批准立案的人。当然，决定的人与提口袋执行上意成立专案组的人也有可能是同一人。喻水庸进一步分析，如果存在两个人，那么，决定的人就是王满生，如果决定者与执行者是同一个人，那么，这人就是王与龙中的一个，并且王的可能性占到百分之八十以上。因为王可以这样做，而龙将决定者与执行人身份集于一身，违背了官场的程序正义，风险很大，除非官场丛林中突然闯出一头什么怪兽把他逼疯逼到孤注一掷的时刻和死路，否则他是不会这么做的。

但是，龙这样做也不是没有道理，因为龙恨喻水庸。龙恨喻水庸不是因为喻水庸怎么怎么了，而是因为喻水庸老婆和侄儿的公司影响了宏鼎公司的膘油。天立也影响了宏鼎的膘油，但他并不认为这与喻水庸有关，因为他认为喻水庸与天立无关。影响了宏鼎膘油，自然影响了龙的收益，因为干股的权益让他承受了当后台的压力，既为后台，就得承担为宏鼎增加膘油的责任与义务。这些呈雾岚状的东西，喻水庸也只不过知道个隐约。

任何一家摆得上桌面的企业的背后，都有一个或一个以上吃公饭的主，却是不争的事实，哪怕这个吃公饭的主不过股长、村长而已。这个不争的事实反过来也是成立的，即任何一位有点想法的吃公饭的主，背后都有一家或一家以上的企业。那些吃公饭的主，八小时以外，哪个还在自娱自乐打干搓，哪个不是在和一帮企业老板玩？这种结合，彼此都有了背后的人，彼此都不孤单了。老子说，最高的境界是一种混沌状态。官商的这种勾连，不正是国粹的体现吗？喻水庸笑了，笑得像哭，内里更是如丧考妣。

但若是王、龙联手，还得有一个条件，即二人彼此是一条线上的，至少也是相互信任的。反之，就不成立。而依喻水庸对二人的了解，他们之间不仅没有什么忌讳，貌似还很亲密呢。

经过这一番梳理，喻水庸明白了，将自己逼上可能的绝境的敌人们，其后台靠山是王满生、龙浩，或其中之一。到底是谁，也许永远无法确知。芸芸众生，遍布大地，所有人都是明朗的，所有人的背后都是模糊的，这很正常，也很清晰。

顺着这个背后再往背后捋，就到了省上。在官本位建纲立国的中国，从古至今，或许所有人的背后的背后一直背下去，七倒拐，十八道弯，几拐几弯都可能到达省城、京城，但不能这样捋。京城就像喜马拉雅，它太高太大了，高大得成了一动不动的象征。象征是拿来说的，最多挂在后墙上镇宅，绝不可也不能拿来用。因此，只要一望见皇城根就得赶紧勒马，往回捋。

就这个案子而言，从王，或王、龙二人往回捋，就捋出了他或他俩的前面，依次是：市纪委监察局副局长卢章辉组长、该局纪检监察二室主任陈栋副组长，以及老邱等九名成员。

这条线是浮出水面的对手的阵容。由这条线生出的节权和枝叶又有几多呢？他们每个人的背后和背后的背后，是些什么神仙呢？喻水庸知道，除了眼前这条明线，对手还有一条暗线。正是这条明线、暗线交织的绳索把黑狗他们五人捆了进去，同时试图把他一生的经营也捆进去。

他要做的，自然是解开绳索，如果解不开，就割断它。

一场战争开始后，前面硝烟弥漫，后面弥漫硝烟，谁也别想袖着双手，置身事外。

可是，自己这方的力量够吗？思及此，喻水庸开始盘点自己的阵容了。黑狗的背后是彭代军，彭代军的背后是喻水庸，喻水庸的背后主要是市长和离休在家的老爷子。这条线的枝叶喻水庸是再清楚不过的了，他不清楚的是区规划局四位贪官背后的那条暗线。那条暗线无论是捞人，还是丢卒保帅、杀人灭口，都可以算作统一战线上自己的友军。评估敌我双方力量，自己这方似乎还占有一定优势。

没人知道我喻水庸的前面有多宽，背景有多深！我可以给你一个清晰的像，但你得给出一个精准数据的景深，但，在华康，还没有这样的人。

即或一个人去战争，我喻水庸也是有基础的，有力量的。

4

布局，几乎是喻水庸唯一的爱好。前前后后、左左右右、上上下下的人物角，都可能成为他布局的棋子。他把小时候的这一爱好带到了部队，并最终将他终生的兄弟彭代军布入了局中。

从三岔溪村参军的彭代军，先是战士、宣传干事，后读军校政治学院，在宣传股副股长任上转业地方，成为老家太平县鹰背镇党政办主任。部队时，他因打架开枪，伤人犯事，险些上军事法庭，是喻水庸帮他摆脱了危局。为救他，喻水庸做了偷子弹、摆平挨枪者、作伪证等一连串事。彭代军感动不已。两人至此结拜生死兄弟。彭代军退伍去了深圳，又因涉嫌黑帮犯案，遂投奔到了太平喻水庸这里。这时，任职鹰背镇长助理、已停薪留职过几年的喻水庸早在省城炒股挖到了第一桶金，并随后让第一桶金在海南炒地皮中翻了十几二十个滚。

两人见面叙尽友情和离别相思后，彭代军为自己未来的生存皱起了眉头。两人商量办水产品公司，讲好喻水庸出资，彭代军出力，喻占百分之七十股份，彭占百分之三十。对此，彭不说千恩万谢，只抓着结拜大哥的手不放，一仰脖子，把大半瓶泸州老窖咕咚咕咚倒进了喉口。公司生意跟预测的一样好，甚至更好，二人自是高兴。谁知开张不到半年，一帮混混就找上门收保护费了。为了不交保护费，彭代军招来了黑狗等几个战友做干将，与场镇及周边乡镇的黑帮大哥们开始了刀刃上讨生活的惊心动魄的对峙、拼杀与谈判。那段时间，喻水庸到安徽各地调研农村改革政策去了，回到镇上得知这些破事后，勃然大怒，立即令彭代军收手，但木已成舟，覆水难收，喻水庸已被自己的兄弟绑在水产公司的战船上，完完全全驶入江湖了。后来，直到现在，一想到这事，喻水庸就摇头苦笑。妈的，到底是我把彭代军布入了我的局中，还是彭代军把我布入了他的局中？这种刀尖舔血、半夜走钢丝的恐怖事业，让喻水庸对利用彭代军当枪手的那点愧疚感消失殆尽。

到了什么样的山，就唱什么样的歌。喻水庸至此脚踏两只船，一只在庙堂，一只在江湖。但表面上，他全身都在庙堂行走。对于彭代军及其公司，他始终处在幕后，只提供指令、智慧、关系、资金。

经过血腥的草创阶段后，天立独大鹰背，很快就发展到了县上。到了县上后，喻水庸对天立的布局是，三五年内，让彭代军成为这个县黑帮及工商界的大哥大。

这一时期，天立公司跨入建筑、地产以及信贷、娱乐等行业，逐鹿县域，镇服群雄，小公司变大公司，基本坐稳了县中心的地盘。与此同时，县境城乡另外十多二十个帮派在更迭不断、几起几落、优胜劣汰后，终于崛起了三个大帮与大哥，他们围绕啸聚县城周边，也有了各自的地盘和主业。为建立江湖秩序，彭代军被各帮推为全县大哥。彭大哥号令，自己地盘上的小帮派由自己管理，三大帮跨地盘找食，需经对方同意，各帮之间形成纠纷，由天立集团协调处置。

形成这一格局后，各大帮派得到了相对健康与长足的发展，但发展最大的自然还是三家之外的既当运动员又当裁判的天立集团。这一时期，也是各大涉黑企业漂白之旅的开始。为了进一步漂白，彭代军按照喻水庸的指令，将带有原罪的天立总部迁到了华康市，并用几年时间使天立跻身全市一流集团企业阵容。现在，纳税大户、慈善大家、人大代表这些荣誉与光环，彭代军应有尽有。

按照喻水庸对天立的设计，守法的台面上的生意不做，违法的台面下的生意也不做，前者利润太少，后者风险太大，要做就做台面上和台面下之间那块。这一块不是谁都能做的——在庙堂，得有保护伞；在江湖，得有道上兄弟。天立既已抽身门帮，金盆洗手，名下早不养混混了。但不养混混并不等于不用混混；需用混混的时候，天立会从混混组织租赁，一手交钱，一手办事，手手清。漂白后的天立哪想招惹黑道，可有些事，你不管怎么办，都是烫手的山芋，比如拆迁，但交给混混，三刨两刨就摆平了。

在天立和彭代军从场镇、县城到地级市完成空间上和实力上的三级跳的同时，喻水庸天立之外的一个板块也获得了惊人的大踏步前进。

彭代军到县城投奔喻水庸之前，喻已办有一家公司，当然，他是这家公司后边的人，前边的人是他的老婆和侄儿。这家公司壮大到老婆常常手忙脚乱、顾此失彼时。出于种种考虑，喻水庸就将公司一剖为二，成立另一家拥有三个子公司的公司，交给侄儿打理。俩公司走势很好，也一步一步发展到了市上。谁都知道喻水庸是这俩公司真正的老板，但谁都不说。官场人物的家人经商，从上到下司空见惯，心照不宣。这两家中规中矩一点黑不沾的老实公司，让喻水庸成为了华康市顶级大富翁，已是公开的秘密。

全世界只有彭代军一个人知道，喻水庸岂止是大富翁，他还是华康真正的首富，因为天立百分之七十的资产也是他的。明的暗的分开算，喻水庸都是富翁，明的暗的加在一起，华康就没人能与比肩了。这个世界，真正的大鸟宅在云层中，真正的大鱼潜在深海里。

在美国人眼里，工作是与事业截然不同的，不能尿到一只壶里——工作是打工挣薪水的事，事业是投资经营获利的事。中国是一个崇尚模糊文化的国度，反映在工作与事业这里，是二者没有显明的界线，反映在喻水庸这里，是事业飞跃的同时，宦海仕途也风生水起。镇党政办主任、镇长助理、县志办副主任、县文化局长、县委常委宣传部部长，一路顺风顺水，直坐到市委政研室副主任位上。

喻水庸还有一个硬通货，那就是妙笔生花，把公文、论文、调研等官样文章写到了不说惊天地泣鬼神，至少也让人叹为观止的程度，有华康一支笔之誉。坐拥这等本领而又不愿与他人作嫁，那也只能孤芳自赏，用文人的清高与世界较劲。喻水庸在部队时就是这样的人，这也是他被转业的原因。到地方后，官场的铁律和生活的鞭子教训了清高这头怪兽，他先是刀笔吏，后来连捉刀人也愿当了。当捉刀人最大的好处是，用自己秘密的奉献拉近了与文章署名人的关系。从理论业绩考核和理论水平彰显的立场出发，没有哪个官员不喜欢在大刊大报上发表令更大官员欢喜的文章，更没有哪个官员不喜欢自己的工作报告、工作总结不同凡响，这就给一支笔造成了猎获靠山的机会。这么说吧，他背后的老爷子、市长、组织部长等就是他一篇一篇写来的。只不过，也不是每一篇都可以正常发表的，如果文章涉及地域宣传或植入广告，写得再好也得流血。好在这于喻水庸不过小菜一碟，十来年里，他暗地里光买版面的钱都花了好几百万。运作官场和公司怎么着都是要投入请客送礼的成本的，他把版面费也算作了这其中的一部分，并且是最划算的一部分。

吏员、富翁、一支笔，三位一体，相辅相成，互为支撑，交织促进，为喻水庸构筑了自己良好的政治生态、经济生态和社会生态。这些生态，又使他成了人脉大家、民间组织部长、情场王子，以及黑白两道通吃的大哥大。

这一切，让喻水庸练就了两张脸，表面是文人的潇洒与亲和，内心是政治家的坚定与缜密。这，也是他独步华康的撒手锏。

中庸之道是中国官宦文化之一种。水满则溢，月满则亏。喻水庸也不可能样样都满，这大约就是他的仕途走到市委政研室副主任位上就再也走不动的道理了吧。他为此努力过，痛苦过，但很快就舍下了。舍下后他发现，自己得到了更多：自由、快乐、尊严……想通了这一点后，一通百通，一切都通了。

5

喻水庸明白，虽然自己拥有强大的力量，但要一举击溃对手，一招制胜，也是万难的。因为对手祭起反贪大旗，以程序正义的姿态，将执政党与国家手段纳入了自己的雷霆行动中。喻水庸不管如何做，都有地下的、违纪的、非法的、邪乎的性质。面对怀揣公权力利刃的一方，面对可以合法杀人的一方，面对得理不饶人的正义之师，自己一方师出无名，名不正言不顺，力量再强，一比，又弱了。

可是，对手就真的合法吗？如果没有证据而推定有罪从而去寻找证据，这算怎么回事呢？

为什么突然就有了这次双规行动？这次行动是由什么引发的？为什么偏偏把天立公司扯在了里面？它到底是肃掉四个贪官还是冲着天立来，同时，为什么冲着天立来？这次双规为什么不走上会程序，又为什么撇开区上直接办案？为什么早不动晚不动偏偏在市上新老班子换届的当口动？行动的密级为什么设得这么高？……

喻水庸在家中书房水银镜上写满了自己的心思。

事儿是想出来的，更是做出来的。内心动静再大，也需用肢体和器官表达出来。喻水庸开始行动了。行动的方向很多，三百六十度，哪个度都可以是，可仔细一想，又没有方向。他最终决定从陈栋入手。已知对手的十数人中，他认识三位，三位中，专案组副组长、纪检监察二室主任陈栋是他的朋友，又有帮他解决问题的权力。只有从陈栋这里打开缺口，他才能让自己这方的人见到黑狗，摸清黑狗现状的同时，给予黑狗沉默的理由和力量。这是当务之急。不管什么行动，首先就是解决当务之急，然后，一步一步解决次急问题。

坐实这个计划的首要行动是找到陈栋。可是，陈栋在专案组，专案组都不知在哪个鬼旮旯，又哪知陈栋在哪儿？喻水庸把找专案组和陈栋的任务交给了彭代军，让他派人在陈栋可能出现的任何地方蹲守，他的住宅小区，父母家所在小区，市委大院门口，市纪委楼下，市规划局，尔雅江南工地，天立房产公司，一个不漏，同时对他的好友和可能的相好进行跟踪。考虑到专案组和涉案人员吃喝拉撒睡等所需，还要监视农贸市场、超市、医院，并留意他们的汽车。因专案组除了肩负对涉案者进行问讯、笔录任务外，还承担有外出侦察、取证、向上峰汇报等职责，所以其活动区域不可能只局限在那个羁居之所。

如果是因江湖之事找江湖之人，彭代军真能做到手到擒来，其手法与效果敢跟公安叫板。但这次的情况让他也感到了棘手。要知道，从各方反馈的信息看，除了专案组自己，恐怕连市委书记、副书记，市纪委书记、市政法委书记甚至挂名组长的卢章辉也不知专案组办案地设在哪里。

只有傻子才可能被一棵树吊死。聪明人也会吊死，但聪明人吊死的是树而不是自己。彭代军撒下天罗地网找人的同时，喻水庸坐在华康市最高贵的休闲场所凤凰大厦三十二楼的六号包间，开始了自己独具风格的行动，运筹帷幄，决胜千里。

喻水庸是华康官场公开的自由战士，没人管他，也没人管得了他，想上班就上，不想上班就不上，享受的完全是文联、作协、传媒、文化馆之类单位以及国安、便衣警察等的弹性工作制。这有个人的情况，更有单位的因素，关在办公室写调研文章，从资料调研到调研资料，能调研出个啥？喻水庸冲着市委副秘书长、政研室主任，甚至冲着市委常委、秘书长吼，不走群众路线，不下基层调查民生，不到矛盾集中地研究社会矛盾，怎么

可能接地气，不接地气的文章，屁都不是。喏，接着！喻水庸一
边吼，一边就把两条极品华康香烟扔了过去。上司也很豪爽，不
过，面对喻水庸这样的主，他们也只能选择豪爽。主任说，老
喻，小平同志说得好哇，白猫黑猫，抓住老鼠就是好猫，你坐班
不坐班，甚至十天半月不来，都可以，但你抓的文章，搞的课
题，千万水不得呀。上司说的也真是屁话，一支笔的文章和课题
何曾水过？

　　喻水庸的相关情况，尤其是已年届五十的现实让他特别钟情
政研室，都有点乐不思蜀了。

　　政研室看上去是个无权无钱、清汤寡水的冷僻悠闲单位，须
知一切都可因人而异。对于喻水庸来说，待在政研室，上可以接
触到一号首长，下可以接触到底层百姓甚至乞丐，工作空间之
大，自主动作之多，恐怕没有哪个部门可以匹敌。试问，全市哪
里不需要政研，哪有政研去不了的禁地，如果你不在乎自己的得
失和不怕被人腹诽为瞎折腾的话？跟了闲云野鹤似的领导，秘书
小唐很大一部分工作是为领导守办公室，司机更是成了市委大院
旁边那家茶坊珍贵无比的重量级买主。

　　喻水庸一上午的时间都用来打电话了。他第一个电话是约市
长秘书中午到三十二楼六号包间见面，市长秘书犹豫了一下，又
立刻爽快地答应了。喻水庸知道他的犹豫只是官场人物对待任何
一位有求于自己的人的第一反应，除了那点虚荣的意思，其实任
何意思也没有。喻水庸相信市长秘书会答应，因为自己与市长的
关系，这位秘书心知肚明。心知肚明也不是啥都明白，他只明白
自己的老板与电话里这位富翁官员关系很好，但为什么好却是云
遮雾断。这点，秘书就不如司机了，秘书常换，司机不常换。

喻水庸想了十秒钟履新的市委书记刀天伟，就放弃了给他秘书打电话的念头。他不得不放弃，因为他压根儿不认识这位秘书。市委书记的秘书尚未到位，目前这个是临时安排的。再则，双规发生在刀天伟踏上华康土地之前，理这条线无异于擀面棒吹火，吹死不来气。

工作很繁复，怎么理，各人的着眼点和手法是不同的，正像杀猪杀屁眼各有各的杀法一样。喻水庸从来都是自上而下的理法，也习惯这种理法，之所以这样，除了自信使然、实力开道，是他深谙阎王好见、小鬼难缠的道理。

接下来，喻水庸给市委副书记、市纪委书记、市政法委书记、市委组织部长、市委宣传部长的秘书打了电话。政研室的工作性质很容易与首长秘书熟，加之喻水庸的有心，就与秘书们更熟了。熟是熟，打哈哈聊天可以，但要办事解决问题，两说了。站队，是官场的一条法则。今天站这边，明天站那边，做骑墙的草，则是官场大忌。为讨好面前人，口无遮拦，背后说面前人仇人的闲话，不好，人家背后有眼呢。你的后台老板的人脉才是你的队，错不得的。喻水庸背后的人是老爷子与市长，已成为华康官场圈子里公开的秘密。秘书的队，就是自己的主子，而这几个秘书的主子，一些肯定不是与老爷子、市长一队的，甚至还是对立面的，剩下的，或友好亲切，或中庸圆滑，或模糊不清，真个各个不同。

喻水庸知道这些秘书的心态，不想给他们打电话，又不得不打。博弈已经开始，即使百分之一的可能，也应该做出百分之百的努力。

6

喻水庸跟秘书通电话采取的是一种人际交往中的经典模式，先谈一件事，后谈一件事，谈着谈着就把真东西埋伏到了看似正事的非正事中去了。他先跟秘书们谈的都是自己正在写的一篇文章，跟这个磋商标题，与那个请教长短，还有思想调子、立场定位、说法分寸、资料核实等问题，之后，话头一转，开始了扯淡。

——喂，兄弟，出来喝茶嘛，三十二楼六号包间。

——你老兄胆可真够大的，这可是上班时间。

——我胆再大，也够不上双规的格吧？

——喻主任是谁？把我市党员全双规了也轮不上不差钱的喻主任呐。

——兄弟开什么玩笑。不过，倒是听说前几天又遭了几个。

——拔出萝卜带出泥。进去几个就能打住？还不定又会扯出多少来呢！

——那是。又该有人睡不着觉了啊。

——喂，喻主任，您知道弋原区规划局这几位爷是咋进去的？

——官员进去还能咋的，多半受贿呗。

——这是肯定的。不过，我说的，是指程序上的事。

——我哪知道，正想问你呢。

——这事倒是蹊跷，好像就没人晓得是咋回事。不过，换届前后的事，一般都有点蹊跷。

——兄弟高见啊。

——还不是多赖喻主任平常不吝指点，教导有方，才悟到了这点东西，惭愧，惭愧。

与几位秘书的通话，提纲挈领，也就大致如此了。放下电话，几位秘书定是一头雾水——姓喻的今儿这个电话到底想说啥呢？此时的喻水庸也不在乎秘书咋想，只在乎自己咋想。他想这些秘书一个二个鬼精得很，有些话可信，有些话未必可信。但不管可信不可信，这一上午，他的行动只获得了一个信息，或者说，不是信息，而是一记打击：案子重大、复杂，要从这个案子中捞人，难啊。他有个预感，这个案子背后的人，会为了自己的利益和脸面，施展十八般武艺与敌手斗法。自己不就是这样的厉害主吗？

什么叫黄金组合，钢铁团队？出现情况的时候，背后的人会为前面的人擦屁股甚至直接出头，前面的人会为背后的人当枪使甚至挡子弹；这支队伍时刻警醒着，准备着，厉兵秣马，磨刀霍霍。现在就到了这样的时刻。

几位秘书中，只有组织部长秘书似乎看穿了喻水庸的心机，就多说了几句话，虽然这几句话喻水庸此前就知道一些，但毕竟知道得不细。

——我哪知道，正想问你呢。

听喻水庸说到这里，组织部长秘书说，这事倒是蹊跷，好像就没人晓得是咋回事。我只知道双规四人的同时，老板让我给弋原区委组织部长打个电话，让他到老板办公室去一下。老板与他谈话前，我拿着笔记本到老板办公室给老板茶杯续了水，给区委组织部长沏了茶，然后做回避状，见老板没吱声，就真正回避了。区委组织部长离开市委大院不久，我就得知区委组织部一位副部长去区规划局宣布该局一位副局长临时主持工作。

就算秘书先前是个话痨兼好动症分子，当上秘书，一定变得慎言警行。组织部长秘书今天多说了话，当然是希望用打破惯例的风险成本在喻水庸这里获得更多的回报了；而且他知道，喻副主任的动作，总是令人满意的。重要的是，他清楚今天的这番话压根儿就不存在风险，自己不过是比其他人知道得细一些和早一些罢。自己不说，别人也会说，但别人说了，就没自己的事儿了。同时，他也明白喻副主任应该还想知道是哪个更大的老板给他的老板打了个什么招呼，但他确实不谙就里，自然无法售卖这个信息了。

想要什么就一定买得起，就一定出得起价，在华康官场，只有喻水庸做得到，这也是公开的秘密。但有些东西不标价，也无价，令喻水庸头疼的就是这些东西。

喻水庸心中突然就有了一团疑雾。市委组织部长应该算是自己背后的人吧，但他会不会又是自己对手的背后力量呢？就算他不知道前面的敌我关系，那他扮演的终是事实上的无间道哇。设若无间道偏向对手一方，岂不相当于自己在毫不知情的状态中被对手抄了老巢？

市长秘书吃午饭前向市长请了假，打的来到凤凰大厦。喻水庸用房卡把他从大厅接进电梯。依喻水庸的综合身份，可以不接的，但不见卡，电梯门不会对任何宾客开放。三十二楼六号包间基本上是总统套格局，但功能更多，吃喝玩乐一应俱全。只有俩人，喻水庸就精点了四菜一汤，听市长秘书说下午上班，不敢整白的，就要了一瓶法国拉菲庄葡萄酒。昨天喻水庸与市长秘书通过电话，估计他今天也不可能为自己带来新的信息。果然，他一心夹菜抿酒，只捡不着调的话说。他不说，喻水庸却不能不说。

这样，市长秘书就知道了这个案子的情况。

喻主任，您是说彭总有个手下也进去了？他慢条斯理地问。

是啊，我昨天不是在电话里告诉过你吗？喻水庸其实没告诉他。喻水庸不想在电话里把事儿说得那么陡。

有吗？电话信号不好，我可能没听清楚。市长秘书不想在这个问题上只顾嘴上较真。

告诉天立公司有人栽进了专案组这个意思，是喻水庸把市长秘书请到这里来吃饭的唯一意思。他相信这个意思很有意思，他背后的市长大人会为这个意思动起来的。来自他前面的力道太大，若他背后的人不推他一把，他真怕自己跟跟跄跄，连连后退，最后轰然倒下。五岭逶迤腾细浪，乌蒙磅礴走泥丸，这样的场景在诗中很美，完全可以迷倒一大片粉丝，但他并不希望出现在自己的征途上。相反，如果可能，他倒乐意把这种美送给对手。

喻水庸觉得市长秘书在自己面前装老练很可笑。他心里那点小九九喻水庸清清白白；说得再陡一点，这点小九九还是从他的大九九母腹中分娩出来的呢。

喻水庸认为，凡是通过自己努力来的争取来的后台都不是后台，或者说不是最牢固的后台。最牢固的后台不需要争取和努力，它会自己送上门来。比如血缘带来的后台，比如姻缘、地缘、狱友缘、战友缘、同学缘、同好缘，它们在你还没意识到什么的时候，一夜之间从天而降，自己就站在你背后成为你的后台。老爷子就属于这一类后台，所以，即使一年两年不打一个电话不问一声安，它都会稳稳地屹立在那儿。

但市长不是这样的后台，市长这个后台是他自个儿垒砌的，市长与他之间的唯一纽带是一报还一报的利益勾连。他认为仅仅如此是不够的，所以，他还需要把这个后台加固。他加固后台的方式是，让市长那个智障儿子在天立房地产公司持有干股。兄弟彭代军把这个计划完成得天衣无缝。这些，市长秘书哪里晓得内中机密呢。他或许朦朦胧胧有些感觉，但他一定认为喻水庸连朦朦胧胧的意识也没有。

喻水庸与市长秘书喝酒的间隙发了两个短信出去，约小靳下午来，约小栗晚上来。与人喝酒吃饭时打电话玩手机是不礼貌的，但这是对礼待贵人或地位平等的常人而言。他玩手机，就是为了提醒市长秘书，他喻水庸非但不是常人，甚至反而是贵人。话说回来，这点小欺，市长秘书受得起。吃饭打手机在老外那里就更不礼貌了。美国一家餐馆规定，吃饭时哪桌人没打手机，结账时就给哪桌人打折。

市长秘书一走，喻水庸给彭代军打了电话，告诉他随时准备接听市长秘书电话，并与市长范平平见面。

7

小靳来了。

小靳在单位是优秀纪检干部，在家是贤妻良母，因此，小靳与喻水庸的偷情也很节制，每月一两次而已，并且只在八小时以内择时进行，绝不过夜。小靳一进门，就雌鸟样张开翅膀蹦蹦跳跳往喻水庸身上扑，来了个大拥抱。之后，天女散花一般把衣裤散了一地，袅袅娜娜风光无限去了浴室。水声响过不久，她便嗲声大叫，老公，水放好了，快来给老婆搓背。小靳在床上就更浪更邪了，但喻水庸喜欢。上班时间中规中矩任劳任怨当个纪委干部，回家之后有章有法漂漂亮亮做个贤妻良母，私会时间天天然然开开心心干个曼妙情人，这才是万事万物美好生态运行的正道嘛。喻水庸不喜欢那种大白天妖里妖娆风情万种，晚上死木疙瘩又懒又笨像一头褪毛猪一般的女人——黑白颠倒，倒行逆施，这理儿怎么着也不通嘛。

　　小靳还有一个癖好，做活路的时候非要让情人骂她小骚货，小婊子，骂得越凶，她叫得越欢。前边后边翻云覆雨折腾个遍，海啸飓风通通消停下来后，喻水庸问起了小靳得知专案组成立的经过。小靳研究生毕业分到市纪委法规室，没多久就拜了喻水庸为师，又没多久就搞起了师生恋，因此，他俩算得上是久经考验的老情人了。

　　小靳说，喻大主任，我发觉你很关心这个双规案哦，应该不仅仅是调研课题需要，应该不亚于关心我吧。

　　喻水庸说，宝贝吃醋了吧。

　　小靳说，老实交代，是不是有私货在里面？

　　喻水庸拍着她的屁股说，还是宝贝聪明，老公一翘屁股就知拉稀屙干。是这样的：我有一战友找到我，说弋原规划局那个姓洪的科长是他一远房亲戚，还是长房辈的。那个姓洪的科长的老婆找到我战友，让他帮忙打听她老公的情况，并想去看看老公，见个面。我对战友说，见面咋行，那不成串供吗。但我那战友死活不依。还有，那女人晓得我战友有我这个关系。他们是把我当成市领导了，你看搞笑不搞笑。

　　小靳说，我看不搞笑，在我眼里，老公的能量可比市领导大多了……

喻水庸亲了小靳耳孔一口，趁机说，你是说我的床上能量吧。

前戏做足了，小靳就说出了身边这个中年男人想知道的东西。身边的男人本身就是官场同道，说这些话，不违纪。

她说，那天，她去找卢副局长签发一急件找到了小会议室。小会议室里坐有十来人，基本都认识，就是不认识，一看他们坐的位置就知道，除了卢、陈二人是官，其他都是兵。当时陈栋主任正讲话，见她进去，也没避讳。卢副局长阅签文件的空里，她听到陈栋提到了区规划局几个字。后来，除了卢副局长，纪委的几个都没来上班了。纪委经常都有一些人消失一段时间，然后又回来；大家都知道，他们是公干去了，司空见惯，也没人问。

喻水庸说，从他们开了一个有关区规划局的会，又从他们神秘消失，老婆就得到了一个专案组成立的组织机构信息，真是太有才了，佩服，佩服。不过，我还是有个疑问，你说那个老邱是信访室的，他怎么也进到专案组了呢？既然纪检监察二室主任陈栋任副组长，实际上的执行组长，纪委这边进入专案组的成员，应该是纪检监察二室的人才合理吧。

小靳说，你说的没错，但你对纪委的工作就老外了吧。我想，老邱进专案组，应该与案源有关。信访线索，是纪委查案办案案源的主要渠道。此外，还有司法部门移送过来的案件线索，也有纪委主动扩大案件线索清理范围，到工商界查找线索的，再就是利用各村配备的信息员和监督检查员、各社区设立的监测点和社区纪检委员，通过走访、座谈等方式方法收集有价值的案件线索。

喻水庸说，这么说，弋原规划局这个窝案是从信件或上访这个主渠道得到的线索，而老邱正是这个信访线索的接待人和办理者。

小靳说，终于开窍了吧。喻大主任，我看以后你还得多到我们纪委来调研调研。

喻水庸说，我不是一直在调研吗？调研了你，还不等于调研了纪委。要不，再让老师深入调研一回？

小靳一脚蹬开他，去，你那黄脸婆不心疼你的身子，我还心疼呢。这句话里，小靳心里说的是你，但嘴一张就成了你那黄脸婆。女人总能抓住任何机会，不择时机攻击对手，就像这会儿，情人的妻子远得八竿子够不着，但还是被小靳的本能拎了出来，拎到了前台。其实小靳也并不是真的要那啥，她不过是又想挑起一个话茬，逗得情人找不着北，斗斗嘴嘴而已。遇到女人这样说，男人一般都显得宽宏大量，笑笑，由她去，而心里那个美啊。喻水庸留她吃晚饭。她说吃什么吃，我知道你还约了人来吃的，我还要去趟办公室呢。说罢，直接冲个澡，走人了。

小靳走后，他把这一时段未接的电话、未回的短信择要处理了，让服务生换了一套床上用品，收拾了卫生间、浴室，然后给小栗打了电话，说你可以来了。又打开电视，百无聊赖地翻着台。彭代军打来电话，说市长秘书给他打电话了。刚过六点，小栗就来了。小栗是喻水庸资助的一名老区农村女孩，从初中到大学毕业都是他资助的。她一直不知道在背后资助的那个好人是他。大三时，看了几本福尔摩斯的她，终于找到了他；找到了他，就不想再找不到他了。假期中几接触几不接触，她没想到这个世界上还有这么一位值得她崇拜的神，并且这个神就是自己背后的恩人。她对爱情也有自己的理解，认为爱情必须建立在崇拜的基础上，否则是不牢固的；只有崇拜一个人了，才看不见这人的毛病，才甘愿为这人奉献甚至不惜去死。她觉得好命运就像无孔不入的空气，总是那么充足地眷顾她。阅美无数的全市著名采花大盗喻水庸也觉得跟她在一起很轻松——她是那种少有心思、可以让人一眼望穿的阳光女孩，透明人儿，没有多大追求，只愿在生活的小溪随波逐流；她的那些自以为高明的鬼把戏总能给他带去破解的快乐。总之，两人很谈得来，谈着谈着，都觉得应该把关系更进一层。

她说，好吧，那你说，我们应该是什么关系。

他说，还是你先说吧。

她说，不嘛，这个权力交给你。

他说，我说什么你都认？

她说，当然，只要你高兴，一切随你。

他说，莫后悔哈。

她说，后悔是小狗。

他说，我当你的叔叔吧？又说，干爹？

她不说话，打死舅子不说话。

他又说，那你可是小狗了。

她说，小狗就小狗。好，你的先选权用完了，现在，该我行使宣布权了。

他望着她的样子，憋着没笑出声。最后，她宣布他为大哥，宣布自己为小妹。他说，小栗，如此蛮横霸道，我咋觉得你都有点黑道味道呢。她说，管它白道黑道，当你的小妹就是人间正道。是不，大哥？他说，人间正道是沧桑。她说，沧桑就沧桑，小栗我本来就是沧海一粟嘛。他说，你看你这小嘴。她说，我这小嘴怎么啦，你不就巴望小妹没嘴吗，小到没有了你就高兴了吧？小栗毕业后，喻水庸一个电话就把她安排在市报当记者，现在都转正大半年了。

小栗一进门就说，大哥，饿坏了，肚皮都贴后背了。喻水庸一拍她背心，说，死丫头，除了吃，就不会想点别的？小栗一屁股坐在沙发上，四肢大大打开，说，大哥，你不是说你喜欢没心没肺的吗，你不点菜，我可点了。二人点了菜，喻水庸说，小栗，大哥今天想腐败小妹一下，愿意不？小栗说，说吧，咋腐败？喻水庸说，我们叫两个服务生进来，你男我女，一人一个，今晚这顿饭，不用动筷子，他们就是筷子，你要吃什么，那个小帅哥就会给你喂。小栗说，那个小美女就会给你喂？喻水庸说，没错，就是这样。又说，你要喝酒，如果愿意，他会用嘴来渡。小栗说，渡？喻水庸说，就是用嘴喂酒。小栗说，这就是腐败哇，又说，我看不够，应该一男一女都来喂你，渡你，左一下，右一下，右一下，左一下。小栗一边说一边左一下右一下摆脑袋。喻水庸逗她说，那小妹干啥？小栗说，小妹看戏呗，戏好看，就拍掌，不好看，就退场呗。喻水庸说，你看，大哥开个玩笑，你还当真了。说话间，菜上齐了。

二人一边吃饭，一边闲聊。闲聊中，喻水庸将想问的问题直接问了小栗。他知道，记者的嗅觉比苍蝇还灵，一堆屎藏得再隐秘，它都找得到。他更知道，不管问什么，小栗都不会多想。马克思说怀疑一切，小栗偏不信这话，大哥就是大哥，大哥是用来相信的，而不是用来怀疑的。小栗还真是告诉了一些他不知道的信息。

她说，得知弋原区规划局出了窝案，我们就去采访，谁知区公安分局、区纪委、市纪委、市区政法委都说不知情。我们的提问，弄得对方莫名其妙，更弄得我们自己也莫名其妙。难道弋原规划局四人被外星人掳了去？我们想，这些部门中总有知情而装傻的。我们还去找了四人的家人，家人也说不知道，还说准备到派出所报案呢。后来，我们在网上看到了相关消息。你知道，网上的东西不可不信，不可全信，金额各说不一，连双规人数也没有个准。还说抓了两家公司的人，但没有提公司名字。更奇的是，网上还说了涉案人员关押地点，有说宾馆的，有说煤矿、农家乐、废弃卫生所的，还有一个帖子说得更邪门，居然说他们关在一座深山寺庙里。

喻水庸问，对网上说的关押地点，你们就没去探寻过？

小栗说，还真去了，但一无所获。大哥，你要知道这个案子的线索，可一定要在第一时间告诉小妹哈。

手机响起，喻水庸一听彩铃就知道谁打来的。彭代军电话说，一切如大哥所料。又说，他回去后应该有所动作。彭代军用了回去一词，表示市长回到他的权力中央去，又表示市长刚刚离开了二人约会密谈之地。

见时间有些晚了，喻水庸提出自己开车送小栗回报社附近的出租房。小栗说，送去送来的我们都累，我不走了，就在这儿睡。喻水庸说，好哇，那我走。小栗说，走吧，走了我好睡个清静觉。喻水庸说，别美了，总统套，我还想睡哩。小栗说，好哇，快去洗吧。喻水庸在浴缸里喊，小栗，你就不怕我把你咪西了？小栗说，你不是自称中国当代柳下惠吗？喻水庸叫道，万一今晚我改主意了呢？小栗说，今晚没有大哥，只有柳下惠，哪有改主意的柳下惠呢。

喻水庸裹着睡衣靠在床背抽烟，浴室里的水声妙不可言，堪比天籁。小栗穿着睡衣大大方方走了出来。喻水庸说，又忘了？小栗问，怎么了？喻水庸一指衣柜说，比基尼。小栗一笑，就换了比基尼上床。小栗很快睡着了。喻水庸一笑，摇摇头在心里说，真是没心没肺的孩子。小栗侧身睡着，把一张美背对着他。应该说，小栗全身上下各个部件都很漂亮，但真正让他激动不已的，还是小栗的这张背。他不自觉把手放上去，感受着一匹锦缎的质地和体温。

小栗，你的背真好看。那是他第一次赞美人类的一张背。他看过很多国人画的、老外画的女人背，还有不少摄影作品，有些也很不错，但没有哪张背有面前这张好，不是差一点，而是差得太远。即或如此，他还是如鲠在喉，只能赞叹，不能描述，这让他很难受，他第一次因为描述不出一张背的美妙而难受。看来，只能认为，这张背与诗同，与宗教同，只可意会不可言传。他还记得一位替身女演员曾对着一群娱记大叫，那是我的背！替身女演员那声又是骄傲又是不平的大叫，举国震动，喻水庸更是印象深刻，至今不忘。替身女演员说的是一位当红女星演的一部当红电影，电影中有几个镜头，是当红女星在裸浴时露出的美背。其实，那是替身的背。电影火了，明星美背风光了，传开了，但没有替身的事儿。替身于是生气了，非常生气，但命运如此，规则如此，生气和报料并不能改变什么。这也算演艺界的一个潜规则，当不了明星而身怀绝技，就当明星背后的人，成龙刚出道时，还不是一声不吭给人当替身？

是么。那大哥是说小妹的脸，包括整个前面都不好看啰。小栗生气地咕哝道，一转身，又把一张背递给他。

我的小妹哪哪都好看，大哥是说，连背也这么好看。

油嘴滑舌的，说不过你。

这之后，喻水庸对这副美背的赞美，不再用嘴，而是用手了。此前，两人沿江散步的时候，小栗总喜欢拉着大哥的手，当大哥的手转移到自己的后背上后，她的两只小手竟不知往哪儿放了，只能交叉着，圈着双乳，去充分感受美与幸福。

这会儿，再次侧身躺在一张美背背后，吸吮着美背的芬芳，喻水庸夜不能眠，思前想后，想东想西，竟去了一趟三岔溪村。

8

三岔溪村说大不大说小不小，要想在这个天地里混得人模人样，还真得是个角儿。

喻水庸的父亲在大跃进和灾荒年都没事，并且这期间还在老婆身上成功播种，生下了喻水庸。

不知是被这个幺儿子克的，还是被渐渐好起来的日子怎么的，幺儿子刚刚上小学，老子就被一飞来黑棍打折了腿，丧失了劳动力。男人丧失劳动力后，女人抱着三个娃崽哭，你们爷不知死哪里去了，你们爸背后没人，没人就没人，偏要逞豪，害得被人黑掉了一条腿。怎么不把两条腿都黑掉哟，那样我们一家跳河算了，免得在人前现丑啊。单对水庸，又哭，早知你爸要遭这个孽，又何必送你上学堂呵。但水庸读书已上瘾，打死不退学。女人哭过之后，就拉着水庸的哥姐下田去了。她不得不与半残男人交换活路，她干地里活，男人干屋里活。

水庸在村小常被一些同学欺负，欺负得受不了时，就不想被人欺负了。他观察到一些缺少权钱、家境跟他差不多的孩子，之所以没被人欺负，是因为找到了自己的大哥。他还发现，这些孩子找到大哥除愿意俯首称臣、唯命是从外，还愿意在大哥的战斗中付出自己的胆量与蛮力。

身单命薄弱不禁风成天咳咳喘喘的喻水庸没有蛮力可付，他只能付出时间与智力。办法是，帮大哥写作文，甚至其他科的作业也做。这样，寻大哥和傍大哥的过程中，连爬带滚，他把高年级的课程都啃了。

他在学校找到了靠山，但他的家还没在村上找到靠山。

村里那些混得人模人样的，按乡邻们的说法，是人家背后有人！那口气听上去，背后有人的人，不管背后的人是如何取得的，人家都是有能耐的人物头，都是命中带来的运，不服不行。当年，日本鬼子发动侵华战争时，何曾把面前的中国打上眼，但他们却不能忽视和不忌惮中国背后的苏联和美国。就算背后的人永远不吭声，那也得忌惮。就算导弹、核武器永远不走上台面，那也是不怒自威，用无声发着言。村里那个眼睛望天、嗓门最昂的六叔，一看就知道不仅背后有人，而且背后那人是全村人以及全村人背后的人，谁都惹不起的神。六叔的表侄，他可是县上一个局的局长！这真是城里一人得道，乡下鸡犬升天。

水庸爸因半残成为半废人后，成天都想着今晚和哪个娘们儿困觉的村支书就打起了水庸妈的主意。水庸妈自然不干，可一年不到，就被干了。至此，水庸家也算背后有人了。水庸爸和村支书老婆都清楚这事，但都装着没事人儿一样。水庸后来也知道了这事，但他把这份屈辱和无奈吞进了心里。到现在，他一看见母亲就想哭，一想到这事儿心里就痛。家里虽然有了村支书这柄保护伞，但毕竟保护得半阴半阳、歪歪斜斜，房前屋后飘风漏雨就显得正常了。即或这样，日子过得终究是没有以前闹心了。

高中毕业后，为避免缴大学学费，水庸瞒着家人当了兵，并暗暗发誓让自己变成家里最强硬的靠山。在部队，他想谋得某位首长赏识，但未能如愿，只好去读军校。直到脱了绿衣回到家乡，又从镇上到了县上，他才意外得知自己居然还有老爷子这个后台！原来，太平县打造红色之旅，挖掘红色文化，竟挖出水庸爷抛妻别子一去不归竟是投奔了红军，并为新中国流尽了最后一滴血。而老爷子当年的老班长正是水庸爷。重要的是，老班长水庸爷还救过小战士老爷子的命。

　　一个人发展壮大的过程，何尝不是等待并寻找背后和前面的过程。

　　前边有了彭代军，背后有了老爷子后，喻水庸觉得自己就成了依山面河的风水，左青龙，右白虎，坐北朝南全体身子骨都窝进了有靠背的椅子，前前后后方方面面皆风生水起、顺风顺水起来。即或这样，他那站哪坐哪总喜欢靠墙靠物的习惯再也改不了了。人最怕的敌人，不是来自正面的对决，而是来自背后的动作，背后的偷袭，背后的捅刀，或者断了自己后路。

　　他还有一个习惯，看书，看文件，总喜欢先从后面往前面翻阅一遍，再决定是否还需从前边往后边细看一遍。大约是这个习惯的延伸，在三岔溪村头打谷场看坝坝电影，他也喜欢蹲在银幕背后的斜坡上，一个人想精想怪地看。一句话，他从小就没养成被背后谜底折磨和戏弄的习惯。事实上，他学习成绩好的原因，也是因为把做作业当成了揭开背后谜底的过程，他认为，在1＋1＝2这里，1和＋都是谜面，只有2才是谜底。他总能在学校找到背后大哥，就是因为他总能在作业中找到谜底。

　　从三岔溪回来，天都亮熹了。望着小栗的美背，喻水庸想，这两天做的事，包括与两个女人做的事，可不都是背后的事？自己是背后的人，又是前边的人，忙前忙后，但进行的绝不是他一个人的战争。在自己的人生棋局上，自己布了很多局，就算市长、彭代军等人是自己布的，老婆、侄儿，还有小靳、小栗这样的女人总不是吧。如果是，自己岂不太阴险、太可怕了。其实，到底是不是，他自己还真说不清楚。如果一个人活着而不能被人利用，这个人还有何价值可言，可交换？有悖政治经济学等价交换原则了。

想着，直到小栗走后好一阵，他才搂着小栗枕过的带着处女香的枕头沉沉睡去。

梦中，他看见了自己的前世今生。他今世属巨大无边的虎，前世咋个属一条细长冰冷的蛇呢。有时，动物在人的背后，有时人在动物的背后，时间与命数做的篱笆总在中间隔着。动物与人，谁是谁的幻影，谁是庄周谁是蝴蝶？梦一个接一个。还有一个梦，创世纪，或世界末日，世界只有他或只剩他一个人时，正午十二点之前，影子在前他在后；十二点以后，影子在后他在前；十二点，他成了自己背后的人，又成了自己前边的人。

人吓人，吓死人。在喻水庸这里，是自己把自己吓了一跳；水银镜的哲学梦中，喻水庸不认识喻水庸了。

9

"秘书"小唐的一个电话把喻水庸叫醒了。

小唐接到市委办公室通知，履新的市委书记后天要去太平县调研，陪同调研人选名单中有喻水庸。虽然喻水庸觉得自己进入这个名单顺理成章、理所当然，但他还是知道这与自己背后的人做的工作有关。这个机会，不仅能给华康官场很多值得玩味的想象空间，还让喻水庸有了攀附一座新靠山的可能。市长范平平没在调研领导名单上，不知他在忙些啥。

为了提前对这次调研做好应对性准备，喻水庸翻身起床，迅即赶到了办公室。其实，这一连串动作，只是他无意识的本能反应。仅在办公室忙碌了半小时，他就发觉完全无事可做了。他的业务功课随时都做得很足。想到自己对华康第一首长如此在乎与敏感，就摇摇头，无奈地笑了。自己可是身家几十亿的阔佬哇！

小唐当然是洞悉了领导的这个笑的。官场中人，常常有这种笑，但并不露出。领导露出这个笑只能说明，在一定程度上，领导对他是放心的，释然的。这同时让他也放心和释然下来；跟着这样的领导干，自己还会进步的。一瞬间，他竟有了好奴才找到好主子的那种单方面的惺惺相惜的感觉。

市委书记的调研，头天去，第二天就回来了。

一回来，喻水庸就找了个僻静的水吧与小靳见了面。他去县城的当天，刚在县招吃过晚饭，就接到了小靳电话。小靳听说他在外地，就说回来说吧。他知道小靳那儿有事，车拢弋原，赶紧约她面谈。

下午四时的阳光疏斜地透过大板玻璃照在一对地下情人的身上，形成半明半暗的城市风景。小靳一边努起大嘴小喔咖啡，一边告诉了他这么一个信息：她说卢副局长喊她到他办公室，说是咨询一下政策法规方面的事。卢副局长不是业务型领导，又有不耻下问的品德，一遇问题就找下级来说个明白。当时她正准备下班回家，接到电话后来到卢副局长办公室。卢副局长说，有个双规案子已经成立了一个有纪检监察、公安、检察三家参加的联合专案组，为了把这个案子办成铁案，能否再让法院和律师加入进去。

小靳说，卢局长，这么做有些不符合司法程序。立案、侦察、取证、核实、批捕等程序还没走完，一下就到了公诉、审判阶段，也就是说，前边的结论还没出来和认定通过就开始最终的结论了。

卢副局长说，这样做不仅加快了办案结案时间，也可以让相关各方尽早介入情况，在过程中排疑解难，以免走弯路嘛。

小靳说，但是……

卢副局长说，小靳你就别但是了。直接告诉我，这样成立专案组，全国有无先例？

小靳说，外省有个市，在扫黑严打期间这样做过。但网上司法人士是有非议的。

卢副局长抬腕看了下手表，说，小靳啊，今天耽误你了哈。小靳一边说没事，一边逃也似的离开了卢副局长办公室。

小靳吃了一粒喻水庸为他剥了壳皮的美国开心果，笑笑，又说，这下你那位战友的什么亲戚恐怕在劫难逃了。喻水庸一副事不关己高高挂起的态度，说，天作孽犹可恕，人作孽不可活。又说，但谁他妈知道这家伙是不是真作孽了呢？

小靳走之前还给喻水庸说了一个消息，但她没说消息的来源。市国土资源局一个副局长也在这个窝案中落马了。喻水庸装着上洗手间，忙给彭代军打了电话，问天立的账号有没有冻结。听彭代军说一切正常才落下心来。天立上的贡，这个市上的副局长自然有份并且是笑纳了的。

小靳走的时候正踩着这个城市下班的钟点。小靳来的时候还人模狗样的，有一把好乳都没让它们跳起来打人，但走的时候就凶猛得有些妖娆了。她先是拿脚尖从桌下逗了逗老情人的小弟弟；从吧椅起身时，仅仅一个仄身，就弄出了新天地与大动静：屁股摇曳生姿，胸前山水汹涌，一阵肉风险些刮了他一个趔趄。但是，喻水庸喜欢她的骚性。望着她的背影，很享受的喻水庸又想到了自己关于背后与前面的理论。可是，这个小靳，她到底是自己背后的人呢还是前面的人？显然自己与她是互为背后，互为前面，按照时髦的话讲，叫二人资源，二人共享。这话也不对，自欺欺人了。他们是二人资源，可哪是二人共享呢？小靳的资源，他只享有了一部分，他的资源，小靳也只享有了一部分。在全球化信息资源共享的今天，设若你真把一个人的资源独享了，那是你的福分，恐怕更是你的灾难。

　　扯得太远了。还是从全球化回到华康，这间偏僻水吧，这杯再次热过的咖啡。喝了咖啡，思维变得敏捷些，但没有想象的锋利。

　　看来，对手一方也加大了博弈力度。难道是自己的行动激怒了对手？或者自己背后的势力发出了惊动对手的信号？这是一场阵地战、阻击战、白刃战、争夺战，抑或其他什么战？他认为，什么战都有可能，但一定不会形成拉锯战，因为双方都铆足了力量，包括明力和暗力，都不想因华康政治格局变成铁板一块后自己望铁兴叹，不能作为。捞人的方法想来很多，从战争的角度看，似乎只有消灭对手和让对手撤除包围两条路可走。就成本和应急论，后者自是佳于前者。围魏救赵之计不就是让对手撤围吗？不战而屈人之兵才是上策。

天完全黑了下来，喻水庸才感到肚子有了意见，遂叫了小吃，为肚子做起填空题。

　　服务生收拾碗碟后，他脑子竟冒出刀天伟下县城调研的身影。他对自己说的那番话是啥意思呢？还有那不无意味的笑。市长强势，书记也强势呵，下一步华康可有好戏看了。现在的问题是，在刀天伟履新的这个新形势下，自己该如何调整部署，形成新的布局。喻水庸很不想改变自己精心的布局，可一次一次变局的出现和到来教训了他的顽固和幼稚，使他深深体会到，水平，就是对大形势的适应与顺应。大形势就是老子所说的道呵，逆道而行，不就是螳臂当车吗？现在，刀天伟的履新就是华康未来五年的道。道的不二法则是，顺我昌，逆我亡。说白了，刀天伟就是华康今天的道。当然，市长也是道，但刀天伟是主道，范平平是辅道；辅道永远要顺着靠着主道走，快不上去，慢不下来，这是常识。不把既有的布局图案擦去，不面对一张净白的纸，是永远理不透一些简单道理的。

　　喻水庸想清楚了这个主辅问题，不禁幽幽一笑。接下来，正准备给自己最大的下家彭代军打电话，下家的电话却先来了。

10

　　彭代军在电话里讲，他手下兄弟在二医院发现了专案组副组长陈栋。陈在二医院拿了拉肚子的药后就往郊外方向去，刚出城，车就掉了头，直接回家了。也不是直接回家的。回家途中，当他发现车后有跟踪后，就让司机把车从市委大院大门开进，然后从侧门出，再然后开回家中。见跟踪他的车进不了市委大院干着急，他笑了，但他笑早了。他以为他的楼下不会再有探子了，但他的以为错了。彭代军的叙述中有相当一部分属于他的逻辑演绎。

喻水庸开着他的凯迪拉克，二十分钟不到就到了陈栋家楼下。彭代军与他的两个喽罗从路边一辆大奔上钻出来；喻水庸望了三人一眼，没作声，直接进入楼宅单元。他必须把对手封在家中。这样的事，以前很难亲自出面，这一次对手把他逼到了梁山，他只能顶着风险的鬼头刀，从背后走到前面了。

对手问清敲门者何人后才开门把喻水庸让进了家。喻水庸见对手一手握着手机，一手拎着公文包，一副正待出门的样子，又见他老婆坐在客厅沙发上看电视，只说，没想到吧，大晚上的，打扰兄弟和弟妹了。

喻水庸与对手算得上是朋友，因此对手对他这位不速之客还算热情，但对手老婆比对手更热情。她迅速给不速之客让了座，沏了茶。不速之客像变戏法似的从手包中摸出一瓶香水，说，老婆刚从法国回来，带了点小礼品送朋友，不值钱的，弟妹莫嫌哈。这番不当回事的话，纵是纪委干部也是无法推脱的。对手老婆接了香水，连说，你们谈你们谈，就欢天喜地钻进卧室去了。

喻主任，有事？是啊，有个事，还想请陈主任帮个忙啊。哦，华康还有喻主任为难的事？是这样的，我有一个战友找到我，说弋原规划局那个姓洪的科长是他的一个远房亲戚，还是长房辈的。那个姓洪的科长的老婆找到我战友，让他帮忙打听她老公的情况，并想去看看老公，她听说她老公被双规了，那女人晓得我战友有我这个关系，他们是把我当市领导了，你看搞笑不搞笑。这事？喻主任，这事我还真帮不了你忙，首先我就不知道那个姓洪的科长双规没，再就是他被双规了我也不知他关哪儿呀。不过，既然是你老兄亲自找上门来，怎么着我也要帮你打听打听，如果得知他关在哪儿，让他的家属见个面，应该不是个难事吧。哦，这样呵，那就麻烦兄弟费神了，改天我让我那战友在东大街天字一号酒楼摆一桌。咱俩兄弟客气啥，谁跟谁啊。二人聊到这儿，再往下，就纯属天南海北瞎掰了。

说话空里，对手站起来，有意无意拉了下窗帘，朝楼下看了会儿。不速之客想，彭代军他们在楼下车上不出来就好。这会儿，屋中两人，一个从背后看人的表情，一个用后背看人的表情，相信都能看见对方任何一个细微动作，但不速之客什么动作也没有，倒是对手探察窗外的表情在后背上显露无余了。

两人又开始说段子，刚说了两个，对手就按着肚子跑洗手间去了。不速之客屁股不动窝，等的就是这一刻。对手在那边山呼海啸，电闪雷鸣；不速之客在这边手忙脚乱，紧张操作。

二人是官场中人，说的段子自然与官场有关。

一个说，一位领导在总结自己单位工作上不去的原因时说：一是没有后台，就像寡母子睡觉，上边没人；二是政策变化太快，就像妓女睡觉，上边老换人；三是没能搞好团结，就像和老婆睡觉，自己人老搞自己人。

一个说，《西游记》告诉我们，凡是背后有人的妖怪都被接走了，凡是背后没人的，要么被一棒子打死了，要么被打回了原形。

对手从洗手间出来后，二人又喝了一回茶，不速之客就起身告辞了。不速之客下楼变成喻水庸，开着凯迪拉克，随一柱灯光隐进了夜幕。小区里很黑，小区外街道也已清静、空旷。喻水庸走后不久，陈栋家灯光熄了，一辆越野开来泊在楼宅单元处，不一会，又开走了。彭代军知道陈栋上了这辆越野，想跟踪却不能，一是车灯会暴露跟踪者，二是大哥打来电话让他不必跟踪。

四十五分钟后，昔日威名远播、而今金盆洗手的华康黑道大哥彭代军与他的幕后大哥喻水庸在丽山苑二十六号别墅碰了面。喻水庸先到，彭代军一进门，就看见大哥正喝着菲佣给他煮的咖啡，盯着笔记本电脑，阴阴地笑。彭代军熟悉大哥这笑，它基本表达出了一位博弈胜利者的笑。

代军，你看，专案组在这儿呢。

彭代军盯着电脑屏显看：一条轨迹，从陈栋家出发，弯弯曲曲，到了市区外一家四星级农家乐后，不动了。

原来，一个多小时前，趁对手闹肚子上洗手间拉稀，不速之客抓起对手搁在茶几上的苹果，迅速安装了一个手机版GPS卫星定位跟踪软件。对手的手机信息被不速之客放进了云数据里，又被一台电脑接收了下来，就是这样的。

知道了专案组匿身地点，现在的问题是，怎样将黑狗，甚至连同那五个贪官一起捞出来。

显然，不能像影视剧演的那样，找几个冷血杀手把专案组一干人统统灭了。或者，胁迫要挟履新的市委书记下令直接放人。又或者，让市长来个苦肉计，再演一出双簧。菲佣早睡了，两个铁血男人还在一壶闷酒中愁肠千转，不得要领。他俩先前是喝庆功酒的，喝着喝着就成了喝闷酒。

彭代军突然说，大哥，三天了还没动静，姓范的滑头该不会撒手了吧？又说，他要玩壮士断腕把自己撇个干净，我姓彭的就给他来个鱼死网破，鸡飞蛋打！与彭代军嘴上声音相应和的，是他身体内二百零六块骨头发出的金属之声。

兄弟说这话明显不是影射自己，不知怎的，喻水庸听了，竟自心头一懔，又一惊。那根后台链如果从后边一直斩断过来，我背后的人放弃了我，我会不会放弃面前这位兄弟呢？面前这位兄弟会不会放弃黑狗呢？这是一副多米诺骨牌，一张也倒不得的啊。还有，自己如果进入狐假虎威这个成语中，自己是狐，还是虎？狐得了虎的威带来的好处，难道就一点没想过自己有可能成为虎的盘中餐？难道只有弱智狐才会想到虎口拔牙？喻水庸这样想过，却说，想哪儿去了，还有老爷子呢。

其实，坐在丽山苑二十六号别墅喝闷酒的两个男人对于老爷子还有多少年的活头，心里明镜似的，早不抱多少希望了，但当兄弟的并不敢点破大哥的那点矜持与虚荣。

醉眼蒙眬中，喻水庸又想，如果捞不出人，又不能让那些人闭嘴，唯一的解决办法就是把最先生锈的链条斩断，就像肿瘤医生切去癌变包块。又想，五个窝里斗的文弱贪官与凶残玩命的黑狗，出于自保，应该已是狗咬狗、互相仇恨的双方了。如果有一个办法，打开分别关押他们的房门，投放一些器物，让他们碰到一起，会出现什么奇迹呢？会不会轰一声，几个人爆在一起，飞上天，又坠入地狱？如果出现这样的棋局，即，关没关住，捞没捞出，算不算斗法双方斗了个和局？和局就是平手，就是不输不赢，或者有输有赢，这样的结果，不正好可以让博弈双方顺坡下驴吗？你占了先手，我就回你一个后着。

这样的醉想，只能说明喻水庸永远活在自己的想象里。想象力超群绝伦，但不一定管用。

11

英吉利海峡那水天一线处终于一点一点来了动静，盟军一望无际的战舰向诺曼底海岸一望无际地压了过来。

两个男人还没从丽山苑二十六号别墅的酒精中清醒过来，消息就一个二个上路了。

这些天来，听到这些消息，喻水庸平静如初，似乎一切都是他的布局；春风吹过的地方，依次张开了绿芽；大地的局，总是等在春风必由的垭口；浩大的，摧枯拉朽的反击，全面开始了。但是，最后一个消息，或者说一个人的出现竟让他五雷轰顶，陷入满局疑阵、全盘皆输的感觉。

第一个消息说的是在刚刚召开的市委常委会上，大家伙儿在研究是否动议一下人事问题时，市长平平同志提名市监察局副局长卢章辉升任市政府法制办主任。久病不愈的法制办原主任病逝且过了头七，他空出的位置让范平平市长抛出了这一议题。平平同志的提议虽然显得突兀，但也合情合理，常委们原以为市委书记天伟同志会反对的，至少天伟同志也该顺势对监察局副局长提出一个人选，但天伟同志什么也没说。天伟同志没意见，全体常委同志跟着都没意见了。

由于是新一届常委，内中就有本土的和外来的之分；本土事对本土人来说，瓜田李下，断骨连筋，多多少少有些关节，于人于己，总可以说点什么；外乡人像刚剥了壳的蛋，白白嫩嫩，干干净净，怎么说都不碍己；但此时，他们统一把嘴巴这个多功能器官只用在了抿茶这一方面上。

常委们以为这个议题议完了，没想到市委副书记龙浩同志说话了。龙浩同志说，听说满生同志离任前以市委书记名义口头指示卢副局长牵头成立了一个联合专案组。现在卢副局长另任了，他此前兼任的专案组组长这一职务，是不是……

天伟同志打断龙浩同志的话头说，法制办和监察厅都属政府序列，要不，这事还是由平平同志统筹考虑？大家看怎么样？

这一招叫什么来着，这不就是传说中的釜底抽薪？自己左支右绌，白招黑招，阳招阴招，什么招都用尽了，连围魏救赵都想到了，还不是空洞乏力，回天无术？高手较力，要么不出招，出招就是狠招，死招，就是解决；而从表面上看，却似清风拂水，一团和气。是啊，平平同志一记釜底抽薪，天伟同志一记顺水推舟，什么都解决了。喻水庸长长地出了一口气，把几天来的戾气全出了。

喻水庸突然发觉，天伟同志的战略，自己的战术竟有些符合伟人的思想。伟人说过，什么叫政治，政治就是把敌人搞得少少的，把自己人搞得多多的；什么叫军事，军事就是打得赢就打，打不赢就跑。天伟同志搞的那才叫政治，自己搞的算个球，最多一点军事嘛。即或同属强人，喻水庸一下就感到了强人与强人之间是有很大的高下之分的。

第二个消息是第一个消息背后的消息。每一个消息的背后都有另一个消息，就像面对同一件事，内参是一种消息，央视新闻联播和各地党报是一种消息，网络微博又是另一种消息。网络微博上的消息有真有假，有些甚至是博主们臆想和推绎出来的。

喻水庸听到的第二个消息就有点像微博。消息说，王满生卸任市委书记一职赴京读党校候任省人大某专委会副主任前，成立专案组双规四位官员，既是对市委副书记龙浩的强势打击，又是给继任者下的一服烂药，栽的一颗倒钩刺。消息说，王满生失去封疆大员的权杖，正是龙浩实名向省纪委和省委组织部甚至中纪委中组部举报的结果。王满生本是龙浩背后的人，但背后的人失去权杖前没能将许诺的权杖交到前面的人手上，临阵易帜，反戈一击的状况就出来了。这次双规的主要贪官应该是龙浩门下的忠奴。消息还说，市委刀书记是真正的政治高手，深知上任伊始就调整官员位置，打破权力平衡，重分权力蛋糕实乃履新大忌，此举不但选不准心腹能员，还将引发官场大地震，将自己逼到众矢之的和孤家寡人境地。因此，他对前任下的烂药、栽的倒钩刺，只用视若无物一招就轻轻化解了。同时，姓刀的更明白杀敌一千自损八百的道理，与其两败俱伤，被省上各打五十大板，不如将相和，化可能的敌为真正的友，率先向合作者范平平抛出橄榄枝。

市区一个不大不小的双规案，在这个消息里，竟成了市级权层的玩智与斗狠。

第二个消息的小部分来自官场同僚的口口相传，大部分内容是小栗从网上下载给她大哥的。这位年轻的天生一张美背的女记者，但凡为大哥做了一点事就高兴得像上了一趟月球归来，至少也像刘洋从太空归来。

出现这样的情况，可有贪官们背后的力量在起着诡秘的作用？喻水庸不能肯定。还有，刀书记都知晓些啥，他也无可确诊。看来，对自己而言，甭管结果如何，都将是路漫漫其修远兮。

小靳在第一时间跑来三十二楼六号包间，把第三个消息告诉了老情人喻水庸。她说，她们市局已传出消息，局长办公会决定，卢副局长交出的丷原规划部门贪腐窝案专案组组长一职，由另一位副局长接替。局长办公会本想撤销专案组，建议由区里另组专案组，但考虑到办案的连续性，尤其考虑到市建设局一名副局长的涉案，只得继续把满生同志抛来的红炭圆捏在手心。又说，听说市委常务会一散会，市长就给即将升任正处级的卢副局长打了电话，卢在电话这头唯唯诺诺，又紧张又兴奋。卢副局长赓即召见陈栋和老邱，在自己办公室把陈和邱狠狠熊了一通，告诫二人要重事实，讲证据，依法办案，不能在审讯中上手段，为了反贪成果与反腐业绩造成冤假错案，铸成大错。陈邱二人从卢副局长办公室出来，像一头刚刚凯旋于西班牙斗牛场的公牛凭空被人骗了一般。

又说，老公，这是咋回事呢？

她此时的老公说，中国是一把手政治，一把手经济，一把手文化。又做一个怪相，打着官腔说，满生同志走了，天伟同志来了；上面一声咳嗽，下边就打雷下雨，就这回事。又说，还没搞懂？就是说上边一动作，下边就叫唤，当然，上边的动作也是下边惹出的……还没说完，一张嘴就被另一张嘴严丝合缝堵上了。

市监察局法规室副主任是一个副科职位，这在镇上可是一人之下、万人之上的人物，镇党委副书记，副镇长，都是副科，一市之中，副科与副科差别大老去了。法规室主任一正四副，五个人管有两名科员，而小靳在四副中又叨陪末座，因此，她实际上也就一办事员；但这并不说明水平，更不影响她的政治精明与女人情商。

她一松嘴，笑了，笑得心知肚明，说，老公，你也去当盘一把手嘛，让所有人、所有事围着你转。她此时的老公说，围着我转？那就是当太阳，也就是当日了。好哇，乖乖，你快任命我哇？她说，呸，狗嘴吐不出象牙。不过，我还是要任命你当一把手，当我的一把手，又说，上来吧，亲爱的日，还等什么等。

第四个消息来自市长秘书的一个电话。市长秘书说，喻主任，刚才我接到卢副局长电话，他请我安排时间见老板，说是有封信要交老板。我想，贪腐窝案的案源应该就是这封信。市长秘书说了这些，停顿了一会儿，又说，不知喻主任还有吩咐没，没有我就挂电话了哈。

喻主任在电话里打着哈哈，我小小一个副主任哪敢吩咐二号首长，我是成天屁事不干，一心就等着二号首长的吩咐啊，谢谢了啊，改天我请你腐败一下哈。撂了电话，喻水庸又把彭代军的手机拨了，代军，那封举报信很快就会到姓范的手头，到时你去复印一份，又说，我已打通了关节，你让柴律师以洪科长家属委托人的身份到市纪委办个手续，去一趟那个农家乐，让那些倒霉蛋坚定信心，把嘴通通封住！告诉他们，天塌不下来，大事可化小，小事可化了，可一旦吐了什么，倒霉的还是他们自己！

现在，喻水庸做的事只有一件了，那就是等待，等待兄弟向他报告好消息。消息很快来了，但他的兄弟彭代军不知这算是好消息呢还是坏消息。好消息彭代军会很兴奋，坏消息会很沮丧；但这个消息让彭既非兴奋又非沮丧，或者说，一些兴奋，一些沮丧。

大哥听到的消息是，黑狗回来了，黑狗不是从那个农家乐捞回来的，黑狗没事儿人一样自个儿回来了，黑狗压根儿就不知拘留是咋回事儿。

这个消息，就是华康人物头喻水庸这几天听到的最后一个消息。

背后总与消息有关，说两者是连脐兄弟也不为过，背后的事，总是通过消息传递出来。反过来看，所有人与背后人的关系，也是通过消息搭建起来的。

12

柴律师是天立从乡镇发展到县城后聘请的常年法律顾问，与喻水庸一样，也是个行走在沧浪之水中的灰色人。找朋友拿了非法的法律手续的柴律师，离开那个农家乐，还在车上，就在电话中跟彭代军嚷道，里面哪有黑狗，除了窝案中的五个受贿嫌疑人，还有两个行贿嫌疑人，这两个人与天立无关，都是宏鼎公司的。因为此案与天立无关，柴律师就没去见几位贪官嫌疑人，他说他不会抓屎糊脸，那几个聪明鬼也不会主动扯上天立，弄出此地无银三百两的蠢事。农家乐在柴律师眼里俨然看守所。柴律师一走进看守所接待室就感到有什么不对，待接过老邱递过来的登记簿和相关手续，还没看完，就立马按着胃部，任脸上虚汗直冒。柴律师的女助手何其乖巧，搀着突发胃病的老板就往车子里拱。老邱望着回返的车屁股，挠着蓬乱的脑袋。

彭代军在天立集团总部接听完这个电话，云里雾里间，天立房地产老总黑狗敲开了他办公室的门。

一身酒气的黑狗告诉自己的大哥说，他那天在傲立洗浴中心接到朋友老邱电话，老邱想勾兑一下自己的头儿，希望他能够作陪。请工商界人士作陪，其实质是顺便买单，吃公饭而无签字权的人经常做这类事，他理解。老邱能放下架子屈尊成为他的朋友，是老邱老婆购房时找到他，让他把房价少几个点子而他给足了老邱面子。黑狗从洗浴中心出来后，就被老邱几个人勾肩搭背架上了车。席间搞酒，几圈下来，人家还没搞他，他就把自己搞醉了。整个席间，人人争着敬领导，他争着敬人人，不醉才怪。散场后，他摆摆手，老邱几个就拥着陈副组长上了车，呼啸而去。黑狗刷卡埋了单，歪歪扭扭走在大街上，一辆微面突然刹在他身边，等他清醒过来后，才发现自己被反绑了关在一间比乡下黑狗还黑的黑屋中。就这样过了好几天，直到今天中午他被何颠子解开绳子迎到客家海鲜酒楼，才晓得了自己被黑的原委。原来，何颠子手下几个小混混是黑狗当年喋血黑道时的几个仇家。仇家知道他是魔头，并且身后有人，自然不敢拿他怎样，只不过瞅了机会，蒙了面，让他吃几天苦头，就阴悄悄放人。但心思缜密的何颠子知道这事后，觉得不妥，就按黑道规矩向他赔了罪，摆了酒，封了红包。黑狗也豪杰，一拍胸脯，这事儿就了了。事儿一了，黑狗就立即回大哥这儿报到。

听完兄弟彭代军的电话，喻水庸半天没回过神来。

第二天，彭代军从市长秘书那儿复印来的信到了喻水庸手中。这是一封匿名信，内容很简单，说宏鼎公司得知自己正在开发的那个小区东南侧的市政公园即将拆除并被规划成高楼，怕环境变脸影响售楼，就派了公司两位高层向弋原区规划局的四个人行了贿，数额特别巨大。匿名信还顺便透露了四位贪官吃喝嫖赌样样在行不亚于当年腐败透顶的国民党的信息。

看了这封信，喻水庸瞬间就明白了一切，包括王满生为什么要成立专案组处理这封群众来信。谁让写实名举报信的市委副书记龙浩同志藏在背后与宏鼎公司甚至与弋原规划局不干不净不清不楚呢？有了口实，一锅端，也就是一句话的事。

彭代军还告诉大哥说，市长看了匿名信后，一言不发，然后把专案组新任组长喊到办公室，说了一大通话。市长说，理不辩不明，案不查不清，你们一定要认真对待群众的每一次来访，每一封来信，不能冤枉一个好人，更不能放跑一个坏人，法网恢恢，疏而不漏……新任组长想说话，但没有话缝，因此只能飞速做笔记。

彭代军说的这个信息，喻水庸后来又听了一次，是市长秘书直接告诉他的。

喻水庸本没兴趣了解匿名信的制造者是谁，但一想到自己这些天的紧张生活和荒唐日子，又有了不甘。小靳说过，这封信一定是局里信访室老邱处理的，那么，查这封信的来源，只能从老邱入手了。

没费多大劲，老邱就说出了写匿名信的人。他说匿名信是他写的。换言之，这封惊动全市官场的信是老邱自己写给自己的。

当然，老邱自己写给自己的同时，还邮寄了一封到市委书记王满生的住家。

大明帝国够大的了吧，崇祯帝够勤勉的了吧，但把二者绑在一起送上煤山那棵槐树上成为吊颈鬼的，是一个小得不能再小的下岗驿卒，他的名字叫李自成。让历史的正常行进线路减速、提速，或出现拐点，让一个大人物的生命运程产生重大变数的，往往是一个小人物。在这个牵动华康高层和方方面面的窝案双规事件中，老邱就是这样的小人物。

是黑狗用一壶老邱最喜欢喝的堪称文物的陈年窖酒让老邱说出了一切。老邱说完这一切后，就钻到桌子下像一条黑狗扯起了呼噜，醒来后他问黑狗，昨晚我没说啥吧。黑狗说，你能说啥呢。老邱，我没说啥吧？老邱说，你能说啥，还不是你小时候偷看幺妈洗澡被妹妹告发了那点事。

原来，老邱的小舅子交了个女友，一来二去，爱得不行。当小舅子提出要与女友结婚时，竟遭到委婉拒绝，不仅如此，还从此与小舅子断了往来。伤心得要死的小舅子很快知道了原因，女友竟是弋原区规划局长包养的二奶。伤心得要死的小舅子变成恨得要死，一心想把女友争夺过来。他想了并实施了很多办法，但归于无效。最后，他找到姐夫老邱。老邱不想管这事，但老邱的老婆想管。老邱于是对小舅子说，局长猛于虎，但老虎如果进了笼子，老虎的一切自然归你了。小舅子拿出跟踪女友的办法跟踪局长，不到半月就出了效果。老邱根据小舅子掌握的信息，不到一小时就加工成了一封匿名举报信，然后打印两份，寄了两个地方。老邱收到这封邮寄到信访室的匿名信后就向室主任建议，他下去调查一下。他刚把情况调查上来，卢副局长就直接通知他带着调查材料到专案组报到。局长被双规后，小舅子兴奋得一蹦三丈高，老邱老婆当即决定为老邱买一只老邱想了一年也没买的苹果手机，同时全心全意侍候了老邱一宿，让老邱终于当了一回皇帝。

看匿名信时，喻水庸已经有些后悔，听彭代军讲完匿名信背后的创意生产故事，愈加后悔；这种心境让喻水庸大吃一惊；不禁自问，从来不知后悔为何物的他，经过这一劫后，或者说仅仅经过一场虚惊后，怎么了……

后悔也是多米诺骨牌。喻水庸自有了第一张就有了第二张、第三张、第N张。后悔牌一张张倒下去，连最后一张也倒了。但

148

是，来不及了。湖上的冰虽还有着表面的光鲜、洁净，但冰裂的丝丝响声已从冰的背面美轮美奂传了来。由于响声曲里拐弯漂漂浮浮思接千载，自忖修炼成精的他直到被提拎到双规的强光下，依然想不出是哪一丝暗纹仰起头来咬了他一口，又一口，直至撕裂了他。

2012年8月9～19日酷暑一稿，

2012－8－25二稿，2012－10－8秋雨三稿

小西的男朋友

最后，也就是他将他自以为得意的那些红包的故事，以及由此衍生的五大喜讯一讲完，就迫不及待地要我依了他，并那样地笑着说好久没做了，今儿高兴，一定要做的。

说实话，我当时非常矛盾，心头乱成一团麻，在我还没想好"该怎样或不该怎样"的时候，他已经借着三分五粮液的力量把自己掼了上来。我本能地试图在那二三个平米的天地里躲开他，哪知，只在伸手之间，他就掐灭了我的本能和试图。那晚，我木木的，嘴唇张着，没有声音，只有我那二三个平方米的天地吱吱嘎嘎地痛苦地欢叫着，被他搞得要散架的样子。是的，他是一个常常在各方面都给我带来意外和惊喜的人，我没想到的是，这个总让着我、顺着我的男友刚把千禧年跨过，就变得如此不顾及我的感受。

那晚，他那令我没有回旋余地的要求，霸道，坚挺，跟那些被他玩于掌股之间的钱币一模一样。

我坐在书房的电脑前，丈夫和女儿都不在家。

我想我是不会忘记小西在我面前对钟明所做的最后的描述了。我还在想着，明天，明天会是个什么样子呢，我当如何面对呢？一会儿想的是一大群衣冠楚楚的人出入各种场所做着各种指示，一会儿又想到了囚犯，一会儿还想到了小西各种痛苦的表情，包括她仇恨我的表情……一会儿是法，一会儿是情，也不知究竟想的是啥，乱七八糟的。这时，杂志社老总打来电话催我交稿。他已经打过两次了，问我写完没有。我说，啥？他说，红包红包。我说完了完了。他说喂喂，你说啥？我说我祝小西快乐……祝小西快乐！

祝小西快乐，我听见老总在手机那头傻里傻气地咕噜着，重复了一句。

我们有十来年没见面了吧。打中学一毕业，大家就各奔前程，就没影儿了，没想到今儿一见面连叙叙旧的话都没谈完你就忙着要采访我，这真是一个忙碌的时代啊，哎，还是一个残酷竞争的时代。你来采访我是不，其实我还真没什么说的。从毕业到现在，我一直在档案局从事翻译工作，当然，幸许不是文学之类的，因此啊总也浪漫不起来，连那些老同学都说我越来越老土坎了，越来越传统了。别看我都二十四五了，我身上还真没什么新闻，也没什么故事，更没有你提到的红包故事。

提到红包，我倒想起了我的男友，准确地讲，几天前还是的，今天也算是吧，但明天呢？这我就不好武断地下结论了，当然，或许，我想还是的，还是的吧，他叫钟明，二十八岁，北大中文系毕业……

小西，是不是前几天刚升任为组织部副部长兼人事局局长的钟明？如果是他，他现在真够风光的。我插话道，并顺手职业性地扭开了采访机开关。遂即，还呷了口茶，借以掩饰自己的明知故问和俗里俗气的功利意识及举止。

哦是的，是他，一提到这个"他"，小西她似乎警觉到了什么，虽然承认了，但一定要我在故事中隐去真名。否则，对大家都没什么好处啊，她说。听中学同学说过，她一直以来都是那种内秀、纯洁，把世界看得像霏霏香雨的一把小雨伞那样美好的女孩子，可她今天坐在我面前的样子已然像一把临过风的小雨伞了，且显然历经了修固的内在痛苦，且比以前更加牢实、耐用。我无从猜测这期间的变故，不进入她叙述的故事，不在最后一刻打开她内心的秘门，她永远距离我那么邈远，我不能成为个体的她的"灵魂的工程师"。好在，她的叙述终于开始了。

今天什么日子，对，千禧年三月十二日。那也就是个把月前吧，大年三十的晚餐上。他爸从省城回到老家过年，他也从下派挂职锻炼的那个县城回到了市里。中午在他们家团年。团年饭从头吃到尾就数他爸的嗓门最大，我想那是省一级的嗓门吧。他妈是个家庭妇女，属于那类在千百年的家庭地位中没有翻身做主的一小部分阶层。他在家里面乖得不能再乖了，当着他爸的面连给我夹菜的勇气都没有。还有我，我自然也只有洗耳恭听的份了。这样，团年饭也就成了他爸在家里主持的一个袖珍的工作会议了。忘了交代了，他爸是省人大副主任，去省人大前，他爸提拔了一大溜干部，据说现如今都在一些关键岗位上。在这个地级市上，他爸是一个一呼百应的人物。

没错，我要说的晚餐自然不是这个吃法了。他到了我的家里，那是只有两个人的晚餐。喏，就是这间单身宿舍，租房，挺全家的，还自由，还安静，还舒服。晚餐我俩喝了云南干红。

男友把脸喝得很红，很豪气，也很有感觉，就跟刚刚从太阳凯旋的血水中捞起来一样，是那种理想的红。他显然是太兴奋了，他一个劲让我给他斟酒，敬酒。到了后来，他拉开他那只跟班似的硕大的公文包往沙发上一扣，我看见满沙发都是小红纸袋，大小跟人民币一样，哦不，略微大点。我还看见，有些红包已经破损，人民币的一些角，一些边，就从那破损处泄漏了出来。我木了，定定地望着他，像望着一出川剧，我的爱得死去活来的男友，全市人民的组织干部处副处长钟明先生。他的脸还是红的，这回，是红包的红，现实的红……

我这号子每月领几百块的工薪族哪见过这许多钱？

我当时真的是吓坏了，在短短的几十秒钟里，从小爱做梦爱幻想爱编故事的我脑中已闪电般演绎出了若干镜头和情节，其中不乏警帽、手铐、法庭、高墙以及布告中的大贪污犯字样等等道具和物事。男友早已看出了我的疑惑和惊恐，他笑笑，把我扶到沙发一头，坐定，我被搂得更紧了。我还是看着他，他必须给我一个合情理的让我一下子就可以释怀的解答，他也知道，他是拗不过我的。

是这样的，小西，县城里，千禧年，他们送的红包，我明天就把它们全部上交了。上交了就没事了。这次下派，真是长了见识，开了眼界，好，太好了，名副其实的锻炼啊。县城的事，你要听，我要你听，你一定要听。男友因酒精的作用而嗫嚅着，因理直气壮、有恃无恐的张放而显得愈发兴奋了。

他兴奋得有些不能自持了。他见我面显平和，就侧首努嘴朝我脸上蹭着，并弓身把我抱起，扔到了床上。他一扫以往的柔劲、绵劲、忍劲，直奔主题，来得干净、利索。不到十分钟，酒飞汗滚，喘息落定，终于完事。我想，此刻，他内心的风暴或者说叛乱已经平息。他开始在我耳边沉稳地、清醒地讲述红包的故事了。

　　你知道，我是下派到那个县城挂职副县长的。九九年春天下去的，干了大半年时间，也没感到有什么特别的，挂职嘛，挂完了就要走的，成天忙忙碌碌，不想忙忙碌碌就躲到一个什么地方喝茶，日子有紧有弛，倒也滋润。只是，小西，我还真没想到，基层的同志还真不错，他们对我挺重视的呢。就这样一天天一月月地就到了年关了。故事也就开始在新千年最初的那一个多月里生发起来。

　　那天，我坐在办公室看报纸，脚边搁着三管双面的电热炉。玻窗外的天空飘着纤细的冬雨，地面是粗劣并且广阔的泥泞。这样的天气里，还有什么空间比温暖的屋子更好呢？我突然想到了一本旧日看过的书，想到了老茨克拉尼雪中燃着松油火的小屋。这时，有人敲门。我喊，请进。我看见推门进来的是尤副县长，他全身上下长得也打扮得很正规、很机关的样子。全县人民都知道，这人实干，经验丰富，处理问题的能力极强。他初中文化，九十年代初挣了个中央党校某某分校的大专文凭，如今在省社科院就读研究生班。

　　钟县长，走，到石冠乡一趟吧。他这人就是这样，只要没有第三者在场，他都会在我的称谓里省去一个"副"字的。并且，他说话从来不会一口气说完，总是留些悬念和伏笔，等着你自动问上门来。没办法，这会儿，我也只能满足他这个习惯了。我礼

157

节地一笑，问道：

去石冠乡干啥？尤副县长，我手头还有些事要处理，您看……

年底了，去检查工作嘛。他停顿了一下，狡黠的一眨眼又是什么意思呢？这是我不懂的，但是，我又不能说我不懂。再说，我如果什么都懂了，还下基层来锻炼啥？哦，是这样，那，走，走吧。我装着什么都很懂的样子说。尤副县长很高兴的样子，过来拉着我的手，一直到楼道上都拉着，我想县府机关的工作人员看我俩的样子，一定像亲兄弟一般。

检查工作的程序、内容跟平时没什么两样，不外乎现场、实地走走看看，会议室听听汇报做做指示，当然，冒雨下乡报道的县电视台、广播站、报纸都会大力渲染一番的。据我的观察，去的人和当地的陪同人员双方兴致都很高，脸上自始至终都闪烁着节日的笑容。只是，我怎么看怎么都觉得，那些笑容背面时不时会泄漏几许游移和心不在焉。

喝酒开始了。

显然，石冠之行已到了晚安这道程序。雅间里有分体式空调，不算太热。饭前，先是县领导，后是乡官们，大家都脱下外套，很精致地挂到衣帽架上。桌子上，新千年，新百年，新一年，关照，身体，家人，女人，等等，可谓言子多多，酒也多多。在基层，我是经历过"海喝"的阵势的，可从没有见过那天的场景。席间，杯盏交错中，我恍惚兮兮地看见，一会儿有人三番五次到外套兜里拿手机回电话，一会儿有人三番五次上卫生间，一会有人被三番五次告知处边有人找，其热闹之状可谓熙熙攘攘，川流不息，宛若市井。到后来，我们这拨县领导们全都做

158

了东倒西歪状。大家被乡官们拥护着，搀扶着，亲唤着，直到进入了一个一个的房间。糊里糊涂地搓了个把小时麻将后，我已记不起是怎么回的县城，是怎么进屋上的床的。

告诉你吧小西，那天一觉醒来已是日上三竿了啊。洗漱完毕后，穿上外套正待出门上班，摸兜里钥匙的同时，我摸到了满兜的纸物状的东西。

不仅装钥匙的那个兜里有，衣兜里有，裤兜里有，凡是外露的兜里都有，甚至，甚至屁股上那两个兜里也有！我大奇，抓出来一看，是一个又一个的红纸包，大约有十来个吧，有厚有薄，有大有小，有直接用纸包的，有买的现成的，实乃规格齐全，品种多样，五花八门，琳琅满目。胸兜里，我还掏出一把现钞。我更奇了，我不是傻瓜，不是原始社会的部落中人，我知道那些红包的内核也是现钞。我小心翼翼地拆开红包，惊心动魄地数起来，妈妈的，一共一万八千元！我想我是太紧张的缘故，手若筛糠一样抖动起来。我疑心数错了，又数了一遍：一张不少，还是一百八十张九九新版人民币，还是一万八千元。这回，我奇得不能再奇了！

说到这里，完事后已经平息下来的钟明又开始出现了激动的征兆。

他的指尖在我的耳坠上搓揉着，双脚在被窝里绞动着，他俯身看着我，有欲的目光俨如一条黄金的舌头在我脸上舔来舔去。不知怎么回事，从男友搭在我耳垂上的两截搓揉的指尖，我想到了他数紧贴在一起的两张人民币时那两截搓揉的指尖。我惊愕，我当时怎么会有这种联想。我为这个联想感到紧张，不道德。我开始躲闪他的目光，装憨，一副因疲惫不堪而没有缓过劲儿来的样子，说得通俗点，也就是老马拉破车的样子。我知道，我稍稍一迎合，就会遭更大规模的迎合。男友见状，将身子优雅而大度地回位到先前的姿势，顺手抽一支烟含在嘴里，玉溪牌的，连他半倚床头的姿势也是玉溪牌的。

我承认，不管他做出怎样的姿势都是我欣赏的那种姿势，我想这是习惯的惯性使然吧。

说实话，我惊讶于小西叙述的平静和老成，我相信，这不是印象中所熟悉的上个世纪、上个千年的那个老同学小西。

我们面对面坐着，她始终没有看过我一眼。她的目光从我左肩和左耳旁侧的通道穿过，不知要去哪儿，这会已经到了哪儿。我想她已经遗忘了我的存在，她大约把我的采访机和我本身看作了一台偏大的采访机吧。她的目光还是那样飞着，像一只小鸟。凭着我这许多年从事社会心理学研究和记者职业的直觉及经验，可以肯定地讲，这只小鸟受过伤害，并且是一记内伤，并且是被自己的爱甚至自己的羽毛所伤。

我起身给她的茶杯续上开水。她没有喝水，整个一上午她的身子动都没动一下。进入我眼睛的只有那两瓣翕动的年轻的嘴唇。

钟明在玉溪的烟雾中嘘了口气，看着我极想得知下文的样子，他笑了，那种先知模样的慈祥的笑。他的沉稳的、中文系般的陈述又开始在咫尺之间从那个小县城传了过来。说句心里话，我是极喜他的声音的，那种磁质的，悬念的，像从云层上面大海下面传来的东西，常常让我面浮红幡，常常把我带到任何我想去的地方。

结识他两年多来，我最爱做的事就是双手托腮，静静的，定定的听他，像世纪末最后一个女弟子女教徒一样听他。

望着眼前的一万八千元人民币，那天，我这个内心自负并自认为享有高智商和高情商的家伙，从头发尖到脚指甲整个地全懵了！我几乎成了一只十足的呆鸟。

其实，我不是隐居桃园的不食人间烟火的仙人高士，也并非孤陋寡闻之辈，依我的人生阅历，红包是亲耳听闻过的，也是亲手收取过的。听闻红包来自报纸、电视上的报道，收受者俱是有权有势之人，且大都是要在狱里待上一阵的。收受红包是在提为副处长之后，有过两次，一次一个包，一个包二百元，另一个包一百六十元，薄薄的，整个部里副处干部都有，一个也没落下。没错儿，我的震惊不在于面前的红包，而在于面前红包的规模。拉上铝窗，坐在布艺沙发上，我想自己的形象一定弱智和傻B。上午我是不去上班了。我给秘书小高打了个电话，把手头的一些工作向他做了交代。小高是个聪明人，一点就懂。难道我钟某就真的不聪明？屁！我知道，有些事情是彼此心知肚明的，是令问答双方尴尬和难堪的，是不能问不能答的。

我还知道，人性中有些东西是天生就会的，是只能悟不能教的。

今天上午，你必须把自己关在这个屋中，必须解开带给你困惑的这团红包疑云。我对我说。

是的。紧紧围绕"红包事件"，我必须给自己提出问题，然后一一解之。我首先给自己提出了七个问题。一、送红包者谁？二、红包是如何到了我的兜里来的？三、县里去石冠的人个个都收受了同样多的红包吗？四、送包者为什么要送红包给我，目的何在？五、送包者送包前有着怎样的心理历程？六、胸兜里的现钞是怎么回事？七、我当怎样处理面前的人民币？

第一个问题的简约解析：送包者谁？送包者的姓名端端正正、一笔一画在红包表面写着，一眼即明。除了姓名，有些红包还写有祝福之类的字样，我想此举无非是为了略微掩饰一下真实目的的露骨和世俗。红包上注明姓名，是书写者要收受者明白并深刻记住币与币主之间的那种内在联系（记住，送包人、书写者和币主有时未必是一个人），因为所有的送包人都清楚，这次是一起群体行动，收受双方都不是唯一者，不注明姓名只会带来哑巴吃黄连的混淆。另外，有些不自信的送包者，生怕收受者不知道自己是谁，这类人就更加看重自家的姓名了。令我诧异的是，除了一些乡官，还有两位副县长也给我送了红包，当然，其中一位是尤副县长。

第二个问题的简约解析：红包咋就到了我兜里？首先是收受人被酒精作用了或显得被酒精作用了，放松了或显得放松了对兜的注意，在一些特定条件和场景，如衣帽架、卫生间、车内、搀扶等中，红包进了兜儿。依稀记得那人一边掏衣兜一边正要开口对我说些什么的时候，嘀，又有人进来了，那人的行动得到了终结。

第三个问题的详细解析：人人都有、人人都一样多吗？这可不比围山打猎见人有份，也不是毛主席语录人手一册。人上一百，形形色色。各人有各人的背景，各人有各人的实情。据此推断，县里去石冠的人不是人人都收到了红包，比如全市闻名的从不收礼的白书记，比如有些司机。获包者获包的个数及包内的额度也大相径庭，比如黄县长之于政府办邱副主任。

　　第四个问题的一般解析：为什么要送我？傻瓜都知道，如果我老爸不在省里当官，如果我在市里的工作没占住一个黄金口岸、在县上不带"副县长"的衔儿，谁理我的茬儿？至于送包者的目的，除了明说的，这类人不外乎是调动呀职位呀退休呀住房呀职称呀等，最好是官职都升上一级。总之，从现有职位中获取的附加值中抽出一小部分来，权当投资点期货，或者当烧了炷香，有福捡福啊，无福避祸啊。

　　第五个问题的简约解析：送包者送包之前的心理历程，是送包的目的和送给谁。跟着就要想采取直面的或不直面的或别的什么方式、在怎样的时间和地点、以怎样的表述、将多大的份额，像地下党人呈送一份绝密、重要的公文，安全、准确地呈送到地下党领导人的兜里。跟着就要想收受人会收受吗、收受了会退回或上交吗？送包的目的最终能达到吗？如果事情不是期于的顺向发生、反而逆向过来，自己能够承受和化解吗？等等。送包人的整个心理活动是一次惊心动魄的历险，是一回难度极大的心智考验，是一场没有硝烟的和平时代的一个人的战争与海啸。

　　第六个问题的详细解析：关于现钞嘛，我的胸兜只有我的手能够抵达，那么，胸兜里的现钞一定是我的手送达的。我知道，那天，我的手只摸过麻将桌上的钱。这就不言而喻了，胸兜里的现钞是我赢的。在石冠，为什么在酒后、在糊里糊涂的状态下也能赢钱，也是不言而喻的。

　　第七个问题的部分解析：我怎么处理红包，这个问题其实是不需要解析的，这是我自个儿的问题。但是，小西，我还是想告诉你我当时是怎样想的。我首先想的是，如果我不要是怎么一个情况：那么，只有让这些红包从哪里来回到哪里去，或者，上交得了。我随后将这个假设做了分析，我一针见血地给自己提了个问题，此举对自己有好处吗？或者说，有另一种方式的好处来得大、来得快吗？白书记这个书记，是，是从来不收礼，也不知他在现在这个位置上干了多少年了，上也上不去，下也下不来，这不，看着看着就要退居人大或政协了，可到头来呢，还不是上上下下对他都有微词，什么不通融呀，假正经呀，牛B呀，疏远群众呀，等等，你说气人不？喂，你知道这是为啥吗？这是你不给那些点名指姓求你办事的、愿与你交好的人的面子呀，这种不合作的态度，不得罪人才怪呢。好啦，不再多说了。既然把到手的红包拱手出去对自己没什么好处，那，那看来只好收受下来了。我旋即对收受下来这个方案进行了分析。分析的结果是，除了受贿罪令人不寒而栗外，其余的情况都是让人愉悦有加的。是啊，两全几乎是不可能的，而受贿罪又是那么地令人不寒而栗，当然，败露了的话。

（其实，现如今好些领导水平的高低，大部分都体现在捂住败露让其永远不败露的水平上。谁都知道，败露与没败露之间隔着的虽然是一层纸，但却是天壤之别啊，不，纯粹是天堂与地狱之别。有人说你在大街上随便拦住一辆公家的小车，揭开车盖，拖出一个人就枪毙，绝对不会枪毙错的，因为他的罪恶够啊，只不过没有败露嘛。）

经过反复的比较、取舍、平衡和斗争，小西，我决定将所有的红包全部上交，当然，我的组织关系不在县里，我也不准备把它们交到县里了，我要让币与币主之间隔得远远的，我要把它们交到市里来。

午后。我迈着跟平时一样的步子，穿过县府门卫时，一位战士给我敬了个战士的礼。

我在我的办公室组织了一个小会。会议期间，有七八个电话打来。我每次接电话时，屋子里的人都装着不在意的样子侧耳倾听着，并非常心不在焉地留意和分析着我的并不富饶的面部表情。会议依然进行着，该发言的还在发着言。七八个电话中，记得有三个电话在我拿起话筒后便没了声音。年底了，还要跨世纪、跨千年纪。大事小事认了真就特别多。会议超出了下班半小时结束。

晚上，我在我的单身宿舍里看电视。在中央新闻联播刚完、天气预报还未到这个无事可做的广告时段里，电话响起来了。

喂，钟县长吧，我是嘉润啊……领导好领导好。哎呀，不好意思，打扰您老人家休息了。钟县长，您一个人在家吧……我想打扰您老人家一下……哦，私事，最多耽误您老人家两分钟。

在此，我要稍加说明。嘉润不姓嘉，姓聂，全名聂嘉润。他并不比我小，大我三五岁吧。现任县建委副主任，是我一个大学同学的远亲，那天，我去赴这位朱同学的饭局，碰巧就和他认识了，并且，他那个亲近劲儿，像上辈子就认识似的。还有，"老人家"在当地是一种尊称，一种随便，一种近乎。

很快，三五分钟吧，我没有听到脚步声，却听到了轻轻的敲门声，他侧身，微笑，空手空脚地进了我的屋子。我想，他是在楼下用手机给我打的电话。关于他的长相，就不赘述了，又大众又变通，就像我们走在大街上从不曾留意过的那一部分同类。坐定后，他说，嬉皮笑脸也似的，寒暄也似的：

您老人家就住这屋，嗨，真够寒碜的。还没成家？嗨，您老不家不知道，全县人民都盼着喝您的喜酒呢。听说您的那位又漂亮又有层次，嗨，您老人家不知道，全县人民都想看一眼呢。朱二上礼拜到我家来过，还给我那黄脸婆子，嗨，也就是他嫂子拎一大盒洋里洋气的化妆品呢。我当时还叫他给您老人家也拎一盒来。您猜这小子说的啥，他说，嗨，你知道我那位老同学的她有多漂亮吗，她还需要这个？你这不是分明令我好老同学难堪吗……您老人家不知道，嗨……这不，看着看着新年就到了，我今儿来啥事也没有，没事，啥事也没有，我这是专门给您老人家拜年来了，我知道，来晚了，嗨，怪不好意思的……

嘉润边说边将一个红包递将过来，他没有递向我的手中，也没有递向我的兜里，他果断、敏捷、简约，一边固执地拒绝着我的拒绝，一边熟练地将红包直接掖在了我单身床上的枕头底下。他说，嗨，您老人家就别推来搡去的了……没什么意思，拜年嘛，咱们中国的传统，再说，千禧年呀，有几个能遇上？

话毕，那个嘉润一看表，一猫腰，一边说着耽搁您老人家日理千机的时间了，一边退向了门外。关上门，我看了一下时间，此君从打电话上楼到离去，一共七分钟零三十五秒，可谓果断、敏捷、简约，像他递包之身手！

从那天起，一直到昨天回到市里，小西，你知道吗，我在那个小县城遇到了多少我以前想都不敢想的事情？的确，小城有很多的地方都是可爱的，小城人也有许多优点值得我去学习，他们扎实、肯干，不好高骛远，似乎永远都那么快乐。这些，我已经写进了我的工作总结。

但是，不知怎么回事，最震击我的还是那些人民币大小的小红包。

　　红包出现在下基层的工作检查中，出现在我的单身宿舍，这些，你已经知道了。有时，我坐在办公桌，有人走进来又走出去，又有人走进来又走出去，除了工作，我和来人什么也没有谈，可是，我却会在茶具下，报纸中，抽屉里，台历旁等从进门方向无法窥探到的地方发现来人送达的红包。有的写着来人的姓名，有的除了来人的姓名还写有其他人的姓名。有的出手时被我装作没留意的眼角的余光发现了，有的竟让我一点不知，也有的是直接面呈的。

　　还有，在街巷，在楼道，在吸烟室，在食堂，在澡堂的更衣室，在出差火车上，在体育场，在散步的田埂，在卫生间，在卡拉OK厅，在图书中心，红包，一个又一个的红包，它们翩翩起舞，如同红色的尘埃，它们飞翔在我有可能出现的任何地方……

　　直到钟明把他自己在小县城历经的红包故事讲完，他才意犹未尽地呼呼睡去。

　　你知道不，春节的一个礼拜假期，我就是在这间小屋里度过的。我在为一家上市公司翻译资料，借此捞点外快。钟明也忙，隔三岔五来一下，很累也很快活的样子。他没有再提红包的事，我倒是主动问他过一次，他说交了，都上交了。节一过完，准确地讲还差一天才过完，钟明就到那个小县城继续锻炼去了。

　　我看着小西，小西的目光像一列长长的火车，直到此刻也没有从我左肩和左耳旁侧的通道穿完。但是，我知道，故事快有结局了。

四天前吧，没错，那是礼拜三的晚上，十点来钟，他来了，醉醺醺的，打着五粮液的酒嗝。

不怕老同学笑，结识他两年多来，我从来没有看见他那么兴奋过，包括他跟我，跟我上床做爱的时候。他脸，那个红哟，似乎全世界所有最兴奋人的红都叠加在了他的脸上。他说小西小西，我要告诉你四大喜讯，不，五大喜讯。你看他，醉了都这么逻辑，准确，这么有条理。

第一个喜讯，我被提升为市委组织部副部长兼人事局长了，破格，连跳两级啊。第二个喜讯，马上就要给我分一套住宅了，四室两厅啊。第三个喜讯，因为工作需要我提前一年从县里回到了市上，我俩又可以在一起了啊。第五个喜讯就需要亲爱的你予以配合了。我们干脆在千禧年的"五一"结婚吧，让这个婚礼成为第五个喜讯！小西，放心，钱是不成问题的。只要我们把请柬发下去，那飞上来的红包啊，那小得合情合理的，小得遵纪守法的玩意儿，会涓流成河，多得让你无法想象……

说到红包，小西，真的，你可能不相信吧，其实谁都不会相信的，我真的一分没留，全上交了。是的，钱确实很诱人，要，谁不想要？但是，但是我一分没留全上交了。

小西，你知道我是为啥吗？我是为了不蹲监啊，我是为了那五大喜讯啊！亲爱的，你就这么稳得起啊，你就不来吻我一下以示祝贺和奖励？对，这就对了嘛。来，靠拢点，让我把红包的故事讲完。

你知道的，这个年收有红包七八十个共计十来万吧，我把它们分成了两部分，小部分算是给公家的，上交给了市纪委，大部分算是给私人的，上交给了市里的一些关键的上级领导。别张大嘴那样看着我，我也是没办法啊，我只能这样。好吧，让我说给你听。为什么我也要给上级领导送红包，这个不说你也知道，就不说了吧。为什么要上交给纪委呢，我对纪委是如何说的呢？这里，我把问题调过个儿，让我先告诉你我是如何对纪委说的。

我说，这一万八千三百伍拾元是我年前在下边收到的红包，这次是千禧年嘛，送礼的同志还特多，有六七十个吧，基层的同志就是厚道，最多的竟达到了四百之多，最少的也有五十。纪委笑了，说很少有下派到基层去的同志这么老实，还说要面向社会表扬我。我说别别，一是让其他下派同志不舒服，二是让基层那些同志难为情。纪委说那就算了吧，不过，领导那儿是一定要去通报的。

我嘴上的包很小，小到了不违法的底线内，小到了可以理解的尺码。

如此一来，我在众人的心目中不就成了一个清政、廉明、爱民的好官了吗？不就一下子比较严实地捂住了受贿败露的可能，一下子就卸去了送包人明示或暗示的、而我又难办或不愿办的那类事情所带来的心理压力，甚至，甚至由此引发的危及一切包括生命的威胁？

小西，就算我求你吧，不要用这种异样的眼光来看着我好吗？因为，因为我的良心是安宁的，是过得去的。你知道的，所有的红包，没有一个飞进了我的兜里，我不过是红包旅程中的一个小小的客栈。当然，我相信县城中人也是客栈，市里的人也是客栈，只不过我是一家免单的客栈，他们却是有着各种取费标准的不免单的客栈。红包的始点在地面，终点在天上；在天上，是的，有一小部分是要从各种高度上坠下来的，直到回到始点……

我做的一切都是使自己不至于成为那一小部分。

我这小屋不知什么时候停电了，初春里也有严冬的寒冷。摇曳的烛光中，我望着我的男友，作为副部、局座、正直的钟明大人，我认真地，精确地望着他，像望着一个陌生人；像望着一个从新千年的太空中，突如其来的，庞大的，被折叠得人模人样的……红包。

我终于想起该关采访机了。望着小西。我发现她的目光已疲惫不堪，并且正在收回，直到收成一滴泪，含在眼中；含在眼中，是一枚坚硬的玉。

我推开书房的窗户，朝小西那间租房的方向望了望。我决定在将这篇稿子交到老总手里前，先给小西打个电话，不，我要约她来，找间温暖的酒吧，跟她好好谈谈。

干脆就到玉林西路的白夜酒吧吧，我俩几乎同时喊道。

2000年3月

母亲梗概

外爷，一支从未谋面的枪
响了整整一下午，打死的
是外爷自己。母亲的叙述，不断卡壳
二弟以电视剧的方法，不断接片。
难为母亲了。六十年前的女中学生
思维在旗袍上打折，在英拉格手表上
发夜光。欧洲自行车外圈
五十年代革命路，左右打旋。
耳朵问题，放大声音胆。
智慧在死亡前夜，把警惕
松弛成一声，高贵的感冒。
何必呢母亲，你倾倒的，已经流回了你
而沉桶的隐秘，还在蝴蝶梦中
想着突围、安全、碑，和墓志铭。
你的母亲，我的外婆——
最初的农家女，最后的黄肿病——
中间一直是中间：
爱情、操心、跳塘未遂

　　　　　　　　——《母说，或家史》

173

1

我是谁，从哪里来，到哪里去？这个问题太大，不想去想，更不想去理。待，到了想想、想理的过五奔六的年岁，就着了慌。"到哪里去"，有时间管着，不管怎么走，时间都会为我打开坟墓的门和下地升天的通道，因此我可以不想。但我不能不想"我是谁，从哪里来"。

哲学看不见、摸不着，也想不了哲学那么深，因此，就想一点也不哲学的那部分。即，我即我，我言我；我是人类，我非人类。人类古老"三问"与我无关。

问题日见重大、急切。见父亲被癌了，急忙去问父亲，但终是不忍。待心肠熬硬，顶着头皮去问时，父亲已把血肉、语言瘦到不知哪儿去了，就剩一把骨头。我向长松山跑去，父亲用一块墓碑，关了世界的门。

来自父系的血在身体的秘宫中流着，脉却断了。这是公元2007年11月26日凌晨。

现在，关于血脉，我只能到母系那方去理。

但是，母亲反对——反对儿子理她的血脉，好像儿子的做法，非但不是保护和接续一种东西，而是对这种东西挑筋断骨。

母亲反对，在我意料之中；母亲不反对，反而在我意料之外。母亲可以胆大的，是血脉让她小了胆，不仅让她小了胆，连大大咧咧、外号"魏大炮"的父亲也跟着小了胆。人靠血液活着，靠血性讨来尊严与体面。但血却是母亲的软肋甚或命门。父亲的变化让我们兄弟看出，母亲的软肋甚或命门，其实就是我们家的软肋甚或命门。

今天下午，我和二弟试着向母亲提出，理一理我们的血脉，母亲没犹豫，咂咂嘴巴，一口就答应下来。我差点忘了，母亲虚岁八十，已到了对儿子不说言听计从、也是有求必应的岁数。难道，这么多年，我们就盼着母亲到这个岁数？一想到这个，我立马呸了一声，咒自己用一秒时间达到八十一岁，死神来领人，就先领了我去。可是，八十一，这个岁数，不比母亲都大了吗？逆天了！我立马又呸了一声，还是用一秒时间把岁数呸了回来。哦，母亲，儿子祝你万寿无疆，万岁万岁万万岁。今天下午是公元2012年2月19日的下午。在我家里，龙泉驿，北泉路，八十三号，美丰花苑。

母亲是从万源县城三弟处来成都过春节的。在我这儿要了一个多月，按计划，还要去新都二弟处要一个多月。今天，二弟一家三口赶来接母亲了。见又要母子分别，我立即撺掇二弟，向母亲再次提出了请求。

对母亲，这样的请求也许很残忍，很自私，但向毛主席保证，对我自己，这个请求是羞惭的，倾心的，符合人性生态本底的。当然，是我的后裔需要这段记忆还是我和我的读者需要这个故事，我也不大说得清楚。

我把笔记本摊开在客厅乳白色大茶几上，对陷身在阔大布艺沙发上的母亲说，"妈，可以说了。"

我的采访架势让母亲愣了下，但她很快就理解了。我相信，这是母亲人生第一次接受采访，也是最后一次。我想到的这个，母亲一定没想到。让我没有想到的是，母亲竟然慢慢就习惯了我的专业提问和沙沙记录，习惯后，母亲就变得主动起来，在我整理思路的时候，她居然志得意满并急不可待说："提吧，老大，老二，想知道些啥，尽管提！"我说："妈，你好像还是怕什么。"二弟说："莫怕，现在不同过去了，想啥说啥吧。"母亲说："看你们说的，我怕啥我。这有啥好怕的。"

母亲没有喝酒，满脸的山河，却有喝酒的兴奋和全国山河一片红的红。嗨，一小时不到，母亲就对采访上了瘾，并且，她啥都不怕了。

真的吗？她以下说的每一句话都是不怕的和真的？我不敢肯定。

2

我生在内江县白马区凤鸣乡，是1933年农历八月二十八日生的。凤鸣属丘陵地带，谷子、麦子、苞谷、海椒、蚕茧、鸡鸭鱼鹅猪，什么都产，尤其产红苕、黄豆、油菜、花生和甘蔗。当然，我生下来时是不知道这些的，知道这些，离发蒙就不远了。

我出生时的情景应该平平常常，如果有什么什么星下凡的那种异象，我父母一定会告诉我的。从我现在的情况看，我的出生应该跟牲畜下崽子一样，再平常不过了，否则，就不会这么风平浪静、庸庸常常一生。当然，妈说的是自己，不包含你们哈。你们比妈出息，甚至，比你们爸出息，妈高兴。

我是在凤鸣乡场鸡公店的小学发的蒙，之后就到内江县城读女子中学，读了初中，又读高中。初中住的学生宿舍，很大，一间住几十人，上下铺，人一个挨一个排起睡，一点隔挡没有。高中就住进小寝室了，几个人一间，整整洁洁，清清静静，安逸多了。

校服当然是有的，初中黄衣黑裙，高中旗袍。读内江女中的五六年，肚子没吃到亏，隔三岔五都能见肉打牙祭。记得我还让妈弄了油煎豆瓣带到学校下饭呢。家里吃得咋样？也还将就吧，记得最好吃的是盐菜炒肉。不过，无论学校、家里，饭里总是搭了红苕的，我当时就不明白，内江的红苕咋个就那么多，或者说大米就那么少呢？

学资具体是好多记不清楚了。只记得父亲每年都会去几次学校，利用给学校交大洋、谷子的机会来看看我。父母只有一女一儿，我是老大，独女。父母对我可好了。有一次，我要了假返学校时，突然打起了摆子，浑身上下冷得发抖，我说："爸，让我走吧，我撑得住的。"

凤鸣乡到内江县城三十华里，我寒暑假回家都是步行往返的。那时，没有公路，汽车、马车、牛车，都没有。有鸡公车，但坐上太颠，还不如甩开连二杆打火腿走路。父亲说："把药拎上，在学校熬了喝。芬，坐滑竿吧。"我说："那多麻烦。"父亲说："麻烦啥呢，莫名堂。病出事儿来了更麻烦。"

父亲为我要了滑竿。这是我平生第一次坐滑竿，一坐三十里。

我一直盼望能穿上皮鞋，这个愿望，直到临解放时才实现。父亲看我试穿皮鞋很高兴，一下变得比我更高兴。记得，那时，我还穿有一件红毛衣，是母亲一针一针专门为我打的。

我那些同学的家境，应该说都不错，要么殷实，要么当官，当然，也开明，如果不开明，啷格会把女儿送来读女中呢？现在想来，父亲也是开明的，虽然当时并不觉得。

整个凤鸣乡读女中的只有两个人，一个是我，一个是我的堂妹。堂妹是我三伯父刘文泽，也就是你们三外爷的女儿。三外爷还有一个儿子，叫刘玉才，内江南中高中毕业，解放后在成都簸箕街城市勘测研究所工作。我跟这个堂兄一直有通信的，20世纪90年代吧，老大来了成都，我从万源给堂兄去了信，想告诉他这事儿，但我接到的回信是堂兄老婆回的。堂嫂告诉我，堂兄已过世多年了。

女中时代是我人生中的好时光。老大老二，不怕你们生气，虽然你们三兄弟都很孝顺妈，妈现在的生活也算衣食无虞，但妈还是要说，女中，年龄，旗袍，图书馆，自习室，沱江风，无忧无虑，多好哇女中。

女中生活也是我少女时代的城市生活。

记得内江女中后来成了公园，成了公园后，内江专区行署就搬进了公园里。

与少女时代的城市生活交替并存的，是我的乡村生活。

我的爷爷婆婆去世得早，我的父亲从小就抱养给了他叔父家。年辰太久，我又太小，不仅记不得养大父亲的那位叔爷的名字，连爷爷婆婆的名字也不记得了。

不仅爷爷婆婆的名字不记得，连爷爷婆婆生有几儿几女也不晓得，只记得父亲是老四。跟父亲有往来的是老三，也就是你们的三外爷、我的三叔刘文泽。父亲长大后一直跟这个三叔干，后来，两兄弟还打伙置办了一点地产，再后来，不知怎么回事，这点地产就全是三叔的了。自此以后，直到父亲死，除了宅基地，我们家一分地也没有。

父亲失去土地后，不知怎么养家糊口，干这干那，没个正形，总不称心。虽说凤鸣乡基本上是刘氏家族的天下，但房亲有远有近，家家各有一本经，因此，帮衬总是有限的。有一天，三叔说："四弟，你要愿意，从我这儿分点货去吧。我每次多进点就是。本儿是大点，哪个叫你是我兄弟呢。"

父亲说："看三哥说的，我咋不愿意呢。谢谢三哥啦。"

三叔说："嗒，这半边肉，这两桶油，你先拿去卖吧。"

从这一天起，三叔每次进货就多了些，因为父亲成了他的又一个"下家"。卖肉，卖菜油，父亲嘴甜脚快，薄利多销，渐渐就起了些本儿。有了本儿后，父亲就脱离三叔，先是办了一个榨油坊，后又添了一座糖坊。

我们家住在鸡公店街上，两个厂店合一的作坊，与住宅连为一体。

榨油坊主要榨的是菜籽、花生、黄豆、芝麻油。从筛籽、车籽、炒籽、磨粉、蒸粉、踩饼、上榨、插楔、撞榨到接油，十多道工序，全都是手工完成。榨油坊里堆满了碾槽、石磨、风斗、油缸和坛坛罐罐。家里有条牛，蒙了眼，成天围着石碾槽转圈圈。售油的方式有三种：坊里卖；人家拿材料榨，我们收加工费；再一种，就是雇工挑着油担，扯开嗓，沿村贩卖。卖油，也卖榨完油剩下的油饼。买主把油饼捣碎，拌在锅里做油渣饭吃。现在，油饼是动物的饲料原料。

我们家的油香飘得整个鸡公店都是。从我家门口经过的人，无论男女老少、富人穷人，都使劲缩了腹，拿鼻子吸气，生怕吃亏似的。看着他们贪婪、满足的样子，父亲母亲又骄傲又心疼，好像咱们的油被他们吸去了一两二两；一边想关门，一边想把门打得更开。

那时，不仅我们家榨油坊把乡场上人的鼻子弄得呼呼发声，就是我们家的人，包括雇工，不管走到哪里，都有人和狗翕着鼻子盯着看。家里只有我怕沾上这油味，我是说我怕这油味被我带到学校去了——城里的小姐们捏着鼻子，说我满身的乡下味。

民国，我们家不仅为鸡公店贡献了油香，还贡献了甜丝丝的气味。甜丝丝的气味是我们家糖坊飘出的。

你们知道，内江还有一个别称，叫"甜城"，它的白糖产量，最高峰时占到全国的一半。这都是因为内江产甘蔗。我们家的糖坊也榨的甘蔗。我经常看见一些农民把甘蔗挑来，糖坊收下甘蔗后，让牛拉着石碾榨出糖水，伙计再将糖水倒进大锅中，这口到那口，一边熬一边舀，熬糖的蒸气大得与天上的云彩连在了一起。熬干后，起在糖槽里，搅匀，摊开，晾干，就成了深褐色的红糖。

榨油坊是我家独立开的，糖坊却是与人合开的。

你们看我，都八十了，除了左耳背点，啥毛病没有，一看就是小时候营养足，没亏过身体。开油坊、糖坊的人家，就算穷得穿不上一双皮鞋、一件体面的衣裳，嘴巴和肚子总有不错的光景。但这话我还是说早了，这么说吧，我的母亲，也就是你们的外婆，就是因为肚子无货，饿死的。

根据季节和生意情况，两家作坊雇工时多时少，平均也就三个，两个下力，一个管账。

父亲刘文灼，偏胖，不光个子不高，文化也不高，也就识文断字的程度。母亲张丽君，穷人家出身，没有文化，能做的事也就家务之类的。

我们家的家产都体现在鸡公店场上的房产和宅地上，除了两个几乎连为一体的小作坊，还有一处用于生活的住所。这个住所，不是你们想象的深宅大院，你们的外爷再有本事也还远没挣到这般家业，至于他有无这样的梦，我不知道。

我们家所谓的住所其实普通得不行，甚至小得可怜。进门是客厅（堂屋）兼饭厅，左边是一间厢房，父母的起居室。右边伙房。我和你们的舅舅，两人住在右边靠榨油坊的隔层阁楼上，每天踩着颤颤悠悠的竹梯上下。由于紧邻作坊，我们家的老鼠上蹿下跳，油光水滑，又多又大。

我们的这个家景，即使父亲后来当了乡长也没改变。

3

1949年12月6日晚10时许，一队手持长枪，腰挂盒子枪、手榴弹和子弹袋的解放军出现在县城南门街道上。内江和平解放。第二天，凤鸣和平解放。

有两家乡村小作坊的父亲应该是1948年春天当的乡长，总之，当了没两年，凤鸣就解放了。解放了父亲也是乡长。由于是和平解放，共产党就将原国民党的基层政权进行了整体接管。

父亲摇身一变，从民国凤鸣末代乡长成为新中国凤鸣首任乡长。

作为新中国的乡长，父亲成天干的事儿就是听从区、乡工作队安排，跟在工作队的盒子枪后面，干这干那，但不外乎是一些稳定政权、发展经济的事，具体说来，就是征粮、收枪。那年我在乡下过寒假和暑假，晚上都能听见父亲累得直呻唤的声音。

父亲这个乡长是他的朋友让给他当的。从后来的情况看，朋友的这个好意却要了父亲的命。这个朋友姓李，凤鸣乡时任乡长。李乡长说："文灼，想当官吗？"

父亲说："莫摆这种空龙门阵，想有屁用。"

李乡长说："不是屁用。想，就可以当。不过，当之前，你还得入个党。"

父亲说："党？啥党？"

李乡长说："国民党。也就是执政党、当政党、合法党。"

父亲说："为啥？"

李乡长说："因为政府都是这个党的，政府的官当然更是这个党的。所以，你一定得入这个党。不入这个党，就当不了这个官。"

父亲说："啥官？"

李乡长说："乡长。"父亲说："啊！"

事情是这样的。父亲的朋友李乡长突然就要离开凤鸣去当官了，至于到底去当个啥官，我不记得了。县里的参议员、副参议长？还是科长、副县长？或是区长、副区长？总之是比乡长更大的官。

肥水不流外人田，乡长这个位置总是要让的，李乡长于是把这个位置让给了自己的朋友——我的父亲。

父亲当了乡长后就成了政府的基层公职人员，他的工作地点也从小作坊变到了乡公所。作坊的生意当然没丢，伙计办理，母亲照看，父亲罩着。

父亲成了凤鸣乡刘乡长后就不是父亲了，他以前只听他三哥的，现在他只能听区上县上的了。征粮、抽丁、维持当地治安，他做的这些工作，上边说不上满意，也说不上不满意。

但父亲自己是满意的，他认为自己是给刘家光宗耀祖了，给后人垂范了。

鸡公店场子不大也不小，有上百户人家。鸡公店乃至整个凤鸣，刘家都是大族、大姓。因为这个，刘乡长履职顺遂，大伙儿多多少少都给他几分面子，支持一下他的工作。同样因为这个，刘乡长又不得不买族人的面子，施政的时候，看看脸色，打打让手。

但是区上县上又是惹不起的，这样，父亲刘乡长就学会了左右逢源，夹缝中讨生活。

动静越来越大的、国共争天下的时局也使凤鸣有了相应的反应。但父亲没在自己的治地见过共产党，更没见过共产党武装。共产党武装都在偏远的大山里打游击，创根据地。

后来，父亲越来越不适应民国乡长生活了。他不顾族人力劝与干扰，一心只想尽快结束民国乡长生涯，但是，在他还没结束的时候，民国结束，凤鸣变天了。

下水的父亲终于未能返身上岸。

父亲当了新生共和国的乡长不到十个月，土改就开始了，土改一开始，父亲就被请进了县上为旧职员办的"学习班"。土改给父亲定的成分是"工商业兼地主"。

父亲在县上"学习班"学习时，我在县上女中学习，都在县上，但我却什么也不知道。父亲离开凤鸣的情景还是后来母亲告诉我的。

母亲说："你爸走的时候，跟平时差不多，没有啥不同的地方。"

我说："爸走的时候，你们没说话啊？"

母亲说："说了。我问他好久回来。他看了一眼身边的工作队后，对我说，能有多久？最多三五天吧。上学习班还能上一辈子？"

父亲没想到，他真是去上了一辈子。他进了"学习班"后就再没出来了。因为直到死，他也没有能从"学习班"毕业。

1950年暮秋，天气变得寒冷、蛇都到了洞口的季节。那一天，父亲被乡工作队、乡农会和几个解放军五花大绑押回鸡公店，开完公审、斗争大会后，被推去乡场外执行了枪决。父亲跪在地上，望着对面的山丘和天空，还没望够，后脑勺就开了一朵大红花。

那一天，那个地点镇压了三个人，除了父亲，还有李桌和"刘参议"。

刘参议和我家是族亲，他才是凤鸣真正的大财主。他被枪毙后不久，他的妈和他的一个弟，也被枪毙了。刘参议有好几个兄弟，没死的都成了劳改犯。几年后，我还意外遇到了他的一个兄弟。

那一天，我在灌县街上走着，一队被政府武装人员押着、身穿龙池劳改农场囚衣的人迎面走来，其中一个，还对着我笑。我一看那人，却是刘参议的兄弟。对刘参议这位兄弟，我该喊叔，但我什么也不敢喊，装着不认识，低了头，匆匆走过。我知道这位隔房叔叔没怪我——他一直都笑着、理解着。

此后，我再也没见过这位隔房叔叔。

那两年，我不记得凤鸣还有哪些人劳改了，但父亲的三哥刘文泽是劳改了的。你们的这个三舅爷是个保长。三舅爷后来咋样了？三舅爷后来不咋样，他死在了内江监狱里。咋死的？也许是病死的罢。

父亲被枪毙后，母亲忍住哭声，求着她的几个兄弟，也就是我的几个舅舅去收了她男人的尸。

父亲生前的乡公所有十几个自卫队员，我有一两个舅舅也在里面混饭吃。

女中毕业前夕，也就是五一年秋天，四川省农业厅办在内江专区的"农业技术训练班"，开始招收首批学员。他们来女中招人，我问："读你们的这个训练班，就算工作了？就是国家的革命干部了？"

一位女同志答，"是啊！"

我问："不会错吧？"

这位女同志答："共产党什么时候错过？什么时候说话不算数过？"

我说："那好。我报个名。"

女同志问："你不问问学啥？毕业后，能不能留在内江工作？"

我说："不啦。报名吧！我叫刘瑞芬，三三年农历八月二十八生于内江凤鸣，今年十八岁。本人出身：学生。母亲张丽君是乡场上的家庭妇女。我……"

女同志问："慢。家庭出身？你父亲……"

我低下声答："家庭出身：工商业兼地主。父亲刘文灼，凤鸣乡乡长，被政府镇压了的。怎么，同志，不会不要我吧……"

女同志说："要。要登个记。出身不由己，道路自己选择嘛。"

尽管家庭出身不好，父亲被镇压，我还是进了"训练班"。那年月，我们女中同学有几个家庭出身好，父亲未被镇压？政府如果不采用"出身不由己，道路自己选择"的择人用人标准，省农业厅"训练班"是招不齐人的——这个，我是后来知道的。

进"训练班"要考试，是面试，我顺利过关。

我的工龄就是从进"训练班"那天算起的。别看你们爸比妈大，他的工龄可比我短。

"训练班"管吃管住管衣，每月还发点零花钱。幸好有这个待遇，否则，已变得贫寒的母亲是无论如何也无法支撑我的学业与生活的。弟弟时年十六，已失了南中初中的学，也不能指望。

一进"训练班"我就有了一种进入避风港的感觉——在举国情绪一片红，革命的、无产阶级的形势一派大好的情形下，它真能永久为我避风吗？我心里没底。东北解放区那些乡镇长及其家人的命运与结局，反映到我这里的心情是着惊着寒，如履薄冰——但愿我和家人能平安到达对岸。

走出"训练班"，到了1952年秋天，我被分配到温江专区广汉县政府农业科，具体在北外乡工作。工作了大半年，也就是斯大林死的那年，我又被抽调到灌县农业科上班。

参加工作后，因为出差去永川、宜宾、筠连等地开会，路过内江，回过几次家，加之与弟弟的通信，这样，对家里的情况，多多少少、及时不及时，总是知道的。

我们家已从小有家业变成了"工商业兼地主"成分的真正的彻底的无产阶级。

土改的时候，凤鸣大户人家的房地产都被充了公，进行了重新分割。按照公私财产人人均等的原则，大户人家从大户变成了小户乃至贫户。并且，为防止大户在自己的原住地老宅墙体、瓦梁和地下藏财宝、"金银罐"和"变天账"，一律作"换场"处理，即，从老宅搬出，住进农协指定的新地方。

弟说："妈，我不想搬。"

弟说："妈，我们家牛被人牵走了。我以后骑不成牛了。"

弟说："妈，糖坊没了，我想吃糖，咋办？"弟还想说，母亲不让他说了。

母亲说："莫说了，再说，命都恼火了。"

按照农协制定的大换小、多换少、老换新的原则，我们家母亲和弟弟就从鸡公店铺面瓦房里搬了出来，搬进了场外乡间的新房。新房是一间茅草土屋和一个四处漏风的牛棚，从面积看，母子二人也够住了。

1955年夏秋之交吧，去筠连开会那次，我回到家里，弟弟一家——弟弟已婚——住茅草土屋，我和母亲住牛棚。夜已经很深了，月光也不知去了哪儿，我们娘儿俩躺在床上拉着家常。突然，母亲朝着我的左手腕就是一巴掌。

我问："妈，咋了，打我干啥？"

母亲说："打蚊子。

我说："哪来蚊子？"

我翻动手腕看。母亲指着我手腕上那粒移动的亮点让我看。原来，母亲看见的是我戴在手上的英纳格手表指针尖发着的荧光。

我们笑了。母亲笑得不好意思，我却觉得母亲的不好意思温暖无比——不然，这点小事，50多年了，为啥还记得这么清楚？

这只瑞士夜光英纳格手表是我用补发的工资加上平时的积蓄，花了170多元买的。后来，我还以分期付款的方式，花100多元买了一辆英国造自行车。买了自行车后，从灌县去成都，我就不用花钱坐班车了。

从"训练班"出来走上工作岗位后，我每月的薪水是8元。因为少，后来单位上就补发了一些。

这一阶段，母亲和弟弟虽然时不时就被揪去鸡公店批斗，衣食还是有的。但，即或有衣有食有住，一贯自尊的母亲还是受不了。

"跳塘了！地主婆跳塘了！"

"张丽君跳塘了！跳塘了！"

母亲跳塘自杀未遂，被好心人拖上了堤坝。这一"跳塘事件"为凤鸣乡添加了两三天的谈资。

母亲真正的不幸，或者说母亲的大限来自于"三年困难时期"。1958年兴起"三面红旗"经济政治运动之后，从1959年至1961年，困难就来了，这三年，产粮大省四川饿死的人不少。

其实，母亲还没跨进"三年困难时期"的门槛就已经倒下了。

记得我1958年国庆节期间去万源结婚，完婚回来打道去凤鸣。刚走到鸡公店，就听见几个小幺妹朝我喊。

"刘大姐，你妈死了！"

"刘大姐，你咋才回来？你妈都埋了。"

我一听，不敢相信又不得不相信。我哭喊着朝家中跑去，见到弟弟，又朝坟堆跑去。

坟在山坡上。我跪在坟前，手触到的香灰还是热的。

我是给母亲带喜糖回来吃的，母亲却永远不能张嘴了。弟说："姐，妈昨天死的，今天才入土。棺材钱是我找人借的。"

我说："没事，姐身上没带钱，姐回到灌县后就把钱寄你，还人家。玉光，妈是咋死的？"

弟说："黄肿病，饿死的。"

我问："你们不是一直在吃公共食堂吗？"

弟说："是啊。可是，到后来，连牛皮菜、红苕藤都不够吃了。况且，我们的出身又不好，还指望有吃食？"

望着面前的弟弟，我想，母亲一定舍不得吃，把仅有的食物让给了儿子。我想责问弟弟，但我什么也说不出口。对母亲，除了寄点少得可怜的人民币和粮票，我又做过什么呢？那时的人民币又能买到什么呢？弟弟向我描述了母亲死时的情景：生前体体面面的母亲，死后的尸体很难看。

"三年困难时期"，我的粮食定量是每月19斤。缺油匮腥的境况，19斤，每天6两多点，哪里吃得饱？即或这样，当我接到弟弟来信，说他一家想喝点稀饭时，我揉着眼给他寄去了一点粮票。直到现在，几十年来，我偶尔也会给他寄点钱，修房娶媳妇什么的，他一开口，多多少少都得寄。我们家的旧衣物也包裹了，通过邮局寄去——但这都是十多二十年以前的事，如今，哪个还穿别人穿过的衣裳裤子呢？

"三年困难时期"我还给你们爸寄过粮票。这期间，你们都还没有出生。

回到灌县后，有一次，我下乡到龙池，看见路边饿死的人，吓得不行。记得有个妇女，手里拎的一包中药撒了一地。这个死了的妇女让我想起母亲。

我的母亲，开油坊、糖坊的老板娘，她是饿死的，她叫张丽君，比我大20岁，算来，生于1913年。

母亲一死，我的内江时代就算结束了——虽然，还有那么一点姐弟情一直牵扯着，直到现在。

                                4

怎么，老大，老二，你们还想了解妈和爸的爱情？好，妈满足你们的好奇。

我和你们爸是在一个"学习班"里认识的。这个"学习班"是省农业厅茶试站办的，办在灌县。你们爸是从重庆园艺学校来的"学习班"，属学用结合的见习性质；我是从灌县人民政府农业科去的，纯属工作性质的业务提高学习。

正是在这个"学习班"的学习生活过程中，我和你们爸建立了恋爱关系。当然，是你们爸提出来的。

他说："瑞芬同学，我想跟你好。"

我说："这——"

他说："我的意思是，我们处对象吧。"

我说："这——"

他说："不急，你考虑一下，考虑好了回答我。"

我说："不用考虑了。我考虑好了。"

他说："你什么考虑好了？同意，还是——"

我说："我同意。"

你们爸的爸，也就是你们爷爷原在汉阳兵工厂工作，中共党员、焊工、钣金工，啥都会，技师级水平，还参加过"二七"大罢工。后来，日本人打过来了，他就随厂到了上海，后来又随厂到了抗战时期的陪都重庆，在空压厂工作。这样，你们的祖籍就从湖北孝感祝家湾魏家畈上湾挪窝到了重庆。

你们爷爷家境一般，他自己却有本事，长得也健硕、帅气，竟把老家一陈姓大户的漂亮千金娶走了。这个千金就是你们婆婆。她跟着你们爷爷走南闯北，到死——她活了84岁——都是一口湖北话。

你们爷爷在重庆安家后，写信让你们爸从孝感农村老家过来团聚。于是，你们爸就跟着他的"昆山叔"步行二千里到了重庆。你们都见过你们爸脚肚子上的青筋吧，盘根错节的，好像随时都会跳出肉皮外来。这些青筋就是你们爸当年顺长江而上走出来的。

你们爸在他们几弟兄中最能读书，读了重庆一中（中正中学），又读了重庆园艺学校。园艺学校在北碚，后来并入了西农。

你们爸正把园艺学得上瘾、准备在工作中一展本事时，学校接上级指示，决定变"鲜花珍草"为"发展农业"，这样，你们爸那个园艺班就在毕业前夕，被改为了茶技班。正因为改为了茶叶栽培技术班，你们爸才在再一次的入室读书中来到了灌县的学习班。这样，我们就认识了。算来，这是1954年的事。

你们爸，"领导一切"的"工人阶级"的儿子，开朗、正义、高高大大，这你们知道。你们或许不知道，你们爸年轻时多么阳光、健康、英俊，还把一只口琴吹得悠远无比。那时，我们都喜欢唱革命歌曲和苏联歌曲，那时，我们都有一颗文艺的心。

他需要的是阳光的照耀，我需要的是"根正苗红"的无产阶级接班人。

你们爸很优秀，我是地主的女儿，我需要的，他都有。他需要的，我应该也是有的——你们看过我那时的照片吧，辫子又黑又长。

我们相爱了。

在灌县茶试站学习期间有一个去乡镇实践的安排。全班分了几个实践组，我作为已参工的革命干部，当了其中一个组的领队。我的任务是，带着分给我的两男两女学生去漩口、紫坪铺实践茶叶栽培技术。两男两女四个学生中，其中一个是你们爸。你们爸虽然大我四岁，但他还是一个未毕业的学生。

莽莽岷山中的漩口、紫坪铺一带是北宋时期茶农王小波、李顺起义的地方，正是在这样一个地方，在我当领队、你们爸当学生队员的那个阶段，你们爸向我提出了建立恋爱关系的要求。

我与你们爸在学习班时就是一个组的；实践回来后又开始学习，但你们爸却不想与我同组了；他不想与我同组——不是不愿意，而是不好意思；那时的恋爱，就像搞地下工作。

他说："瑞芬，我想换个组。"

我说："为啥？"

他说："影响不好。"

我说："换哪个组？"

他说："三组。"

我说："不是三组。"

他说："那是哪个组？"

我说："刘敏棣那个组。"

他说："你该不是在吃醋吧。"

你们爸最终去了刘敏棣所在的三组。

灌县茶试站学习时间为一年。一年后，你们爸被分到大巴山腹地的达县专区农业局，十几天后，又被分到大巴山深处、川陕交界处的万源县人民政府农业科。

这下，我们天各一方了。由于天各一方，问题多多，困难重重，我和你们爸分手了。

分手后不久，灌县当地一个叫周驷田的公安开始追我。这个信息，筠连开会那次被你们爸的一个参会同学晓得了，这样，你们爸也晓得了。你们爸晓得有人追我后，又反过来追我了。他给我写了一封长信，啥都写了，啥都写了也就一句话，想与我重归旧好。

我给你们爸回了信，答应他的要求，和好如初。

这一和好就是一辈子的事了。

我跟周公安说明了情况，并把一个姓廖的电影放映员介绍给他当女朋友。周公安很文明，并表示理解与接受。

我和你们爸是1958年10月1日举办的婚礼。

为了这个婚礼，我去了万源。你们爸在万源是单身汉，没有自己的家，我和你们爸是在县政府会议室结的婚。那天有两对新人结婚，除了我和你们爸，还有李县长与他的对象。我们收到的贺礼有脸盆、毛巾、肥皂。

县政府把打字室油印间腾出来，做了我和你们爸的洞房。铺盖、枕头是借的，我们只买了床单、枕巾。结婚刚三天，我们就去了你们爸的下乡地庙坡区。在庙坡，杜乡长让出了他的寝室，这让我们特别感动。

为了不影响你们爸的工作，我的婚假还没耍完就踏上了返程路。走的那天，你们爸把我送到一个叫"偏岩子"的地方就回了庙坡。他说送到县城，被领导看见，领导会不高兴的。

我说："玉阶，你就不怕我不高兴？"

他说："你会理解的。"

我说："我不理解。"

他说："都在干革命、促生产。我们，卿卿我我，缠缠绵绵，这算啥呢？"

我笑了："一点玩笑都开不起。好了，再见。"

我一个人走到县城汽车站买了车票，第二天坐上了去重庆的班车。

到了重庆后，我在杨家坪你们爷爷家耍了几天。——我做梦也没想到，我的母亲正是在这几天饿死在了凤鸣。由于婚假未完，我回了趟凤鸣，在凤鸣，看见了母亲的坟冢。

那时的时间好像永远用不完，车在路上慢腾腾开也不觉得怎么怎么样。从灌县坐汽车到成都，从成都坐火车到重庆，再从重庆坐汽车到大竹，到达县，最后到万源，每到一个地方就要住一夜，这样，灌县到万源，来回在路上的时间都需要十天。那时的配偶探亲假是路途时间除外，每年享受一个月，男女双方只能一方享受，哪方都可以，车船费实报实销。为防止重复享用，双方单位每年都得出一份证明。

婚后那些年，有时我去万源，有时你们爸回灌县，我们像南来北往的候鸟，年年都在飞来飞去。

你们爸在灌县，趁我上班时，喜欢骑着我的英国造自行车，戴着我的英纳格手表在他的同学中洋盘。有一次，他把我的手表借给了彭县的一位同学陈方发，陈方发又借给了他的护士女友。

我让你们爸找陈方发把手表要回，他不干。后来，在重庆，我把这事儿告诉了你们的爷爷、婆婆，他们把你们爸骂了一顿后，你们爸才去彭县要回了表。这时，我的英纳格已被你们爸借出去整整一年了。你们看，你们爸是不是对人太好了，好得简直让人受不了。

这只英纳格，我一直戴到本世纪初才换下来。记得1997年，老大你开车拉着我和你们爸去凤鸣，我戴的都是英纳格。你们爸从未去过凤鸣，1997年那次是第一次，也是最后一次。

见你们爸喜欢手表，我就动员他买一只。后来，他寄来一百元，我添了二十九元，在成都给他买了一只罗马表。这只罗马表，他戴到1984年才被一只双狮换下来。

有一年，政府要精简干部，而我的名字就在精简名单上。我吓得不得了，弄不好，就得哪里来哪里去，回凤鸣种田。你们爸得知这个情况后，找了你们的爷爷、大伯、幺爸，准备疏通关系把我调重庆空压厂。

我等不及重庆消息就去找了县里的组织部、人事科，请他们重新核查一下我的情况。核查的结果是，我不属于参工年限有问题而必须清退回家的那一类。虚惊了一场。

1961年麦收季节，我又一次去万源耍探亲假，正是这一次，怀上了老大。

我去县政府农业科找你们爸，他们说他在茶垭。我一到茶垭，就见县工作队的人在割麦子，他们说，你们爸在另一个队。

那一次，我和你们爸，吃在公共食堂吃，住在农民家里住，跟人民公社社员没有两样。

农业部门是个经常下乡的单位，因为生了老大，我就打报告申请到一个不下乡的岗位工作。这样，1962年，我就成了灌县商业局紫坪供销社一名营业员。

两年后的夏天，我又生了老二。

妈一个人带着你们两个小孩，艰难可想而知。我请了人带，但请了人也忙不过来。我让你们爸找单位调到灌县来，你们爸不干，说开不了口。

我说："那我抱着两个娃儿去找组织，去找你们县委书记，求他们放人。"

你们爸说："组织不是不解决，只是解决的办法与我们想的相反。解决你到大巴山可以，解决我到成都平原不行。"

你们爸磨不过我的纠缠，终于干了。他干了，组织却是不干。我又坚持了一年多，终于坚持不下去了。我含着眼泪服从组织安排，踏上了进山之路。

1965年冬天，我和你们爸结束长达七年的婚后"两地分居"生活，在万源县城安了家。那年我三十二岁。

去万源前，我卖了我的英国造自行车。我可以适应山区生活，英国造自行车不行。

5

母亲的讲述结束了。

这只是母亲前半生故事的一个梗概。如果母亲拉抻开来讲，我又宽挖深掘地写，一定会出一部长篇小说来的。

母亲几年前在万源二重岩公路上被一辆"摩的"撞了，左耳撞出了血。那以后，母亲一只耳朵越来越背，一只耳朵越来越灵。

毕竟背了一只耳，现在，母亲一说话，楼板都在震动。

毕竟背了一只耳，采访母亲已变成了一项苦差事。但再苦，这事儿也值得做。不做，我怎么知道我的上辈是怎么来的，我是怎么来的，我的后人怎么知道他们是怎么来的？

趁这次母亲到成都我和二弟家耍，春节前夕，我们兄弟俩商议后，向她提了个建议：能否由我们出点材料钱，舅舅家出人力，把外爷外婆的坟适当修葺一下。

我们知道，外爷外婆的坟被时间毁得不成样子了。

对于修坟，老婆、弟妹不甚理解，但也并不反对。不反对，不是因为不想反对，而是因为她们在家中的发声基础没有我们兄弟俩足。儿子、侄儿在一边打电脑，一副事不关己，高高挂起的样子——这哥俩尚未参工，成天想的却是如何轻轻松松挣大钱。

母亲说，修坟不是小事，农村讲究个风俗风水什么的，我是嫁出去的女，泼出去的水，承头修坟，不知合适不。再说，我前些年就听你们舅舅家的人说过，说我们家风水旺，是因为那坟边的一棵树一直朝着女儿长呢。我在灌县，它朝着灌县长，我在万源，它朝着万源长。

我和二弟认为，把我们的想法告诉舅舅，修与不修，由舅舅决定。

母亲在我家中拨了电话。舅舅在电话那头说，这事儿太大，他要跟他的一群儿孙商议下，而儿孙们，还在外边打工，要抵拢大年三十才回来。舅舅也到了唯儿子是从的年龄。

舅舅沿成渝铁路坐火车去过重庆，我幺爸至今都记得他背去的甘蔗。他还沿襄渝铁路去过万源。我见过舅舅两次，一次在万源，一次在凤鸣。舅舅个子瘦小，不多言不多语，厚道，老实。

1997年送父母去凤鸣见舅舅，也见到了舅舅的几个儿子——我的表兄表弟。当时我手头有个建筑工程，表弟刘勇说他能干，他在北京、深圳干过大工程，建过大房子。他说他手上有一支特别能战斗的队伍，凤鸣的建筑队伍全省第一、全国闻名。我想，交给哪个都是干，就交给他吧。于是，我回到成都准备好"三材"后，就打电话让他带着他的队伍来干。谁知，他只带来了两三个人，他说工人们都在工地上，一时没喊拢。我又等了他几天，还是没喊拢。我急得不行，开着桑塔纳2000连夜到内江，陪他找人，黑灯瞎火田坎坡头扯开喉咙吼。但，依然没找到。

他丢给我了一个烂摊子！期间，工地上的钢材被人盗走了一些。

我赶回成都，以蚀财免灾的心情，数着票子打发走了他的人，重新找了包工头，手忙脚乱地做完了为他擦屁股的所有事。

在成都的时候，表弟时不时会到我家中来坐坐。他每次离开后，我老婆都会大开门窗、风扇，把满屋的脚臭吹走。

春节期间，舅舅打电话来了，说商量好了，可以修，修坟费三万多元。母亲一听，吓了一跳，当即回答，算了，不修了，要修你们修吧。

的确，这个数据也吓了我和二弟一跳。也许我们是外行，我们原先的想法是，兄弟俩一人出三千元，六千元买点水泥、沙石和两块碑，应该是够了。我们的经济状况还远没有达到"书生意气，挥斥方遒，指点江山，激扬文字，粪土当年万户侯"的程度。

一腔热血献孝心的修坟之举就这样搁置了下来。

母亲还是那么爱面子，穿着、首饰还是那么讲究。除了耳障，偶尔感冒，身体很好，啥毛病没有。为了不伤牙口和便于消化，母亲的主食已变成了软饭和肥肉。

　　一生节约得近乎吝啬的母亲这两年陡地阔绰起来，给孙辈派过年钱，见一个给一个，出手就是一千。

　　母亲显见老了，不老的，还是那手好字，女中学养，字里见着呢。

　　　　她父亲富甲一方，是一个地主
　　　　她是地主唯一的女儿
　　　　我家有一张她少女的黑白照片
　　　　那条又长又粗的独辫子
　　　　被她女中时代的手紧紧搂在胸前

　　　　那是五十年代，从凤鸣到内江，从内江到成都
　　　　她中学一毕业，就在灌县参加革命工作
　　　　她服从组织安排
　　　　先是售货员，后来是技术型干部

　　　　一个工人阶级的儿子，掰开她的手
　　　　抢到了那条又长又粗的独辫子
　　　　她一发狠，跑到川陕交界的大巴山
　　　　跟了这个工人阶级的儿子一辈子

　　　　她为他生下三个崽儿

老大是诗人，老二是经理，老三是警察
她出差去过遵义。如今已退休，且年高多病
勤俭持家的美德
使她至今没破过旅游的费，北京也没去过

这个老人，解放前的小姐，"文革"中的地主婆
她是我的母亲
那个工人阶级的儿子是我父亲
而我，我是他们的大崽儿，一个胡子拉碴的大崽儿
　　　　　　　　——《地主的女儿》

　　　　　　　　　　　　　　2012年2月下旬

追　逃

1

他开始逃亡，但还未逃出本城地界呢又折了回来。

他认为不能没个说法就逃亡，这个世界万事万物的运行都是有说法的，一阵风，一场雨，一声鬼叫，哪一样没有说法呢。除了说给自己，还应说给非自己，最窄最不济也得说给当事人即对方是吧。

他拟了个寻人启事交打字复印店。

天黑下去、灯亮起来后，他在街车、行人的背角处把三张寻人启事贴了出去。一地儿一张，三张不多，对于成都这座省会城市来说，可以说少得近似无。但三张中必有一张她能看见，她必能因为看见而停下脚步，这个把握他还是有的。他要的就是她能看见，看见了，就够了。她每天走多少路，从哪些路走，哪些情况能让她滞步，他比她自己都清楚。如果不是因为清楚，他又何必外逃呢。如果不是因为清楚，他又何必折返呢。他甚至清楚她自己都无法看见的她屁股上的一颗红痣的痣情。

寻人启事上的内容印在16开纸上，"人"占了大半张纸，字很少，其他为空白或美学术语称的留白。"邵志，男，28岁，与家人失联已达59小时。请发现其踪迹者拨打电话14277589541与祁小姐联系。"字，少吧。认真一读还会发现，内中没对失踪者的精神状态、衣着情形、生活习惯等轮廓性概貌性特征进行描述，更没提对供出线索者论功行赏。就是说，寻人的人似乎对寻人不是那么展劲、急切。仿佛干这活儿也就一宗姿态，一项程式。这与穷人富人无关，无酬金就无酬金吧，多写几个字会死人啊。

他贴得很认真，一点不慌张，不仅全然没有地下党贴标语的麻利动作，那慢腾腾的劲堪比一棵古柏的成长。慢工出细活。因为慢，他贴得很好，伸展熨帖，横平竖直，赛过木匠的墨线。

形式如此到位，这就与内容的敷衍搪塞、应付了事形成了悖论、挑战和讥诮。

望着贴在街巷墙壁上的寻人启事，他那欢乐一秒痛苦一秒的笑最终龟缩成了幽幽的一笑。但他是满意的，一种变不满意为满意的满意。

他就是寻人启事上的那个"人"，长得不好看，也不难看，眼角嘴角挂着三丈长的邪气。从相片上看是这样，实际上也是。

在街墙上乱贴异物，他不怕公安巡警，不怕市容环卫执法人员。贴完一个城市的三个点位，扒完一钵鸡杂面就到了鬼市开市的时辰了。

他穿过鬼市，从火车东客站上车，鸣一声，又鸣一声，人就到了十万八千里的南边了。

他穿着短打性质的行头，斜挎一短包，进站安检前将一只垃圾桶当刀鞘，任一柄短刀从包里跳出插了进去。他关了手机和大脑，让一切处于短路状态。

火车，步行，飞机，汽车，轮船，三轮，滑竿……

这个匆忙又缓慢的逃亡者将自己设定为短制模式，变风变雨奔波在逃亡路上。这位年轻的短制的逃亡者有一个长到了头不可能再长的长长的个子。

他其实只要离开成都就好，只要稍稍远一点地离开成都就好。跑到离成都稍远的地方就不跑了，就住下来，娶房老婆，生一二娃崽，一辈子住下来。远点也无妨，面朝大海，养马劈柴，春暖花开。但是，他却一直在跑，一直住不下来。

他感到他的背后一直咚咚咚响着追逃的脚步声。

这是他完全没有想到的。

他其实也想到了，他只是没想到这脚步声响得这么顽固、细密、日久弥新。

他只是没想到脚步声哪是脚步声，纯是催命声。一声一声跟战鼓一模样，鼓点歇，他歇；鼓点起，他撒脚丫子就跑；鼓点越急，脚丫子翻得越快。

2

她像捕快一样追逃。

她当然不是捕快，可她怎么能不像捕快呢，为了缉拿逃犯，她用上了人类的全部智慧不说，还用上了鹰的眼，犬的鼻，蛇的舌，猫头鹰的耳。

她在她的第一时间发现了寻人启事。她像揭皇榜一样揭下寻人启事。她开始飞快地按上面的数码拨电话，占线，占线，一直占线。终于反应过来，原来她拨打的是自己的电话。又开始拨，拨的是邵志的电话，关机，关机，真的是关机，关得如空气如天牢如挺尸一般。

她去了他家。门关着，像他手机那样关着，一直到夜晚都如此。夜晚，门窗一丝灯光也没有。她想给他爸打电话，但这个念头吓了她一跳。首先是她还没有熟悉热络到与他爸互存有电话，其次是即或有电话她又能把电话打到哪里去呢。如果他爸接了，那真是遇到鬼了。无奈，她随着一柱怪风，离开了这个笼罩着不祥和死亡气息的房子。

等在他家门外的时间缝里，她又给她所知不多的他的二三狐朋狗友打了电话。她非但没有获知到信息，反倒是她提供的信息让对方无一例外地吃了一大惊。跟着，她盼望电话响起。她把电话抓在手上等待电话跳起来扇她耳光，偏偏是它安静得像睡熟的蚌壳，一丁点呼噜都没有。她等的是有人看了寻人启事后打来的电话。没有激励机制，贴的数量又如此之少，一张馅饼怎么可能从天上掉下来呢。理儿是这个理儿，但她还是在等一张馅饼掉下来。

他的狐朋狗友说没贴寻人启事，她的亲友也没有，她自己更没有，是谁可以拥有启事上的诸多信息而又要发布信息呢。对这一问题分析、计算、处理后得出的结论是，他就是涉案人、作案者。他玩了个身子寻找影子、自己寻找自己的弱智游戏。

他的目的就是告诉她，他离去了，离她而去了。也就是从这一刻起，她坐实了一个莫名其妙得真真切切的事实：他逃亡了。

但是，她认为，他还是顾念她的。否则，脚底板抹油，逃亡了就逃亡了，哪还需要多此一举做出额外的高明得笨拙的动作呢。

这个动作，就是一声招呼，一个道别。

这很正常。

但她认为不正常，很不正常。

怎么能说是正常呢？说走扭屁股就走，不，准确地讲是一声不响走了不见了身影后才吱了个声出来。既不讲个原因，又不道个子曰，关键是，他哪有原因可讲，哪有子曰可道呢。

逃，当然可以，但必须得有个说法，否则，不通呢。

因为没有个说法就逃遁，她哭了，哭得很伤心，很透骨。后来，她不哭了，她决定找到他，缉捕他，带回成都。他如果不服从她的缉捕，还是要走，也可以，但走之前得给她一个说法。如果说法也不给，她只好斩立决！如果斩不了他，就斩了自己，这没什么好说的。

她上路了。

她把寻人启事走一路贴一路，贴了多少城镇，贴了多少张出去，她一概不管，一概不知。你不是要贴吗，好，我帮你贴，直到贴上你的后背前胸。她恶狠狠说。她写寻人启事没费什么事，只在他拟的内容上添了个奖励的意思。她相信启事上有了意思，启事下才会出意义，出效果。

追逃之旅是单调的，只因她心存了大想法，脑装了大谜团就不单调了。非但不单调，还丰饶呢。她的身体里有无数个她在讨论、争执、战争、言和，周而复始。

3

他的身体在逃，他的思想在逼近。

她的身体在追，她的思想在后退。

这样，殊途同归，云与云会师，二人相遇，隔千山万水相遇在成都城里。

4

那是三年前的一天，二人终于认识了。这话不对，应该是她终于认识了他。而他早在二三个月前就单方面认识了她。她被人认识了，被人轰轰烈烈天塌地陷地认识了却不自知，这就摊上事了，摊上大事了。

一伙荷尔蒙在周身蹿出火苗的男同胞隔三岔五找个好口岸打望"粉子"（女子），是这个城市的一个公开的秘密，甚至可以说成是一种好玩的地缘风俗。在这种风俗中，他和他的狐群狗党有点过了，光打望还不够，遇到特别扯眼的"粉子"还会上前搭讪，进而动手动脚"吃豆腐"。他是这方面的高手，阅美无数，江湖上有"花花太岁"名号。名号加身，他高兴呢。光荣与梦想，都是靠自己一枪一弹打出来的。

他高中未毕业就闯社会了，不是不想读，也不是因为成绩孬，而是学校不让他读了，把他给开了。开他的理由是早恋和乱搞男女关系。多少清纯、正派男女都栽在师生恋问题上，他也是。可前者是男老师吃窝边嫩草干女弟子，这厮倒好，他是男弟子吃窝边旺草干女人师。他在社会上跟他的"大哥"闯荡了两年后，被他多病的母亲凄凄哀哀哭懵了，便懵里懵懂稀里糊涂被精明能干神通广大又有点小钱的老爸弄进了一所职业技术学院。好歹混毕了业。老爸想他稳定点，就托关系让他留了校。哪知留校工

208

作半年不到就被校方劝离了校。狗改不了吃屎。这个改不了初衷的情圣竟把校园当作了情场，居然同时与三位女学生"耍朋友"。

老爸知道后直想捶他一顿，但也只是想想而已。其实老爸想得远呢，想到了现如今图一时之快捶了儿子，自己老了后，江山易帜，没准就反过来了，自己被儿子捶。城南城北街头巷尾这样的例子数不完的，而冲儿子这狗日的德行，发展成这样的例子不是没有可能，而是可能性很大呢。老爸收回想法，笑眯眯的，抛弧优美地给他扔了一支烟。老妈躺在病床上，想说什么，最终说出来的是房塌地垮的殷殷红的咳嗽。

他离开学校后，这单位那岗的，这山望那山高，东一榔头西一棒，三天打鱼两天晒网，在很多单位上班，又没单位上班，总没个正形。也就是在这当头，他遇上了她。

这座城市打望"粉子"的好口岸在街区和大学校园，好街区有春熙路、宽窄巷子和锦里，好校园有川音、川师大和川财。她就是他在川师大校园门口打望到继而单方面认识的。那是三月星期天的一个黄昏，他们几个胆大妄为的家伙目不转睛望着从校园里走出的女学生，口哨、飞吻、点评、流涎水、吞口水在他们之间此起彼伏，轮番倒腾。这时，几个女孩逆袭风景，溯流而上，经过他们身边，朝校区走去。

她们出现得那么突然，让校园大门及大门上的红旗都毫无察觉，甚至风和小鸟都没准备好。仿佛从天而降，也仿佛自地而升。事实上，她们是被一辆公交大巴的刹车声送来的。一看，她们就是去东郊桃花山玩了来，花环、花枝、并蒂花朵，以及盛大而纤细的有着山的形状的花香，与她们的身体和衣饰产生着乱七八糟严榫合扣的联系。就是在这样的场景中，像矿工发现沙金，飞蛾发现灯光，金鹰发现跑兔，他发现了她。

他刚刚看了她一个侧面，一晃，侧面就成了背影。

一群背影逆流着更大一群人面入校，夕阳应着她们脚步的节拍，跟在后边一掌一掌推着她们的背。

他一看二看还未及三看就全看明白了。

她们越来越远的背影比那些越来越近的面容好看。她个体的背影比她们群体的背影好看。所有的叽叽喳喳的桃花加起来都不如她这朵安安静静的桃花好看。

但还不够。他还看见了更好看的她。

他念起魔咒，小妹，你车过身来嘛，她就车过身来了。你笑一个嘛，她就笑了一个。

她手中的一枝桃花不知怎么就被同伴碰落在地。她车过身来，弯腰，拾花，起身，空茫地朝大门外的小广场望了下，然后回身继续朝校园内走去。回身时她笑了下。也就是一笑呢，却赛过了秋香姐的三笑。

这个十来秒的动作，他觉得比眨巴一下眼都短，又觉得比他的三生石都长。怎么可能长呢，怎么可能不长呢，全世界所有美的总和，所有美的蒸发都在她的举手投足间了。气场无比强的美，亲和力无穷大的美！美修理了他。从这一刻起，他不是他了，他是另一个他，一个见过美、被美一剑击中的新他。如果世上有美教，她就是教主，他就是信徒了。

她走了，花敛了，香散了，天黑了，黑尽了。他也走了，开着老爸给他买的那辆二手越野沃尔沃。

他的侦察系统很容易就反馈来了她的信息：大四，即将毕业，正在为找工作发愁；有个老娘，在农村老家；大三下半学期有了男朋友，那人家境一般，是个学霸，追了她大半年才得手。

因为他把她看得太不简单，接下来的事就太简单。他押上自己所有的筹码与资源，把古今中外追妞泡妞的绝杀技通通用上了，用得准狠野又百般柔情。这样一来，还有什么难事不能化繁成简进而天下归心百鸟朝凤呢。

像她后来的发疯样追逃一样，他发疯样追起她来。

他要做的工作是删除她身边的护花使者且代之以自己。

充当删除工作捉刀人和马前卒的自然是他的兄弟伙。仨兄弟伙在使者家附近拦下使者，带至旁边公园偏僻一隅。开门见山，谈判开始。他们让使者离开他护的花，使者是使者，花是花，桥归桥，路归路，两不搭界。使者当然不干了，使者离开了花，还是使者吗。学霸毕竟是学霸，这种拆解他明白，这点常识他懂。他们开始做买卖。他们把蛇皮袋拉链拉开，让花花绿绿的人民币在树荫的阳光碎银中叮当作响、闪闪发光。五千。使者涨红了脸，羞且愤。一万。使者依然。三万。使者大声说不。五万。使者小声说不。八万。使者使劲摇头。十万。使者的大脑球有小弧度的摆动。十五万。使者惊惶，继而把脑袋垂成了屌状。二十万。使者点头，说，我不是人。又说，成交。

他们笑了，说，好，拿去。但他们不是缩身把文明而漂亮的二十万甚至不是把五千拿给使者，而是打开身形拿出了他们原始而丑陋的拳脚。他们是安心拿钱摆平的，但使者的贪婪超过了他设定的预期。

使者因羞辱而生出了惊人的刚强，宁死不屈，像个有信仰的革命者。是花儿的力量挫败了强盗，但强盗有的是办法——他们收了拳脚，指着使者的家的方向，走，砸了它，再不济，卸几条膀子扔粪坑。

使者一听这话，直接跪了下去。不是骑士单膝献吻的跪，而是双膝着地带献花的那种。使者肠子都悔青了，花儿越好，肠子越青。他至此才明白，难怪追逐花儿的日子，那些梦一律从青色，生青雾，原来根儿在这里，劫在此处！

这还不够，这一切都只是为高潮做敷设的前戏。使者像往常一样将花儿约到公园辅导功课、学习，兼谈人生。东拉十八扯了半个小时后，使者决定向花儿摊牌了。但他那个编得顺理成章水到渠成天衣无缝的理由尚未从口中出来，三个凶神恶煞过目不忘的少年强盗就从绿林中出来了。这是使者没有想到的。使者想到的是，和平谈判后的再谈判，以及移交、撤退等事项，由自己一力担承，不需外力帮忙的。强盗来了，却拿他当空心人，直接走向他的花儿。

小妹，跟我们走吧。

小妹乖，跟哥几个玩玩，哥几个不会亏待你的。

她吓得花容失色，慌忙拉住使者的手臂。使者颤着声说，你们，你们什么人，光天化日也敢耍流氓……使者还想说，却被强盗们厉声喝断，滚，你是什么人，你有什么资格在这儿屁话。给老子滚，限你三秒钟从这里消失！

吓得魂飞魄散的使者连看都没敢看他的花儿一眼就闪离公园，不知出使到哪个爪哇国去蒙头大哭了。闪离公园的这段路，读书了得的学霸觉得比一万篇庸文都长。

花儿望着使者闪离的脱了人形的背影像望着花蒂剥离，惊骇得目瞪口呆，瞬间脱了花形。

强盗们开始拉扯花儿，花儿不从，展开绝地反抗。有一二游人听见花声跑了来，又跑了去。

　　也就在这时，也就在强盗化解了花儿的反抗、花儿险遭蹂躏的最后一刻，俗得不能再俗却又屡试不爽的英雄救美开场了。从天而降的英雄一把将美拉在自己身后，然后正义而又幼稚地喝令三个成熟强盗住手。强盗哈哈哈皇帝般仰天大笑，随着笑声落地，拳脚也落在了英雄的身上。英雄抖擞精神，大战强盗，其身形因正义而倍增俊朗，因侠气而更见怜惜，让旁边的美定了魂，回了阳气。这个英雄是英雄，确有侠气呢，但不是大侠。因此，他勇顽的化学软优势很快反转为战技的物理硬劣势。

　　英雄一打三被打得鼻青脸肿，血流满面，一会儿被掌在假山石壁上像只枯叶蝶，一会儿被踩在草坪上像件破尸衣。但英雄就是英雄，永不屈服，永远都在做出艰苦卓绝的舍得一身剐敢把皇帝拉下马的救美之举。

　　面对眼前的惨象，美大声哀求强盗住手。美在哀求哭喊中完全变了形，变成了丑，或者说变成了更美的抽象美。

　　就在英雄昏死过去时，远处响起了强盗游哨的沉稳的呼声，条子来了，快跑！

　　英雄大尺度的动作和死人般一动不动的动作，以及前使者的表现糅制成了一种黏合剂，黏住了美去往学校的玉步。去医院的路上，美情深深，意切切，俯身英雄，呼唤英雄，泪倾英雄。

　　这一天，阴沉沉的，雾霾压城，但又晴空万里，满天都是蓝羊和白牦牛。这一天，她认识了他。这一天，他俩的认识平仄有韵工工整整，互偶又对仗。

　　出了医院，二人去派出所笔录。她从未去过，很不想去。他去过多次了，还是想去。他怎么不想去呢，他白天黑夜想的就是与她一来二去，直至双飞双宿。

接下来，英雄变情君，丈八蛇矛变绕指剑，他柔水滥觞一样向她天花乱坠铺张浪费不讲规矩地流去。

5

有时，他感到背后追赶的脚步声不是脚步声，而是鬼的倒立的讪笑。

有时，她感到前边那人不是人，而只是一团幻影的伪装。

梦里梦外，亦真亦幻，天上地下，体内体表，生前死后，非人非兽……

多么魔幻多么深刻多么漫长广大的一场追逃啊。

回忆是追逃谱系中一株小说般的稗类，怎么瞧，怎么有，怎么割，怎么有，怎么刨，怎么有。

6

感恩是美德，动物都知呢，美还能不知?

英雄救美，美准备向英雄表示一下好感；还未表示，英雄就向美示了一万次好。

美想向英雄敞明一点心迹，还未明呢，英雄就向美敞开了全部心扉。

这样，美暗藏的取主动的姿态被狙击了。一场虚构的丢块石头试水深的进攻战，瞬间变成了节节后退排山倒海的抵御战。

一句话，战争还未打响，场地就做了调换。与他俩的认识异曲同工，喜欢单方面挑事的他，这次又单方面发动了战争。

这样一来，笙乐森森踏歌前行的她反而迟疑了，犹豫了，甚至于举意止步、拒绝。遂用十万把撒旦的大锁把自己密密匝匝锁进了中世纪的城堡。这样，他就成了中世纪的骑士。喊门，诱门，打门，围城，扑城，云梯如山，地道如蚓，鹰击长空，炮声隆隆，他启动了一个人的世界大战。

她有什么办法呢，因为他于她有恩，她即使有一万个不愿，不许，也无法黑下脸硬起心肠化身一棵忘情草、一壁绝情崖。这就给了他间缝和转圜余地，他就有了任性的机会和拍马千万里的疆场。

但她还是选择了逃亡，选择了不伤他面子的逃亡。他的追逃之旅自此又进入到一个新阶段。

她的逃亡其实更是她妈的逃亡。把无依无靠缺暖少爱的女儿交给一个行为放浪、无稳定职业的街头混混，当妈的胸襟还没有那么宽广、慈善和糊涂。在她面前，他这个当过职院老师的人像一位犯错的学生，向还在大四读书的老师般的学生汇报坦白了一切，包括创意平平的英雄救美，包括生意涉黑的爸和常年病歪歪的妈。对于学生的复杂情况，乖乖女举重若轻挂一漏万蜻蜓点水地告诉了电话里的妈。她妈断然拒绝了他想下乡探望自己说服自己妄想成为桃花山女婿的强烈诉求。

但他怎么可能就范呢，让一支离弦的箭回到弓上再回到囊袋行吗？他完全无视她的拒绝。他相信起早的鸟儿有虫吃，会哭的孩子有奶吮，死皮赖脸死缠烂打死马当活马医才能盘活一局死棋。

陪读，护送，献花，饭局，咖啡，影院，购物，条幅，广播，情书，荡舟，运动，失眠，害病，自杀，醉酒，旅游，泡吧，歌舞，求职，发誓……该做的不该做的，俗的雅的，实的虚的，硬的软的，柔婉的野蛮的，光明正大的阴暗下作的，古今中外爱情大辞典上有的没有的奇招怪术，他都使了，都使到位了，使到爱情的痒处了。

他在他的涵盖了连"开普勒—22b"在内的疆场里布下了十万埋伏十万春风。这个追姐的狂人，猎美的疯狗，爱情的傻蛋！

所谓真理就是想颠覆也颠覆不了的那些玩意儿。量变产生质变就是。卿本佳人，卿本泰山崩于前而色不变麋鹿兴于左而目不瞬的狠角。他的细碎的大面积的岷江后浪推前浪的持续进攻，最终导致了佳人兼狠角的山洪暴发海子崩溃。

毕业典礼一结束，她接到了他邀请她喝咖啡以示庆贺的短信。咖啡还烫嘴呢，她就答应了他的更烫嘴的爱。他傻了，呆呆地对杯子说，你这苦咖啡，今天终于做了件甜事。

她的美就不说了，山山水水枝枝叶叶无处不美，说了这处的美，又漏了那处的美，说一千零一夜也说不尽的。并且，也说不好，说着说着就走了样，岔了十万八千里呢。那就说其他。她桃花一样平民而高贵、灿烂而纤弱，圣母一样温婉而强大、慈善而虚幻。这样的主，却又是那种一根筋的人，认死理儿——要么不走，要么一条道走到黑；要么不爱，一旦爱上，只要她不放手，任谁也逃不脱她渣滓洞般的魔掌。

她像对前男友的恨一样，海枯死烂天诛地灭地爱上了他。为了这，乖乖女成了不孝女，她欺瞒了她唯一的亲人，她妈。她爸在她还不记事还未发蒙时就挨病断了气。

她的选择不错，他真的值得她爱呢。

自从爱情附体，他变了，变成了一个灵魂出窍的人，一个前世欠了她很多债注定今世来还的人。他把以前的全部花心收拢来，放在一朵花上。他把以前除花心外的所有心收拢来，也放在这朵花上。他把身体里里外外抖擞清爽，条分缕析地把每一股力都集结起来，死活只顾念一朵花，死活都只为这朵花的活。为了这朵花，他可以放弃亲人、朋友、大自然，甚至可以杀人、放火。事实上也是，他有了她不久，他就没有了妈。一粒不散的肿块像一条犟牛一样将他妈拖进了火化炉。当那个对他有恩的昔日"大哥"开玩笑说是她克死了他妈，他立即与昔日"大哥"分道扬镳，反目为仇。

怎么来描述二人的彼此深爱呢。举个例说吧，她爱他，一百件事中，九十九件都顺从他，满足他的大男子主义虚荣。他爱她，对她做出的任何决定，永远侍服，不打半点折扣；他做出的任何决定都是因她而做，为她而做；即或这样，一百个决定中也难免不错一个，也许压根儿就没错，只是存争议罢；这错的一个，存争议的一个，他一定会以她的意见为决定；她明白他的谦让，这让她很满足，很享受，他也会在一吻的犒赏中摇头摆尾趾高气扬心花怒放。这样一来，事实和计算反了个个儿，一百件事中，他一百件都顺从了她。所有的问题，在他们的爱情中都不是问题，爱情让他们的识见与行动高度一致。他总是惊讶地发现，一般不主张的她，一旦主张，无不正确。爱情把一匹驽马驯化成了一只忠犬。爱情以疏导、求和之法，把暴乱的世界平息了下来。

正因为有这样的识见与格局，所以，男女之间的一百件事中的九十九件她都依从了，甚至床都让他上了，就是最后那层膜未让他碰。她说，她要把完整的青春留给他们的洞房花烛夜。他听了，欢乐得痛苦地连连点头。只是身体上下的意见完全相左，害他忙得顾了上头又顾下头，两忙呢。

她一毕业就有了工作，一份她和她妈都满意的工作。他自然没有这个能力，但他爸有，他爸有了，也就是他有了。

工作快满两年时，她服从他的意见，同意可以张罗婚事了。就在俩人算好日子去民政部门扯证的头一天，他爸走了。

他爸走得挺快，以160码的时速去了那边，一如他生前的脾性。官方的结论是死于高速公路车辆机械事故，民间则传闻是黑社会内讧仇杀。总之死得蹊跷、诡谲、莫名其妙，但也只能这样了。在父母的合葬墓前，他想，不这样又能怎样呢。他爸是生意人，做的是一手交钱一手交货手手清的勾当，他爸嫌公司、执照、合同、财务报表、年检、侍候员工这些鸟东西麻烦，一个皮包独来独往最洒脱。因此，主人撒手西去了，事业也撒手随了西去。

他爸让他妈在公墓园享受的是单间待遇。他为了让父母团聚，就起出他妈骨灰盒，与他爸的骨灰盒一起葬入了他订的双人墓中。

7

他的逃亡之旅像智蛇一样起伏、弯曲、疾速、敛声屏息，保持着周遭遮蔽物的颜值与气息。

他越过千山万水。他在南方北方倒腾，他在城镇乡村转圈。除了蛇，他还变身过穿山甲、土拨鼠、翼龙、幽灵、水鬼（水猴）、花蝴蝶……

为了逃亡，他心思用空，手段使尽。为了逃亡，他是动词逃亡，又是名词逃亡。就是说，孩子让你告诉何谓逃亡时，你不屑动嘴动书，只把他指给孩子看即可。你很得意，你认为你的教育让孩子得到了终生不忘的词源训练。

但是，身为逃亡的他依然没能摆逃她亦步亦趋步步紧逼的追逃。他几乎认定她不是人，不是桃夭，而是桃妖了。

在一个旅游古镇的客栈，他落网了，又很快潜逃了消失了。难道他是故意落网的？她恍惚了。

还是一个黄昏，一个飘雪的黄昏。她风尘仆仆又疲惫不堪地走进古镇客栈餐房。人不少，无空桌，有张桌只一人。那人埋头喝酒。她走去，问那人，先生，可以坐吗？那人抬头，帽檐下露出一张逃亡之脸。是他。

见他很镇定，她很快就跟着镇定了下来。此前，她惊慌得像个逃犯，他反像了腰挂令牌有恃无恐的追逃人。他给她递了一双竹筷，她未接。他继续夹菜，喝酒，没事人一样。仿佛二人不是热恋人，甚至没有说得过去的交集，至多认识而已；又仿佛他是失忆人了。

她问，为什么？他答，不为什么。她问，为什么？他答，不为什么，只是想离开。她问，离开我？他答，是的。她问，为什么？他答，不为什么。

她缉捕了他，却什么也未得到。说法呢，说法呢，几个字都行的，但他就是不给。这个混账、泼皮、无赖！

她去了趟洗手间出来，她身怀利刃出来，但整个客栈空无一人。出得客栈，古镇已成空镇。她怎么可能心甘呢。她一头扎进风雪，循着逃亡的脚印追去。

她可能自己都未醒悟，她离开成都追逃都快一年又半了。

8

也有时，一前一后不啻死敌的他俩却生出了同步想法。

他俩觉得这场没有终点的追逃像是一次拉练，不停地跑，不停地跑，只是为了催生和迎接一场真正的战争。她比他想得更浪漫，她都觉得这种追逃像玩笑、游戏，没准儿就一赌气。但她很快又否定了自己的幼稚、恍惚、精神失常。

他跑得很快了，都有半飞之姿了。他还可再快些，但他不想过快，那样，她会太累，那样，他就达到他爸的速度了。他一直想超过先父的，这应该是天下人子的压抑、郁闷与梦想。但他现在不想了，他还想活着，好狗一样赖活。活着，才有可能，才有诸多可能。160码的死亡速度，160码的入土速度令他惊恐。

入土为安，应该是指死者与活人都安吧。他爸安了后，他该安呢，却不安起来。

银行告诉他，要想取他爸卡上的款，他必须拿一个证明出来，证明自己是他爸的儿子，他爸是他爸，他是他爸遗产唯一的合法继承人。再者，证明他爸无私生子。具体而言，证明他爸无情妇、二奶，他妈无情敌，自己无二妈、无同父异母的兄弟姐妹。当然，已然吃上阴粮的他爸无父母、无老婆更是前置条件。

这让他不安，这让他太不安。摊上这事，谁能安呢？他都听见了妈在地下棺床上不断翻身、猛烈咳嗽、饿得打饱嗝的声音合成。

他爸的银行卡是他在家中清理遗物时发现的。他随手翻了翻作为他爸室内文化装饰物的《圣经》，就看见一块闪着金光的金属片在空无一人的耶路撒冷大街上安睡。他爸至死也想不到狗日的儿子有一天会翻动《圣经》——但真有那一天也是缘分了。他爸飞走令他悲戚，卡飞来令他欣慰，令他更加怀念他爸。

　　他不知卡的密码，就带了死亡证明书、家庭户口簿、个人身份证去银行。虽然没取到钱，但银行的态度还是蛮好的。银行在机子里验了卡。问他持卡人的名字，他不是很肯定地说出了他爸的名字。问他密码，他说我要知道还来劳你们大驾吗？问他卡中有多少余额，他说不知道。问他想知道吗，他说想，他又说，如果是张空卡，或只有百十块钱，我这就走人。银行笑了，说，不是空卡，也不止百十块，有上百万呢，但具体是多少，还是为死者保个密。年轻人，别瞎捉摸了，还是赶紧去开个证明来吧。银行的做派中规中矩，说法有理有据，说这是中国人民银行1993年制定的《关于执行〈储蓄管理条例〉的若干规定》第四十条的规定，法大于天呢，违拗不得的。

　　按照银行的指点，他去了银行所在地的公证处。虽然没开到证明，但公证处的态度还是蛮好的。按照公证处的指点，他将去与相关人员有关的地方找线索，开前置证明。相关人员就不赘述了，那些相关地方是接生医院、公安局派出所、就读学校、工作单位、民政部门、街道社区等。这几乎是任何人都无法完成的一项庞大而繁复的巨难工程。他想放弃，但一想到她，一想到临近的婚期，他做出了一项决定，坚决放弃想放弃的畏难情绪和想法，誓将证明工程进行到底。较之长城贴瓷砖、月球抛光、太平洋加栅栏等工程，这个算啥呢，毛毛虫了。

221

为此，他还做出了一项与上游决定配套的重大决定：婚礼提档升级，借助他爸的这笔遗产将婚礼办得轰轰烈烈，让全成都、全中国都知晓，都眼羡；让她成为全世界最幸福最美丽的新娘。

开那么多证明，是难，但对他却不算太难。他的江湖地位让他获得了整合一小批可以把这座城市抄个底朝天的兄弟伙前来为他干活儿的能力。

很快，证明全齐了。

他坐在家中地板上，面对满地的秋风扫落叶般的证明，那上百万的欢乐，循序渐进地被无穷亿的悲情稀释至零，又至无穷的负数。

对欢乐的巨大想象变成了对落地痛苦的巨大而真切地承受。

证明来自两条线两层级两个系统。同一的旨意，执行出了两种反向的资讯。

其一是，拿着公证机构所需的证明去公证处，缴200元公证费换取一份《继承权公证书》交银行，从银行抱一堆人民币投到婚礼现场，完成预设的幸福。

这多么好！

偏偏是在采集正常证明过程中旁逸斜出节外生枝了，无所不能、忠诚义气的兄弟伙还采集到了非正常的证据和故事，也就是其二的发轫与缘起。

其二的具体内容是，她是私生子。其二的所有证据显示，她是她爸的私生子，也是他爸的私生子。他与她有个共同的亲爸。

这个令他五雷轰顶宇宙爆炸的情况说简单不简单，说复杂不复杂。

基本面的事实是这样的：她妈出落到妙龄和清水出芙蓉的时

候就不愿侍候土地了。她妈辍学高中，开始侍弄土地，刚开始还行，后来见比自己差远了的姐妹们在城镇混得人模狗样的就不行了。出得村子，挤上气味丰饶的公交就到了成都。在通惠门求贤人才市场转了转瞅了瞅，求得了一个在一家中高档茶坊掺茶的活儿。他爸本是另一家茶馆的老买主，见了她妈后，喝了她妈掺的茶后就成了这家茶坊的常客。成都的生意大多是茶铺谈成的，他爸更是。他爸是个猴急又出手大套的主，加之长期与老婆闹着那方面的别扭，所以二人很快就坠入情网。他爸写了间房，把她妈安排得妥妥帖帖的，并让不小心怀上孕的她妈顺顺当当舒舒服服生下了她。他爸说，他有了她妈生的娃崽后即与他妈离婚，跟她妈去民政局扯证。生下她不久，他妈发现了情况，一场鸳鸯大战爆发。他爸是英勇顽强不屈不挠的，一直为对她妈的那个承诺而奋斗而抗争，这样的大战直进行到翻年的暮春才收戈。他爸回到了早年对自己出道有恩的他妈身边。她妈竹篮打水一场空，怨恨不已，抱着她挤上来时那班公交负气离去，拖着女儿继续侍候土地，独力将女儿养大送进大学。这是一场三人大战，所以不为外人知，更是背着他的，他那时三四岁，要不四五岁，最多不过六岁。

推测面的事实是，他爸要偷偷接济被自己抛下的母女，她妈坚拒，只为了做人的尊严。他妈走后，他爸拟为儿子操办完婚礼，就去找她妈，希望破镜重圆，重续旧梦，死后也葬在一起，兑现当初的承诺。卡上的款是对这个精神计划的物质支撑。但一起飞来车祸让一切成谜，成为逻辑和人性完成的推测。

他的兄弟伙采集来了以上资讯，但知道以上资讯的，全世界仅他一人而已。这就像生产一颗原子弹，除了总装厂的人知道面前的产品是原子弹外，其他子厂、分厂、零部件厂、外协厂的人知道的只是螺钉、销子、铀、钚、引爆装置、金属构件等。所有信息从不同方向先先后后归到他手里。他的工作是对五花八门林林总总的资讯进行梳理、甄别、剔选、归类、码放、拼接、修补、合成、总装、处理。那几天，通宵达旦，他闭了通讯，躲进宾馆房间，成了资讯分析师、精算师和装配师，以及资讯独家占有者。

正因为他成功地处理和揽获了资讯，他就成了胜利者、失败者和无颜面对熟识世界的受难者、丧伦败行者。

有纲有常的行为弄出了一个坏乱纲常的结果。

现在，毁灭这个世界的原子弹就在他怀里。他的想法是，既然这样了就这样了。不这样又能怎样呢。就这样抱着原子弹，不让人看见，更不能让它爆炸，爆炸也只炸他一人，绝不能炸到他的亲人——她、她妈、他爸。他妈他就顾不到了，他妈的事，他爸在生前就安顿了。

有了想法后，定了调子后，他就开始动作了。

他去了银行。路过公证处时，他看了一眼，未停脚步。随着密码的键入，花花绿绿的票子就流出来了。他键入的密码是她妈的生日。银行职员惊讶地望着他，不明白一个面熟的人十天不见怎么变成了面生的人。他礼节性地笑了，笑得奇怪无比，丑极了。他把花花绿绿的票子变成了一张新卡，持卡人的名字是她妈，密码是他爸的生日。

去了趟墓地，将他妈从双人墓中请出，请到了他爸生前为她安排的那间阴房里。

他最无颜最不想最怕见的就是她，但他还是去见了。是在一个晦暗的水吧里见的。她觉得他今天的话怪怪的，自己不提婚礼不说，她一提，他就把话岔开。同时，不像亲密恋人，倒像哥哥

224

对妹妹说话。但她没有多想，他大几岁，本来就是哥嘛。二三天后，当她拿着寻人启事时，她才醒悟，二三天前的约会，哪是约会呢，不就是一个逃婚者的告别仪式吗？她怪自己愚钝——哪个爱情中的女子不愚钝呢。

之后，之后呢，他逃亡了，携原子弹逃亡了。

9

他的逃亡日夜兼程，紧跑慢赶。

他的思维的运转一点不输他腿脚的速度。

逃亡的第五天上，在一座三流的二线城市，花15块钱，他把那张新办的银行卡快递给了她妈。一张白纸包着卡，白纸上有两行打印的字，一行是她妈的名字，一行是金额。

快递员在她老家院坝打她妈手机时，她妈正在桃林里给青涩的桃果套纸袋。她妈捏着卡捉摸纸上的字、字里的金银，惊慌之余首先想到的是女儿所为，但寄卡城市、金额以及女儿的沉默推翻了她妈的推断。但她妈还是给女儿拨了电话，除了日常问候，女儿什么也没提及，她妈由此坐实了自己的推断。平白无故送自己钱的傻子，除了女儿，世界上还有一个人，一个忘了22年也忘不了的人。她妈去了镇上的储蓄所，像22年前一样，插卡，输入一个人的生日，显示屏一下子就亮了，向她妈打开了。

她妈取了卡，去了成都。她妈要把卡还给她爸，像曾经的坚拒。她妈找他爸，最终找到了墓地。她妈知道情敌已死，却不知她爸也赴了黄泉。

这个影响了改变了自己一生的男人睡在双人墓中，男人的右边还预留了一个女人的位置。

　　她妈什么都懂了。她妈开始骂起墓主来，用一个乡妇最恶毒的骂来表达一个恋人最深层的爱。泪流下来，把墓淹成了海岛。

　　她妈有了这个经历却不敢告诉女儿，让女儿分享。女儿是私生子这个天字一号的大秘密，她妈一直用命来锁着的，开这把锁，必先拆了她妈的命门。

　　这一切与他的演算严丝合缝。

　　他笑了，这是他逃亡路上唯一的是笑的笑。

　　他逃亡，不是为了让她追逃。恰恰相反，他逃亡，是让她四顾空茫，黄沙如雾，无逃可追。

　　从小学到大学，他是他们班的短跑冠军，她是她们班的长跑冠军，他总是追，她总是被追。追与逃，是他俩常年的日课。所以呢，现在，他当然不怕被追了，因为他永远比她快一步。一步，定输赢。一步，就是一生。他的急智的狡猾总是将她恐怖的长跑引向歧途和徒劳。但他心疼她的追逃，心疼她的青春大把大把流失在长长的路上，被漠然冷酷的雨水带走。因为心疼，他必须冻结她的徒劳。

　　他知道，她的追逃不是追逃，实质是追讨一个说法。他可以给她一个说法，但又不想欺骗她。可是，不欺骗，哪有说得出口的说法呢。没有说法，她又怎会止步呢。

　　古镇客栈分手后，他沿逃亡之路折回，杀回古镇客栈，写了一封信，又写了一封，两封都是写给她妈的。刚写完信，大雪就把客栈压塌了。他没有被压塌，谁叫他是逃亡奇人呢，听见异响他就无鳞鱼一样梭了出来。

10

那场雪下得久而宽，她从这省追到那省也没追到雪的尽头。

她的电话在雪中响了起来，是她妈打来的，她妈说，他在我们家呢。

她兴奋异常又将信将疑。她快马加鞭扑爬跟斗赶回到了成都桃花山中。她妈没有说谎，他的确在她家。她一进屋，她妈就将他递给女儿，别嚷了，喏，他在这儿，来了好几天了，自己看吧。

她妈递给她一封信，一封他写的信，写给她妈的信。

他在信上告诉她妈，他是她的男朋友，一个倒霉的短命鬼。她一直在路上，他只好把信写给她妈了，再说，他也不想、不敢当面和亲口告诉她这件事。本就残酷的事会因此变得更残酷。他恳求她妈把信的内容转告她。他说他离开她，不是他离开她，是他的病要他离开她。他像他妈一样，身体里有了肿块，他会像他妈一样走的。但他希望走得更有尊严一些，他想了很多方式，最终决定选择到一个没人认识的地方去消失。他求她把他当亲哥，像理解亲哥一样理解他，像原谅亲哥一样原谅他。更可以把他当噩梦，像忘掉噩梦一样忘掉他。

她看了信，吃惊又疑惑地望着她妈。

她妈说，我理解这个小伙子，设身处地想，我理解。换作我，我或许也会这样，孩子，忘了他吧。

她急了，说，不，妈，你不能这么说，他没有病，他那么年轻，那么好，怎么可能有病呢。没有，没有的！你这不是为女儿好，也不是偏袒他，你这是自私，你想拆散我们，遂了你的愿！

她说了，就操了一把锄头顺田坎跑去了。她闷头干了大半天活儿，又闷头睡了大半夜觉。

她妈早晨起来，做了早饭，叫女儿，叫了半天不见动静，掀门一看，女儿的房间只有房间没有人。她又跑去看村头的道路，道路的尽头没有道路，只有草木和天空。

她妈只给女儿看了一封信。

还有一封信是这样写的。他说，他一直是她的男朋友，但一年前又得知她是自己同父异母的亲妹妹。他说，他们两人爱得很深，差一天就领结婚证了。他说，这是残忍的噩梦，但又是不能改变的事实。他乞求她妈不要原谅他，他乞求她妈劝说她不要再找他，彻底忘了他。他祈愿她们母女从零出发，幸福快乐，一生平安。

他在信中还说到了他爸。说他爸一直深爱着她妈，说他爸还期盼与她妈生前共屋，死后同穴。他恳请她妈保密，跟他一样将这个乱伦的万劫不复的秘密摁进自己的骨血中，至死也不能让她知道自己是私生子，尤其不能让她知道他是她亲哥，她是他亲妹。

11

她再次踏上了追逃之旅。她追他之勇悍、偏执，恰如当年他追她，像追逃一样追她。

坐在一列绿皮火车上，她突然不想追了，但火车依然载着她追，直到停到一个站上。

他的逃亡让她不解，他不给说法让她气恼，他给的有可能是谎言的说法让她愤怒。她决定以其人之道还治其人之身，甚至，比他更狠。你不是不想直面我吗，我要叫你非直面不可！你不是要逃吗，我要逼得你无路可逃！这法子灵的，怎么可能不灵呢。

——除非，你不是你了，你是十恶不赦的孽障了，是魔鬼了。那样，我无话可说，那样，你逃吧逃得越远越好。那样，你不逃咱俩也形同陌路，同居一城也隔着永世的距离。

站在月台上，她拿着手机给他发了短信。她告诉他，她在桃花山等他，如果他不去，她就变成桃花鬼，死给他看。她说她等他三天，就三天。

然后，她一边贴寻人启事，一边踏上归程，往桃花山走，走一路贴一路。这次的寻人启事比以前多了些字，她把手机短信的意思添了上去。

追逃以来，她一直都有给他发短信的习惯。什么时候打他的手机，他的手机都处于关机状态，但她还是不相信，她还是寄希望于他会在夜深人静时开机收看短信，然后飞快关机。自己收不到他回的短信不意味他没有收到自己的短信。

12

在桃花山，他看见了她——看见她坐在她的坟中对他做怪相，怪相里有一丝二缕的嘲笑。

马不停蹄一心一意逃亡的他没有看见她发布的信息，但最终又看见了，看见后便马不停蹄往回赶。

她发布的信息促狭、短暂，就像一朵桃花的临世。他获知时已离她的最后通牒不到半天时间，准确地讲只有三小时又半。三小时又半是无论如何也赶不拢桃花山，省际空间不算，徒步山路不计，仅从成都双流国际机场开飞车去也得两小时。

她的新坟在龙泉山脉离成渝古驿道边不远的桃林中，墓碑很醒目，但她的名字比墓碑还醒目。那时是傍黑的钟点，但他还是借助熹微的星月看见了她。他不敢相信但又不能不信。这才多长时日不见，美美的她咋长成丑丑的坟的形状了呢。这都怪我，是我害的啊。他的双膝和双泪齐刷刷朝她跪了下去。奇了怪了，一跪下去，她怎么就没影了呢，一座坟不是一座坟，是一堆新土了。他急忙一转身。

一转身，他看见她正沿着古驿道桃妖一样向他夭夭夭走来。

他什么也没想，几乎就是本能，他再次踏上了逃亡之路。速度之快，就像神农架野人撞见村民，一转身就跑，隐没山林。也像隋末唐初著名隐士、邑人朱桃椎，见了请他做官的权贵就闪。

他听见她在背后喊他，他听见她妈在她背后喊她。但她俩的声音远没有他前方的声音大，加起来也没有。

前方的声音牵着他的身子骨，更牵着他的魂呢，牵着他跌跌撞撞不要命向前奔逃。

2015－7－27一稿，2015－8－1二稿

鬼　市

1

明明看见一座城的，再看，却没了影。如此吊诡的事竟让我
撞上了。

看见的是灯城。

五更二时，幺师按照我的吩咐，准时喊醒了我。决定离开省
城了。天熹微。结了房钱，离开顾宝和客栈，提一口真气，走完
走马街，上了东大街。这时，鸡大叫起来，街铺不时有人开门泼
出洗脸水。走着，偶一回头，竟看见背后东大街尽头有一片灯
火，远远的，金砖碧瓦，水廊楼榭，山寺高塔，林林总总，云遮
雾拦，像一座夜色中的灯城。

定定地看了好一阵，那远处的灯火被天空和四周的暗色大大
烘托着，但又隐藏了它们接触的界面与手；它又似悬浮于夜色之
上，飘在空中；似乎还听见那灯城中传来的市廛之声。

怎么会有一座灯城而我竟不知道呢？

想返回去那灯城看看，但又急着赶路；权衡利害，还是继续
向东城门方向走去。肚子有些饿了，见街侧巷头走着个挑卖醪糟
蛋的老汉，就招了手，叫了一碗。

秋天还没过完，天气已见僵冷。吃了醪糟蛋，众穴打开，浑身热络了许多。走到城门洞时，不自觉回头看了一眼这座我住了十来天又将离开的城市。这时，人熙攘，天已见亮，东边龙泉山顶甚至搭拉了一缕红锦片。

看见了我已熟悉的一座大城。

但是，我没有看见先前看见的那座灯城——那座灿烂辉煌、五彩斑斓的灯城咋就不见了呢？

惊疑不已，呆了好一会儿，最后，还是向东走上了继续寻找五娃和刚儿的道路。走到去东门水码头与去东大路分岔的路口时，犹豫了一下，放弃了旱路。水码头上舟楫如织，客船、货船和官家巡船尽收眼底。踏上一只客船的桥搁板时，我立刻又缩回了脚——到底是反悔了，到底是没挡住一座神秘灯城对我的诱惑。关键是，万一师兄师姐也对灯城好奇呢——卸岭派人，对夜晚的一切无不好奇。

沿路返回。进入东城门洞后，顺着东大街一直向西走，直到走到尽头盐市口，也没能看见一点有关一座灯城出现过、存在过的痕迹和凭据——连一只灯具也没有。这让我更加惶惑、紧张，也更加好奇、兴奋。

真是见鬼了！

难道是海市蜃楼？我看花了眼？或根本就是我的一场精神幻觉？但我不信。我连和尚庙和洋教都不信呢。我不是维新派那一伙的，但我喜欢维新。

2

回到走马街，依然住进顾宝和客栈。

趁幺师来给我打整房间、倒洗脸水，待问，不想，他竟先问起我来。

"客官，你不是退房了吗，咋又续上了？"幺师随口问道，并瞟了一眼我甩在床上的行囊。

"你说呢？"故意找话。

"我哪里晓得？莫不是新上手了一笔生意，或者哪户人家的小姐绊了客官腿脚？"幺师狡黠一笑。按说，幺师说上来的话可谓利害非常——试问世间，谁人不在为钱为情奔忙？

可幺师还是说错了。回来，应该既不为钱，又不为情。但是，回来，仅仅为了好奇，不为钱，真的连情也不为吗？这样一想，又觉得幺师还是没说错。五娃与我有兄弟之情，刚儿与我的情就更不用说了。为了寻找二人，这县那县，这州那州，已去了七八座城。这座城是省府所在地，大得连东西南北都像了几个一阵风一阵雨的调皮孩子。因此，翻找这座省城用去了十来天的功夫，几乎弄了它个底朝天；即或如此也没找到要找的人。现在，居然让我发现还有一座灯城没找，我怎么能放弃不顾而让它从眼皮底下溜走呢？可它到底是溜走了。现在，决心把这座见鬼的城找回来的举动，自然是含了情的东西的——这话，怎么能对幺师透心呢？便对幺师笑笑，说：

"还是幺师眼毒。佩服，佩服！"

"说不上，说不上。这太阳底下，哪有啥子新鲜事。"幺师一边志得意满地说，一边向门边悠悠折去。

我哼了一声，冷笑着抛出了话头："别说，这太阳底下还真是有新鲜事儿的。"

"哦？说来听听。"幺师把身子车了回来，脸微侧，左耳斜向我的发声。

"幺师，你可知这城中尚有一座城中城——灯城？"

"灯城？"

"夜晚，一座灯火辉煌的城。"

"夜晚？嗨，客官，你咋个把梦中的事儿拿来耍我呢！幺师我忙着呢！"

上了街，又问了几个人有关"灯城"的事儿，他们的说法与幺师无二。一个茶客说："你是问夜晚的事啰，又说不是梦，那你何不去问问更夫？"茶客的话让我一阵惊喜。下午，坐人力车，找到了更夫的家。究竟是吃夜饭的，更夫的眼睛，白天都噼啪着磷火。

"更爷才起来啊。"

"哪里。晌午饭都吃了。找我？"又说，"啥鬼事，说吧，我多半晓得。"更夫是个童子娃，听了我的问题后，说："你该不是说的夜市吧？可是，不对呀。夜市天黑开市，三更就歇了。没有，没有，绝对没有你说的啥子鬼灯城！"

连值夜守夜的打更人都说没有这样一座灯城，难道我真是见鬼了？更夫是夜晚的沙漏，还有谁可以不通过时间而孑然存世呢？难道，省城里包括更夫在内的居民都在对我这个外乡人说谎？只有秘密，才怂恿并值得让人为它说谎；只有杀戮、权谋、金子、隐情，才构成秘密。

为寻找两个人的下落而来，却开始探寻起一座城的下落来。行动在不知不觉中拐了个弯。

3

前边已说出了那两个人的名字：五娃和刚儿。

五娃是师兄，刚儿是师姐，五娃和刚儿还是师傅撮合的一对恋人。五娃长我七八岁，刚儿长我四五岁，我是他们疼爱有加的小师弟。

师傅过世后，通州卸岭派同门弟子各奔前程，四散而去。见我自立能力差，五娃、刚儿便带着我到通州所辖的一个县城找到了一份可以让我们三人待在一起的活路。这活路是我们本行，我们在山上学的就是这点本事。现在，我们白天是一家骨董行的伙计，晚上是盗墓贼。对于我们晚上的行迹，老板睁只眼、闭只眼。老板也是有大来路的道上人，骨董的进出都很通畅，他乐意最先获得我们盗来的随葬品，我们乐意快速脱手变现。日子就这么过着，这日子就是一宗令人愉悦的合作。

盗品的变现让我们一点没有缺钱的苦恼。我们完全可以歇手不干了，但我们却丢不下一次次发现和挖掘宝藏带来的兴奋和生活。这样的生活惊险、刺激，糜烂得令人不能自持，不能自拔。

并且，关键是我，还能每天看见师姐刚儿。

作为伙计，我们三人与其他伙计一样，有时守铺盘货，有时走村串户收购古董。轮到五娃守铺，我和刚儿外出时，五娃总要叮嘱刚儿好好照顾我这个小师弟，也要我保证听师姐的话。我三岁就成孤儿，早忘了父母样，很多时候，觉得师兄不是师兄而是父亲，师姐不是师姐而是母亲。

走村串户收购古董的时候，也是我们勘点寻墓的时候。我们会根据下雪、落雨、打雷等天象，根据草木长势、山丘风水、泥土气味等情况准确找到古墓位置。就本事而论，刚儿最擅寻墓，五娃最擅掘洞，我的拿手好戏则是"摸金"。而论武功打斗的本领，还数五娃厉害。但慢慢的，我也有几分厉害了。我的厉害我不知道，是五娃告诉我的。五娃说："师弟，你的七星指又长进了。"我说："比起师兄的铁火肘，我这算哪把夜壶？"五娃说："你已经强过师兄了。"我说："看师兄说的，我就是练到下辈子也抵不住师兄一拐肘。"刚儿在一边吱喳喳笑："你们两兄弟就别斗嘴了。好了，算我的功夫最凶，行了吧。"

骨董行的日子让我舒服无比。有时，也想，难道不可以更舒服一点？一成不变的舒服反而显得有些单调、腻烦，甚至委顿。

我的想法，吓了我一跳。

4

幺师既然提到了夜市，还是去夜市看了。

夜市设在东御街。天还没擦黑，夜市的商贩和买主就陆陆续续入场了。我也是随着夜市的这些主流人众入的场。更夫刚把三更敲响，商贩和买主又陆陆续续退场了，不过，场退得很慢，都快四更了，才完全闭市。

这座城的夜市跟很多地方的夜市大同小异，也就是把白天铺子里卖的东西倒腾一部分出来，搬在摊位上，晚上卖。一些当市的铺子连摊位都不要，直接开门纳客。街檐上密密挂着的灯笼像一些红月亮，把夜市照得透亮。巡街的总爷、差人、兵丁像白天一样摇来摆去。

纵然有总爷，夜市也有不清静的时候，小偷、泼皮、醉汉、骗子是这里的常客。初十夜里，就有两个看灯火的少妇被一伙流痞捏着身了，怪笑着托起在半空。虽被卡子上的总爷呼人一顿马棒救下，但两个娇艳如暗妓的女人的红绣花鞋、玉手钏、镀金簪子到底是被乱中扯走了。这个故事是后来五爷告诉我的。多年后有位叫李人的作家也在他的《死水微澜》一书中写有这个故事。

我几乎是最后一个退场的。人流全散了，灯笼全黑了，整个夜市，只有一个黑影舞着扫帚，把红砂石板擦得呼呼作响。整个城融进了黑暗，连我也成了黑暗的一部分。一盏马灯近了，让我现出人形。是更夫。

"干啥呢？还在找你的灯城？回去睡吧，睡着了就能看见了。"更夫说。

本想一直待下去的，但瞌睡到底是来了。刚走拢客栈，四更的梆声响了。幺师看见我这么晚才回，又不像玩了青楼、喝了烧坊水的样，一脸疑惑。

"怎么？像贼呀我？"我懒洋洋说。

"哪里，哪里。"幺师忙不迭回说。

睡得很死，什么也没看见，因为一夜无梦。

起床折腾一阵子，早饭、午饭一并扒了，抽了两袋烟，上得街来，基本上就算进入下午时光了。下午时光把这座城市按摩得懒洋洋的像一只肥羊，自己的思维却渐渐清晰如狼起来。

整整一下午，想清了一件事：我是凌晨天微亮时看见的那座灯城，而昨夜哪有待到凌晨？

想清楚这个道理和事体后，决定完全复原一回奇遇灯城的情状。

五更二时，幺师按照我的吩咐，准时喊醒了我。天熹微。上得街来。避开建筑物对视野的遮蔽，寻了个旷坝，向东大街西头瞭望。果然，又瞄见了那个悬浮于夜城上空的灯城，遂施展纵涧越岭轻功，几个腾挪就到了灯城里面。

进得灯城才发觉，城并不像远看那么红灿，相反，城里的灯光倒像鬼火一样飘忽、摇曳、阴森。

地摊一个接一个，有人卖货，有人买货，人流熙攘，颇有"天下熙熙皆为利来，天下攘攘皆为利往"的味道。我发现这灯城竟与夜市极有相似之处，不同的是，这里清风雅静，繁忙的动作，却没有掀起喧嚣之声；两侧街檐也没有灯笼，灯光来自摆摊人搁在地面摊位上、买货人拎在手上的马灯；街上没有衙役，却有良好的秩序；规模似比夜市大了一倍以上；重要的是，这里的人没有脸。

刚把灯城从东头到西头走了一遍，还没研究出个究竟，天就亮了，与此同时，我发现灯城里的马灯正一盏一盏被吹熄，吹灯的人开始沿街巷的枝蔓四散开去。

很快，一座沉默而热闹的城不见了，就像风吹走了一团云。

望着眼前的场景，有一种不知所措之感，直到一位扫地妇人裹着雾样的灰尘，一帚把一帚把向这方扫来，才悻悻离去。从来到去，只顾眼睛和脑花，连对谁说一句什么话的机会都没逮住和给出。

回到客栈，想想，觉得该离开这座城了。又一想，万一五娃、刚儿就在灯城里而自己没看见呢？这样一想，就决定再在灯城里找找。

"幺师，你咋说夜里没有灯城呢？"拦着幺师质问。

"你说啥？"幺师眨巴着夜猫的眼睛，莫名其妙。

只好把我在何时何地见到灯城的情况过筋过脉摆了一遍。幺师听到中途就露了不屑，但他依然弄出一副愿闻其详的样，直到我大致讲完，还准备补充点什么时，他才终于忍不住开口了：

"哎，谝了半天，客官看见的灯城，不就是鬼市么？"

"鬼市？"

"是哇，鬼市。客官走南闯北，天上飞的地上跑的啥没见过，怎么连鬼市都没听说过？"幺师更鄙夷了，很响地吸了几口气，把鼻翼抽得一张一弛夸张无比。

"鬼、市？就是买卖鬼的市场？"

"哈哈哈……亏你想得出！也对，也对。来了——"幺师边笑边撇下我，应着老板的喊叫，撒开蹄子忙他的活路去了。

鬼市？以前是听师傅叨过的，但我没留意。通州那地方没有鬼市。

5

为了在鬼市找人，决定把鬼市弄伸抖。

这一次去鬼市，踩在了夜市散场闭市的点上。我必须比鬼市更早地开市。

从顾宝和客栈到夜市有两条街的脚程，从夜市到鬼市只有一条街的距离。离开夜市去鬼市的路上，听见前边正响起四更的梆声，就寻着声响去了。去了，却是怎么也寻不见更夫的影。凭我这一练家子的脚力和目力，还有失去目标的时候？莫非更夫也是一位练家子？四更本是很难熬的，幸亏有寻找更夫这码事儿混着，不知不觉也过来了。但直到鸡打鸣我也没寻到更夫。

四更是月亮与太阳的禁地。星星远而小，更见稀缈。四更真黑啊。据说，鬼就是在夜半出笼，在这一时辰猖獗。说实话，我也是怕鬼的，虽然我们这一行长年累月都在鬼地里跟鬼打交道。但我们这行也有我们这行的规矩，譬如开凿盗洞前要向墓主跪拜三遍；进入地宫后，需用锦带蒙住嘴鼻，不得将活人的气息留在墓里；打开棺椁前，要点三支香火，如香火熄灭，必须立即退出墓室；盗拿随葬品时须给墓主留两件值钱的宝贝……

大约是城里的阳气重于山里，我看见城里虽也是鬼影憧憧，但毕竟是大大少于阴气积郁的山林和坟地。天似亮没亮之前这一段儿是最冷的，民间管这会儿叫"鬼呲牙"。

鬼都出来活动都呲牙了，咋个还不见鬼市露脸呢？正疑惑间，似有一声淡薄如蝉翼的鸡鸣在天边啼出。我知道五更快到了。

也就在这时，一些摇曳的鬼火，远远近近，星星点点，沿这座城池七纵八横、七倒八拐的街巷向我围拢过来。后来，鬼火成串成串，流动的红色，似这座城池睡眠中微张的血脉，更像极了挂上乡墙的红辣椒。

城外的鸡叫开始像义军一样扑城，引得城里的鸡也慢慢来了感觉。从鸡叫的音量和密度可以判断，这是五更点上了。可是，更声却没有响起。为了躲我，更夫连梆都不敲了？可是，更夫干吗躲我？

242

6

从省城四面八方向我流来的鬼火，却没有因为我的存在而与我发生任何关系，它们并不怕我这个捉鬼人。鬼火一点一点，像一些红鸟，依次栖翅在了街道两侧的屋檐下。

不用说，鬼火不是鬼火，是那些马灯。

提马灯的人中，卖家与买家都有，但总体说来，拎着货品和工具的前者还是比空手空脚的后者早到了一袋烟工夫。卖家一到，就自寻一处位置——看得出来，他们的摊位是不固定的——摆弄起自己的经营领地来。每个领地占地不过三五尺见长，彼此之间留有半卡的地缝。铺在领地上的垫子五花八门：兽皮、竹笆、草编、木板、布块……有的什么也不垫，直接把货品摆放在沙石板地面上。拾掇毕，就蹲在地摊后，一边呱巴呱巴抽叶子烟或洋烟，一边拿眼睛的余光罩着行人。他们闷声闷气，谁也不吆喝，甚至话也很少说。也不是不说，买主问什么，他们就回答什么，语音低沉。也有说行话的，圈外人一句不懂。也有买卖双方一字不说的，甚至讲价的手语都披藏在布袋里，像老鼠一样耸动。

古玩、字画、陶瓷、铜器、玉器、家具、文房四宝、竹雕、金石、古籍善本、旧书、古钱币、象牙雕、鼻烟壶、西洋货、东洋货、香炉、衣饰、火花、紫砂、烟标、药材、食物、杂货、刀枪、器具……鬼市上的货品包罗万象，白天铺子有的，它有，白天铺子没有的，它也有。旧的新的，有，半新半旧的，也有；成品的，有，半成品的，也有；批量的，有，单件的，也有；完好的，有，破损的，也有。鬼市甚至还为早起的辛劳人提供热乎乎的早点。

除了物，还有卖手艺的。草编、糖饼、空竹、纸扎……以及掏牙虫兼拔痛牙的，把脉开处方的。还有十几处算命、测字、看相，说是定人休咎、解疑化难的摊子。

但是，我对这些没有兴趣。我只对鬼市上的人有兴趣——只对在这些人中找到师兄师姐有兴趣。

但是，我却很难看清鬼市中人的脸。与鬼一样，他们几近没有脸；他们的脸，一些包在绸布中，只露出一对眼、一张嘴；一些藏在灯影里，让人含混、模糊，连个大概齐也不给出；也有一些无遮无拦，只管裸露。

必须沉下心来，把人众——甄别。脸蛋裸呈的人一目带过，自不待言。其他的人，则只能通过身廓、动作与声音的复合，选准疑似者，进行研判。疑似者往往目中无人，一言不发，该干啥干啥，这样，所有遮面人都是疑似者了；这样，疑似者也就不疑似了。我的寻人行为并没有搅肇鬼市既有秩序。看来，在鬼市遇上像我这样的人实属平常。这种平常，让我觉得不平常。

前边说过，我是"摸金"高手。可以在黑暗中从墓主的天灵盖、鼻、嘴、耳、颈、手、肛门，一直到大腿、脚腕、脚趾，把墓主的随身葬品摸个一清二楚，将墓主的身体形制拿捏得不差分毫。但纵是如我这样的识人辨人高手也在鬼市中感到了甄别的难度。甄别难度不唯对我而言，如若对方甄别我，也有这种难度——我就是把马灯拎上了脸，也没人认识我。后来才知道，我在这里找师兄师姐时，他俩还没来到这座城市，他俩还在另一个鬼市里，但很快就会来了。

天越来越亮，鬼越来越少，我越来越失却耐性，决定不再把鬼市作为投放时间的有效机遇，决定返回客栈，好好睡一觉后再踏另程。说话间，看见一个蒙人在人群中一闪就没了踪影。

颧骨突出，头发坚硬、卷曲。错不了，一定是蒙人，并且还是那个在通州地界三对三与我们卸岭派打斗过的金鹰门蒙人中的一个。我甚至还看见了他那透过遮脸布、似在寻找着什么的褐色的眼球。

金鹰门蒙人是我们卸岭派的天敌，鬼市出现蒙人，难道是因为他嗅到了师兄师姐的气味？我相信自己的直觉，相信自己的直觉没有欺骗和辜负自己的脚力，更相信蒙人发现不了我。

寻找着蒙人，同时避免着被蒙人发现，我自忖以自己的功夫对付这个蒙人，基本不存在困难。但是，蒙人的支援能力极强，信号一发出，一个人可能变成一百个人。对付蒙人须有草原狼的警觉。

扫地妇人的出现宣告了今天鬼市的散场。

蒙人的出现成了我滞留这座省城的唯一理由。

这时，不仅大天白亮，东边百里外龙泉山顶的长松寺还有了一抹少见的紫红。

7

接下来的几天，在鬼市安安心心找蒙人，更找五娃、刚儿，但一个也没找到。

不过，这几天里，倒是对鬼市有了进一步了解。没想到爱占点小便宜的幺师同时也是一个"鬼市通"。在幺师伺候客人的空闲里，我给幺师伺候烟枪、烧酒。一来二去，幺师拉长声调，吞云吐雾给我摆了不少的鬼市龙门阵。

他说，就卖方而言，鬼市中人来源有三：一是正儿八经的行商小贩；二是不想以真面示人的破产户、官府小职员、赤贫的读书人和体面人；三是官府通缉犯、躲避仇家追杀的逃亡者——鬼市中也有女人，但一定是女扮男装。货的来源有四：一是盘铺来的；二是走村串户收购来的；三是造假来的；四是自己家中的。商贩收货时，一袭貉绒皮袍，他硬敢说是狗皮的；一到鬼市，一件尽是虫眼的狗皮裤子，他硬敢说是狐皮的。卖个棉袄，有那露棉花的地儿，他就往里边儿一折一摁，你就看不出什么来了；卖鞋的，面儿上有蹭了挂了的，他拿黑漆一抹，就什么事没有了。打马虎眼，赖着的就是一盏明暗不定的马灯。大部分卖方都有一个目的：在黑夜的掩护下，让手中良莠不齐的"烂货"鱼目混珠、真假莫辨，被人当作宝贝来买。少部分的卖方属非商贩，卖货多是不得已之为，但真东西往往就在他们这里。

买方呢？他们躬着身子，手提马灯，在地摊前照来照去，学究一样，鬼鬼祟祟搜寻着自己需要的物件。有的买回去自用，有的买回去送人，有的买回去后或直接卖出，或修饰包装后卖出——它们往往又被人拿到鬼市再行买卖，如此再三。他们的兴致在于借助夜幕的关照，借助自己的一副慧脑和一对神眼，用破烂货的价格买到皇帝的玉玺。

幺师继续说："总之，鬼市的一切都诡谲莫辨，鬼头鬼脑。不管买方卖方，赚了欺头后，都会隐藏自己的行迹。他们经常变换脸谱，商贩更是让摊位今天搁这儿，明天摆那儿。"幺师神仙般吐了一口浓得像老痰的烟："这就是为何在鬼市中不好找人的原因，也是逃亡者喜欢藏匿鬼市的道理。”

照幺师的意思，为躲避金鹰门人的追杀，五娃、刚儿匿迹鬼市，看来不是没有可能，我想。

“官府对鬼市就放任自流一点不管吗？”我。

“也不是不管。”幺师。

“怎么管？我连一个衙役都没看见呢。”我。

“你慢慢就清白了。”幺师。

哪里还有慢的资本？持续不断的寻人生涯已让我银子渐尽，捉襟见肘，所有工作难以为继。但这难不倒卸岭派人。勘地脉，断风水，略略动作一番，就在省城东北郊石灵寺一带盗得了明蜀王陵中的若干彩釉兵马俑、舞乐俑、铜镜、酒盅等宝贝。

决定将这些宝贝拿到鬼市去卖。为避人耳目，还将花碎钱买的一些赝品混入其间，且，并不一次性和盘托出，而是分期分批悠着售卖。骨董行学的玩意，不想在鬼市亦可大行其道。

这天，去鬼市晚了点，热闹地段的摊位几乎被占尽了。正准备向东大街东头走去，在偏僻地段寻个位置，却见不远处一个老头正把自己的古玩售品重新归类，这样就空出了一个摊位。见状，急忙抢步向空地奔去。

“请问前辈，晚辈可以在这儿借个地儿吗？”我的态度与乡下人无异。

“当然。不嫌挤就摆这儿吧。”老头笑眯眯的。

老头年岁花甲，叫顾三顾，他说，你如果愿意，可以叫我顾伯。我当然愿意：因为顾伯慈眉善眼，随意，亲和，极容易结交；因为顾伯跟我说得上话。顾伯对鬼市情况，尤其对人情世故，一点不输幺师。我喜欢听顾伯摆鬼市故事——那些故事真是迷人。有时，我发觉本末倒置了：自己对鬼市的迷恋竟胜过了寻人的急切。顾伯却喜欢听我讲古玩的知识。一讲起古玩，顾伯就像极了私塾里的乖孩。

跟顾伯熟络后，在鬼市里就算有朋友了。我发现，我也是顾伯在鬼市里唯一的朋友。我们彼此都高兴自己是对方在鬼市里的唯一朋友。朋友多了，就成水货了。

既然是朋友，就总能在鬼市找到对方，相邻摆摊。怎么能找不到呢，我们总是在头天就约好了第二天相识的记号呢。

那个蒙人还在鬼市里，他摆的是卖鹿茸、虎骨、熊掌之类的摊。他万万没想到，他也给我留了记号：那露出绸布的散发着北方大草原气息的褐色眼球。还有两个蒙人，那一男一女，我不知在哪儿，但我感到了他们的杀气。

8

没想到，为了朋友，竟在鬼市中闹出了一点事。不过，从这件事也可看出和说明，我的确是个有情有义的来自通州的年轻人。

这天，晨曦初开，我和顾伯拧开马灯玻璃罩，吹熄灯芯火苗，正收摊打包时，一条汉子斜刺里纵身抢来，一把揪住顾伯领口。

汉子大喝："狗日的老狡，老子找了你两天，终于让我逮到了！"汉子左手不放，右手将一只古砚拿在顾伯眼前直晃，"快，把这个拿去，还我钱来！不然，老子砸了你的歪摊子！"

顾伯惊恐万状，急忙分辩："好汉息怒！好汉一定搞错了，这只砚台哪是我卖你的？"

汉子睁着一双血红牛眼怒道："还敢抵赖！"说着，就用砚台朝顾伯头上砸去。我当然不能让这事发生在自己朋友身上，遂伸出手去，抓住汉子后衣，轻轻一个提拉，汉子就飞了出去。由于我出手稍迟，或者说汉子出手稍快，顾伯的额头还是出了点红水水。

　　发生这样的事，鬼市里的人竟像没看见似的，该干啥干啥，不一会儿，人就光了。上场的，是扫地的妇人。

　　汉子飞出去后又爬了起来。他不依不饶，嚷着要找五爷什么的评理。"五爷呢？五爷呢？"他左顾右望后，有些蔫巴了。听他一心想评理，也愿意成全他，就不管三七二十一，要把他拉到官府卡子上见总爷。顾伯说算了，我说我可以做证，这砚台明明不是你卖的，他反而诬陷你，讹诈你，他既然要讲公正，那就跟他讲到底。

　　这时汉子想梭了，但我的手爪像一块巨大的磁石粘住了他的手腕。想溜就能溜么？

　　总爷身着官服，腰带斜挂马棒，一看就是一个半军营、半土官的主儿。总爷一听要他裁断的是来自鬼市的案子，就一边咕噜"他妈的，大清早就遇到鬼了"，一边折回了内堂。

　　总爷肥猪般踽踽离去、不作为的背影让我瞠目结舌："这……"

　　总爷的跟班说："这什么这？鬼市的案子怎么能拿到卡子上来断？白痴！滚、快滚！"

　　我追问："这位爷，请问，那鬼市的案子应找哪个断呢？"

　　总爷的跟班哈哈一笑："当然找鬼断哦！"

　　我一愣："鬼？"

总爷的跟班："哦，先找街正吧，东大街的街正，他会帮你断的。"

汉子倒乖，直接就把我们带到了街正家中。街正的家是幢一楼一底的"家带店"建筑。街正就在他的洋货铺里断起案子来。待我刚把纠纷起因讲了个头，街正就拿言对汉子道：

"石疙瘩，这不是鬼市里的事么，你怎么把他们带到我这里来了？"

"哪是我带来的，是总爷叫来的。"

"你们去见总爷了？"

"他们非要去，有啥法？"

街正对我和顾伯说："你们这是鬼官司，只有阎王爷才能断。"

我不禁大惑："阎王爷？"

从鬼市出来后，汉子一直在冷笑，这会儿的冷笑已经大得出了声。顾伯望了一眼汉子，拉着我的手说："他刚才说的五爷，应该就是这个阎王爷了。"我说："那我们就找这个五爷去！"顾伯说："小兄弟，没必要较这个真儿，我看算了。"又对汉子说："这位好汉，你说呢？"

他俩都有了罢战之心。刀出鞘，箭离弦，已到了这个份上，反是我不依不饶了，我说一定要见五爷。

汉子见我如此倔强，遂抚掌叫道："好，好！"

9

跟着汉子，我们三人找到了五爷。

是下午找到五爷的。五爷住在科甲巷一幢两进小院里。汉子说，五爷从鬼市回家后，上午总是睡的，打搅不得。

"五爷也在鬼市混？"我问。

"是啊。"汉子答。

"他在鬼市干啥呢？"

"看上去有时在摆摊，有时在购物，实际上他充当的是总爷的角儿。所以，我说找五爷嘛。"

我莫名其妙。顾伯似懂非懂。坐在茶馆打盹挨时间，不觉到了饭口，肚子变鸽子咕咕叫了起来。三人互望了一回，我说，晌午了，找地儿吃饭吧，我请。吃完饭，喊结账时，伙计才一指顾伯说，这位客官已经结了。汉子在一边拗着脖子剔牙，聋哑人一般。

老幺开了门，一位女佣把我们领到坐在堂屋里的五爷面前。五爷吓了我一跳，因为他的年码大大出乎我的想象：这位阎王爷比我都小，完全乳臭未干。可奇怪的是，汉子竟对这小子唯唯诺诺、毕恭毕敬。

五爷说："坐吧。二丫，给三位客人上茶。"

我正要说话，五爷却用手势制止了："莫慌，待上了茶再说不迟。"

女佣给我们三人上了茶，我又要说话，五爷却先说了："这个案子，石疙瘩赢了，你们输了，"又客气地对我说，"你可以回去了。"又对顾伯说，"你得接受石疙瘩的退货，把钱还人家，包括你们打人的汤药钱。"

我生气了，指着五爷吼："狗屁！你不明不白，不分青红皂白，凭啥就这样断了？"

五爷笑了，欠了欠身子说："五爷我不明不白，不分青红皂白？五爷我怎么可能不明不白，不分青红皂白呢？人家石疙瘩是交了地租和管理费的，交了地租和管理费才受我们码头保护。反过来说呢，你们没交地租和管理费，我们码头当然不能保护你们了。所以，不管起什么祸端，不管有理无理，我们都没有责任和义务保护你们。这是人之常情，当然也是国之常情、省之常情、城之常情、市之常情了。五爷我看你们也是识文断字的明白人，相信你们想得通，也能够理解。五爷是怎么知道这事儿的？这就不是你们该知道的了。鬼市上的事儿，哪有我不知道的呢？"

五爷的稚嫩童音，老气横秋，慢条斯理，像一团稀泥糊在脸上，把我倒腾得无言以对。

顾伯说话了，说话前，行了个奇怪的礼（我出道不久，江湖之事知之甚少，后来我知道，顾伯行的是哥老会礼）："五爷，码头上的行规，愚夫也略知一二。地租、管理费，你们是该收的，因为你们也给那些个官家人行了地租礼金的。不过，愚夫记得没错的话，码头的行规是，新贩入市后，应在一月内交地租和管理费。我俩都是新贩，入市皆不足一月，当属规矩之内，当属守规之人。既为规矩之内、守规之人，哪有不受码头保护的道理？"

姜还是老的辣。顾伯的话让我如释重负。不料，五爷又说出这样一番话来：

"看来这位前辈倒是与我帮有交好之缘，失敬，失敬。不过，还是请允许晚辈说句话。是这样的，前辈说的没错，你们的确算不得违规，但这个一文未缴的不违规，只能让码头保障你们的正常经营，但若起了纠纷，尤其与缴纳了地租和管理费的业主起了纠纷，我们还是得站在后者一边。"

"不！我不服！"我。

"不服？当然可以。你们还可上诉嘛。"五爷笑笑。

"上诉？"我。

"是啊！找大爷上诉啊！"五爷呷口茶，依然笑笑。

五爷不应该叫五爷，应该叫鬼爷，或鬼五爷。

10

五爷把我们仨带到大爷处后，一直低眉顺眼站在大爷身边，词儿一下窄了，大爷不问他，一粒字儿没有。

大爷住在署袜南街一幢三进四合院的大宅里。宅院绿荫翳蔽，虽有些阴郁，但到底也有一把阳光照进——到底也不似凡人想象中的阴曹地府的作态。一棵古银杏树竖着长，一棵大黄桷树横着长，一只瘦猫在树间表演穿越。过丁字雨廊，走到堂厅门前小院，我看见好些个老幺、女佣在大爷身边候令。大爷满脸都是硬朗、结实的苍苍山峰与苍苍沟壑，但从双目的神光和从上到下的身骨看，也就四十岁上下，且拥有一身峨眉上乘功夫；着身的一袭长衫也无特别精美和出新之处，但内行人却能看出它有很好的质地——几乎可以肯定，满城里的将军服、巡抚衙门里的巡抚装也就这般了。

大爷只管逗他的笼鸟玩，看也没看我们一眼，且没有过渡言子，上来就直奔主题："哪个商户投的状子？把地面上的事儿说说吧。"

三人你看我，我看你，竟不知谁是投状人了。

汉子对我说："你说我讹了他，你说吧。"

我对汉子说："你说我打了你，你说吧。"

汉子对顾伯说："你说你不愿认货赔钱，你说吧。"

三人一番推让，好不热闹。大爷还是只管拨弄悬吊在梁檩上的三个鸟笼，嘘着鸟语，既像他逗着鸟儿，也像鸟儿逗着他，无疑的，双方都乐着。我们三人争着闹着，似乎有些明白什么、正待停下时，大爷却说话了：

"既没事，回吧。"

顾伯扯着我的衣襟往外走，我自是跟从。汉子却急了，涨红了脸朝我俩吼道："回来，回来，我要告你们！"

我们只当汉子是喊风儿回来，只管往外走。大爷却向五爷使了眼色，五爷便说话了：

"二位，留步，石疙瘩要告你们呢！"

童声似一把钩竿钩住了我和顾伯的脚步。

之后，石疙瘩说了事情的原委，说了自己的诉求。听完石疙瘩，大爷不置一词，只对我和顾伯说："该你们说了。"我刚开始说，大爷说："先报个名儿。"我说："我叫李小南。十八子李，大小的小，南方的南。"顾伯说："我叫顾三顾。顾，三顾茅庐的顾；三顾，三顾茅庐的三顾。"报了名姓，我刚张口，大爷便封了我的话头："他先说，你后说。"我可是野惯了的山豹，本想发作，却被顾伯攥捏了一下手骨。待顾伯说了，我说了，大爷说：

"石疙瘩讹了顾三顾，虽未形成后果，但还是该责罚的。李小南、顾三顾打了石疙瘩，自当罚责。故此，本大爷判定裁决如下：原告、被告双方，两日之内，需各向本码头缴纳十两白银，是为罚金。"

石疙瘩叫苦不迭，顾伯蹙了蹙眉，我则不关痛痒：于我，钱不成问题；我要的就是石疙瘩叫苦不迭。

大爷从头至尾都在逗鸟。怎么看他，怎么都像一位总爷。

阳间的事体撂在阴间处理，且就这样处理了。阴间的银子，须得阳间来缴纳，且就这样缴纳了。想着鬼市之事，自觉无道理可讲，又觉有道理极了；不仅如此，嗬嗬，还有趣极了呢。

五爷后来在一场酒后告诉我，码头大爷下边，还按朝廷形制设有吏部、户部、礼部、兵部、刑部、工部呢。他那意思是，帝国的下边还有一个帝国。五爷说这番话时，身形大开，扇动手臂，像要飞起来。

11

经历这场是非时，什么也没想，只想率性而为，不料当晚回到顾宝和客栈，倒在床上，竟冒了一身冷汗。

我是官府通缉的一名逃犯。

我杀了人。

我杀了人，是官府说的。其实我自己才知道，我没有杀人。其实师兄师姐也知道，我没有杀人——小师弟我说没杀人，师兄师姐就相信我没杀人。我是师兄师姐看着长大的，对我，师兄师姐没有什么不信的。

那天下午，天阴阴的，像要下雨，却总是下不下来。师兄师姐到乡下收购古玩去了，我在骨董行忙碌。突然，三个捕快扑进铺子，啥话不说，拿着一张画像开始找人。貌似镇定的老板吓得发抖，伙计不知所以，我也不知所以。但我还是被捕快拎了出来。老板见状，方知与他无关，遂放下心来。看了画像还不够，为不造成冤假错案，领头的捕快还高声问我：

"你，啥名？"

"李小南。"

"再说一遍。"

"李小南。"

"绑了！"

两个捕快闻令，金猴一样跳前一步，配合默契，专业地缚了我。临出门，老板追上来，壮起胆子问捕快："这伙计犯了啥事？""杀人！""这老实鬼还会杀人？官爷，错了吧？""老实鬼才杀人呢！错不了，人证、物证一样不缺，错不了！走！"

三捕快押着我走在城区街上。我问："捕爷，你们这是把我往哪儿送呢？""少废话，到了就晓得了。"

何需到了，我当然晓得，显然，他们是把我这个杀人犯往衙门里的死牢里送。他们不晓得的是，我不怕。鬼石高墙关不住我，鬼头刑刀砍不死我——师兄师姐会救我。

才典史，才巡检，还没见着更高一级的狗官，我就被打了个半死，判了死刑，打入死牢。狗屁物证是一只鞋：那只蜷缩在尸体边的草鞋的确是我的，可它怎么会去那儿呢？狗屁人证是一对母女：母三十岁不到，女七八岁光景。两人几乎没有任何犹疑，一口就认定我是今天凌晨的杀人者，是让这人世间自此多了一个寡妇、一个孤女的恶人。从她们诚实惊恐的脸上，一点看不出佯作之态，我越发奇了。

这，岂不相当于大白天遇到鬼了！

谁他妈是真正的恶人？千万别让我撞上！

12

我是在法场上被师兄师姐劫出来的。

囚车的辘辘在通州巴河街吱嘎滚过时，就从人群中看见了师兄师姐的脸；人那么多，我一下就看见了。卸岭派的标识那么明显，但只有同门才敏感，才认识。一看见他俩，我就龇牙咧嘴，偷偷做了一个鬼脸。当然，他俩也向我还了一个鬼脸。

"听说他不只杀人犯，还是盗墓贼呢！"

"岂止！听说这厮还是绿林响马，还反清复明呢！"

"可不，狗日的还伪装得深，平时也就是一家骨董行的伙计，乖巧得很哩。"

"管他妈的是啥哟，等会咔嚓一声，人头骨碌碌滚下来就啥球也不是了！"

草民的街谈巷议非但没让我自惭形秽，反让我平添一种豪杰归去来兮的壮丽；虽是被上了重刑，但这种壮丽未减半点尺寸。突然就想唱风萧萧兮易水寒，壮士一去兮不复还，想着，就真唱了出来。但唱着唱着，自己都感到滑稽可笑了。

我知道，劫法场，对于卸岭派门人来说，形似儿戏。县城犯事，州府处斩。通州北门外刑场上，身着清廷服饰的执刑官、监斩官、刽子手和兵丁把我围在中央刑台上。站在看热闹看得喜笑颜开的观众群中的师兄师姐却并不急于施法解围，好像故意要让在场每个人的情绪燃烧至极致。这场行刑戏，看似官府导演，实则乃吾之师兄师姐也。卸岭派破阵救危方法之多，这使我暂时还不能肯定师兄师姐今天会使用哪一款。

看到师兄师姐拄着竹杖，悄悄在人群中挪了脚杆，向上风口移动，我就知道二人的手段了——同时也知道如何配合二人的手段了。

师兄师姐会施放一种很毒的名曰"鬼气"的东西。鬼气采撷自设有毒气机关的墓室。卸岭派不会将毒气排遣开去浪费掉，而是将一根打通节疤的细竹，一头插入毒洞，一头插入"吸囊"，这样，毒气很快就被"吸囊"中的"面泥"附着干净了，之后，再将"面泥"烘干，研磨成粉末，装入竹管，鬼气就制成了。做墓制毒的人，当然都有闭气之功，而卸岭派人谁个又无闭气之能呢。

果然，就在鬼头刀高高举上天空映满太阳的炫目折光时，我后脑勺上的眼睛又看见它绵绵地躺回在了刽子手的怀里。事实是，行刑官还未喊"时辰已到，行刑！"师兄师姐已偷偷蹲在人群中，竹杖斜向天空，聚一口真气，把鬼气粉末直端端向官府中人吹去。尘埃一样的鬼气，蒙汗药一样麻翻了行刑现场除我们卸岭派三人以外的大部分人，包括一些看热闹的观众。当然，他们被麻的轻重是不同的，那些遭麻得轻些的官兵明白过来是咋回事后，踉踉跄跄，随着未被麻晕的战友向我们扑来。说话间，师兄师姐早戴上了鬼面罩。

师姐飞越众人，夺了一兵丁的刀，将我身上的麻绳割了。师姐要背我，师兄说，"我来吧。"就由师兄背着，腾云驾雾而去。听见背后叮叮当当响起一片金属之声，知道那是师姐在英姿飒爽断后。师姐为我断后的样子一定很好看，可惜我只能耳闻，不能目睹。

13

伤着的身体在师兄身上飞奔：群山迎面撞来，错身而过，又背道而驰，落荒远去。

"师兄，停下来，等等师姐吧。"

"她会来的。"

我越喊，师兄跑得越快。师兄还想跑，却不能跑了——两个蒙人立在前边山道上，挡了去路。一男一女，像兄妹，又像夫妻。师兄一车身，我又看见身后的驿路上也立着一个蒙人，男的。

挣扎着要跳下师兄的背，师兄不干，我非干不可，眼前的危局让正理到底偏向我，师兄终于让了步。咬牙坚持着与师兄并肩砥背而立。一场恶战开始了，但立即显出我方的败象。败象自然是我造成的：我若没带伤，凭我们兄弟的功力，应该是可以抵挡并化解三个蒙人的进攻的。三个蒙人的进攻松紧有度、疏密有致，把传说中的狼的协同作战能力表现得淋淋漓漓。

一时间，飞沙走石，天昏地暗。北方草原的牛羊、花草、黄沙席卷着南方汉地的菽物、丝绸、方块字。我们终于被冲散了。那对男女夹击着师兄，另一个蒙人追杀着我，就在我完全支持不住时，一股阴风向蒙人袭去，蒙人大喊一声，收了掌风，跳出圈外。我立刻醒悟，这是师姐赶来偷袭成功的结果。

现在，敌我双方各三人，且都有一个伤者了。这种情形令双方都无心恋战，都拥着伤者后退百步，张罗医药去了。

卸岭派使了个奇门遁甲之术，立时就有了一片安全、清静之处：茅庐、山林、清泉。到这时，师兄师姐才蜕了鬼面罩藏于袖中。

金鹰门三蒙人见我们突然人间蒸发，知道是卸岭派奇门遁甲作祟，又见一队清兵寻迹而来，遂不再理会，瞄了个空谷，疾疾奔去。清兵什么也没发现，径直往前，越岭而去。

师兄用气功和本门药丸给我疗治内伤，师姐采了些草药拧成汁，搽在我伤口上，加之身体本底和自疗的缘故，不到两天就没事了。

"师弟，你该不会真杀了人吧？"刚儿。

"从证据看，是真杀了人。"我。

"那一定是有人冒充了你，栽赃嫁祸于你。"五娃推断。

"怎么会这样？你又没仇家，他为什么要坏你呢？他是谁呢？"刚儿追问。

"这有什么难猜，除了蒙人，还会有谁？当然，还有可能是墓主的后人——挖了人家祖坟，人家不黑你才怪。"我懒洋洋说道。

"只能是这样了。"刚儿也很无奈。

"师弟，下一步有啥打算？"五娃关切地问。

"还能有什么打算？官府通缉我，仇家暗算我，先找个地方避过风头再说吧。"我愤愤然起来，遂问："你们呢？"

五娃望了刚儿一眼："我们当然还是在骨董行待着，待风声过了，你也好有个准地儿来找我们。"

我说："这样最好。"又说，"我看，你们也该把家成了。如果不是我出了事，耽搁了你们，这会儿我就该把师姐叫嫂子了。"

刚儿嗔怪了我一眼，绯红了脸说："砍瓜儿的，瞎操心！"

五娃说："这成家的事是急不得的。这次又闹出了劫法场的大动静，还引出了金鹰门的人。不急，等风声平息后再说吧。"

我说："也好。那就等等，等我回来吃你们的喜糖哈。师兄师姐，我不在你们身边，你们一定要小心才是。好，就此别过吧。"

师姐噙着泪拉了我的手，抚着我的头发，又是一番千叮咛万嘱咐。师兄把一个装满盘缠的包袱挎在我肩上。我挣脱师姐的手向西边跑去。

那是一个桃花盛开的季节。在我带起的风中，桃花缤呈，纷纷落下，阻挡了我和师兄师姐之间的别离视阈：情绪自沛，两不相见。

逃，是逃犯的最低追求与最高理想。我的逃亡之旅自此展开。

14

东躲西藏了一段时日后，我改变了应对官府和蒙人的线路，决定不再东躲西藏，决定上花蓴山顶。

花蓴山顶是众所周知的师父昔日的修炼地，也是师父长眠之所。它那妇孺皆晓的危险性反让我窥见了其中的安全性。果然，在花蓴山顶逍逍遥遥一住年半，昼观云鸟齐翅，夜听溪虫共鸣，清静之极，安逸之极。当然，更多的时间，还是用来修炼盗术与武学了。在一次捉蛇的捕食行动中，竟在岩缝蛇窝中发现了一部武功秘籍，这是师父的师父留下的。我大喜过望，只管照籍研习，任功力精进，至于师父的师父为什么有此宝物，又为什么没能示人，这就不是我能臆断与考究的了。我需要功夫精进，蛇窝的贡献，真乃雪中送炭。

山顶生活纵然安逸，但我还是急于下山。若非武籍的羁縻，恐怕会提前大半年下山的。

蛇窝最大的贡献还在于，我已经可以任意改变自己的脸相了。易容术的掌握完全可以让我名副其实拥有"百变鬼脸"的雅号，但我现在什么雅号也没有，江湖什么也不知道。现在，我不再担心狗屁官府的狗屁缉拿了。根据环境需要，我可以适时调整自己的脸谱了。这样一想，又后怕起来——为了不至于在频繁变脸中失去本我，我去附近场镇找了一位隐身山林的宫廷画师画下了爹妈给的那张脸。

下山后，去了县城骨董行，但师兄师姐已不在这里了。老板见是我——在逃杀人犯——吃了一惊，"啊，是小南哇，你来干啥？来也该天黑尽来呀！"老板如此拿言，却并不想害我，又确是知晓我来的因由的，遂尽我所问，道出了下边的话。

你说五娃和刚儿吧，他俩走了有年把时间了呢。如果不是那三个蒙人隔三岔五来县城转悠，他俩咋会走呢？不过，他俩走得还是从容的，跟我和伙计们都打了招呼，没缺一样礼数。你问我他俩去了哪里？这还用说，要么躲蒙人去了，要么又躲蒙人又找你。没错，三个蒙人中，有一个是女的。对了，你的师兄五娃还留了话给你，叫你不用找他们了，说人找人，找死人，说，他们会找你的，说，是兄弟就总有机缘再聚的……啥？他俩成家没？你走后不久就成了，办得清清淡淡的，只在城南悦升饭庄订了两桌酒，人也就铺子里的这些……怎么，只问这些？这就走？也好，那就慢走了哈。

五娃不见了，我该找，他是我的师兄；刚儿不见了，我该找，她是我的师姐；他俩一起不见了，我更该找——游离于卸岭派之外的卸岭派，一个人的卸岭派，还是卸岭派吗？

但我其实还有更深沉的理由。

读者诸君可能已然猜出了：我爱着师姐刚儿。

为了刚儿，我可以跳崖，可以杀死世界！

从七八岁起就爱着刚儿了，准确讲，那时不叫爱，叫恋，或叫喜欢。刚儿知道我恋她、喜欢她，但她认为这是小师弟的恋母情结作怪，并非过错，一直到现在，她也这么认为，五娃也这么认为。

因为爱着师姐刚儿，就想杀了师兄五娃。

辗转数千里，去了七八城，就是为了追杀师兄！

师兄师姐劫法场救我那天，我伤着身子躺在师兄背上，都想着杀了师兄，若不是蒙人出现，早得手了——早把师姐娶到手了。

如果师兄愿意将师姐让出来，让给我，我自然是不想开杀戒的，偏偏是，这道理无多的要求，怎么能放在桌面上说，说了，又怎么可能实现呢？就是实现了，我又怎能一辈子忍受师姐师兄用鲜活、复杂的眼光，抽来鬼鞭？插足一对恩爱人，除了神不知鬼不觉让情敌永远消失，还能上别的手段么？设想了各种手段，又推翻了各种手段，时间就在我手段的成形和瓦解中过了好些年，一直到师兄师姐成婚前夕。

不能再等了。即使手段不成熟，也不能再等了。沉闷的天气反卷起我的妒火与歹毒。

偏偏这时，又出状况了。怀揣利刃的我遭了暗算的道，入了死牢，又被官府通缉了。逃亡，隐匿，一去一来的变故却没能波及到师兄师姐成婚的变故。

因此，老板提供的信息影响了我，老板转叙的内容没能影响我。

因此，踏上了寻找师兄师姐之旅。因此，踏破七八城后，闯进了鬼市。

杀了人，却走进卡子见总爷，这胆子也未免太大了吧。在床上吓出一身冷汗后，细细一想，当时之所以那么做，到底心头还是有一种"平生未做亏心事，半夜不怕鬼敲门"的坦荡，并且，还抱有事过两年，加之省城距案发地通州有上千里路、没有人认识自己的侥幸。重要的是，我不是我了——我是"百变鬼脸"了。这样一想，冷汗就收了，但很快又有了热汗。这样一想，就把离开通州的前因后果在大脑中拉拉杂杂再次演绎了一遍。

这样一想，也就胆子放大，基本松弛下来，不把自个儿当逃犯了。

这样一想，就只需防着被蒙人发现了。

但怎么想，脸部的伪装都是必须的。

15

但即使伪装了，小心总是没错的。因此，我认为把自己埋伏在鬼市中当属既安妥又不误事的明智之举。

处身鬼市，仄居客栈，依然以顾伯、幺师摆来的鬼市龙门阵为一大乐事。此外，自与大爷、五爷、街正、石疙瘩不打不相识后，一来二往，也热络起来：他们与了我更多的鬼市逸闻旧事——真个是有钱可使鬼推磨啊。

鬼市藏污纳垢，什么人都有，就年岁论，买家中还是以老人和外来者为众。一日，一位讨生计的陕老二来到省城，逛进了鬼市。这是一个对骨董一窍不通的家伙，但偏偏是他，以"钱三百"购得的一套屎罐尿壶，竟然是为他带来"财巨万"的汉器——这套汉器原属一位督川大员家的藏品，却被家中纨绔子弟偷出换嫖资了。而那些悄悄穿行于地摊间、假装外行实则内行的高手买家，即使马灯照见了自己中意的东西，也绝少躬身直接问价，只管顾左右而言他。但入套受骗、至死都信以为真的，又恰恰是他们这般的骨灰级"内行"。这叫道高一尺，魔高一丈——买家哪能玩过卖家，专业哪能赛过运气！

专赶鬼市卖熟肉的孙三，每早出门都要再三嘱咐妻子看管好自家养的猫，这引起了邻居的注意。一天，那只猫突然跑出家门，邻居见这猫浑身深红，无不叹羡。孙三卖肉回，得知猫被邻居看见，便痛打了妻子一顿。此事渐渐传到宫廷一内侍耳中，内侍入蜀，用高价来收买这只珍贵的"深红猫"。孙三不卖，但内侍求之心切，竟用三千钱买走。内侍想将此猫调驯妥帖后进贡皇帝，可不过半月，"深红猫"便色泽淡出，成白猫了。内侍急找孙三，孙三早不知去向。原来这只猫是孙三以染马缨绋之法染成深红色，利用鬼市的鬼性来钓人上钩的。

一军人天不亮早出，见一独足者倚在鬼市近侧桥栏上。军人少壮无惧，将此人抱住。那人是鬼，央求军人放他，军人依之。后来，此鬼差人送给军人一银盏。军人妻子认为不能用神灵物品，便使人去鬼市卖掉银盏，并买酒肉祭祀。祭毕，军人对妻子说：其盏像家中的那个，莫不是偷我们的？一看，果然。军人让妻去鬼市将银盏买回，妻大骇，拒之。

一妇人每天天不亮就扛着一大袋旧衣到鬼市鬻之。有一个叫林文叔的人，贫苦无衣，这位妇人便赠衣给他。两人日久生情，结为伉俪。妇人生下一子后，化为女鬼，与林文叔诀别了。

一位在鬼市上专卖石刻玉雕的男人，有一天在地摊前捡了一个包袱，就悄悄拿回家中。老婆以为宝贝，打开包袱一看，竟滚出一个血咕噜咚的女人脑球来，顿时吓昏过去。这个脑球虽吓昏了妇人，倒是为弄得臬台衙门鬼火直冒的一宗无头死尸大案提供了破案线索。

本朝纪晓岚的一杆能装三四两烟的大烟枪丢失了，他安慰手下不要急虑，吩咐他们到崇文门外的鬼市子去找，找不到再到蜀地鬼市子去寻。偏偏是，还真在这个省城鬼市寻着了。嗣后，纪晓岚摇头晃脑说：此乃成也鬼市子，败也鬼市子也。

知道这些故事有真实的、瞎编的、传说的，也有古书记载为别地、偏被讲述者搬移过来的。我则一概不问，只管听来——只管边听边想：要是通州亦有鬼市，岂不让做着盗墓营生的我和我的同门兄弟姐妹如鱼得水，坐拥天堂？我竟生发了怂恿顾伯去通州开鬼市的冲动；想着自己的处境，又摁灭了这种冲动。

石疙瘩以自个儿在鬼市的亲身实践给我讲了几则与媒子有关的故事。末了，他说，媒子与老板合谋骗客大致有三种手法：其一，假装成普通购买者，赞扬物货质好、价低不说，还掏钱买上一二，甚至几个媒子争相抢购，你不明真相，忍不住出手，从而上当；其二，假装成打伙批量购买者，故意和商贩讨价还价，声称大量购买应当减价，成交后，再按减价价格分给一旁打伙参与者，殊不知这价仍是高价；其三，假装成路见不平、拔刀相向者，怒斥商贩坑害顾客，甚至小试拳脚，然后强令商贩减价售给大家，商贩遂屈于威慑，忍痛减价，岂料又是骗术一招。

"鬼市如此多的陷阱、纠纷，五爷、大爷他们就不管吗？"我。

"管呀！不管，你不就白打我了吗？"石疙瘩。

"我说的是未雨绸缪，防患于未然的管。"我。

"未雨绸缪，防患于未然？这可不行。这样一来，码头上的人岂不少吃一嘴了吗？他们可是每个关节都要吃的。雁过拔毛说的就是这个理儿。"石疙瘩。

我陪五爷躺在烟馆。五爷咬着烟枪说："统而言之，言而统之，鬼市的德行，四个字就可道尽：杂、险、淘、杀。所谓杂，是指鬼市的卖品，上至神仙的扇子、皇妃的金钗，下至民间烂布溷纸，杂七杂八，五花八门，包罗万象，无奇不有。所谓险，指鬼市险象环生、危机四伏，时时有陷阱、处处有机栝，无论是内容，还是手段，都是险之又险，唯其如此，它才是赌徒们和体察刺激之人的好去处。所谓淘，指的是鬼市里的玩意儿虽则真伪莫辨、优劣难鉴，甚而人鬼不分，但对于真正的高手和有福缘的幸运儿说来，到底是可以淘金的好地方。所谓杀，是指杀价乃鬼市交易中的一个重要手段，掌握好杀价这门学问后，你可依据环境、天色、《孙子兵法》等，将卖方和卖方的一拨媒子杀得人仰马翻：一件物品，百锭银子的要价，你或许以一锭的还价就可搞掂成交。"

没有鬼事，哪来鬼；没有鬼，哪来鬼事；鬼与鬼事，谁先谁后？把鬼事一桩一桩码放好，任它们进进出出，岂不成了鬼市？那么，一个鬼，能不能直接成为一个鬼市？鬼从何而来？鬼可怕，还是人可怕？人事——人世——鬼事——鬼市——市鬼——

世人，这个轮回圈与我们的手环、脚镯、生死有什么关系？

一边听鬼，一边想鬼，竟两不相误——我不由一惊。

年轻的五爷沧桑无比地喷出一口红色烟雾，悠悠说道："杂、险、淘、杀四字，让一些人对鬼市望而生畏，敬而远之，让另一些人在鬼市中亦悲亦喜、流连忘返，但这，恰恰是鬼市的魅力所在啊。鬼市真好，它养了几多人啊，你我不就是它养着的吗？烟馆给我们的舒服，哪是烟馆给的，是鬼市给的吧。"

我其实是不吸烟的，我这会儿是假吸，为奉承五爷这样的角儿和掩饰身份需要——我时不时都会假吸的。不吸烟不是我个人的选择，而是整个卸岭派的选择——擅长嗅觉的卸岭派，为保持嗅觉的灵敏，总与辛辣物品保持着警惕与距离。

16

再说一遍，除了文物变现和听故事寻乐子，我在鬼市的生活就是发现师兄师姐而不被蒙人、捕快发现。我的武功再高也高不过金鹰门人的联盟、朝廷的秩序与面子。

发现那个被师姐偷袭过、负过伤的蒙人后，没过两天，又在省城鬼市发现了那两个像兄妹又像夫妇的蒙人。负过伤的蒙人与这对男女总不在一起，具体说吧，他们三人分成了两组，互为明暗——当你是明组时，我是暗组，当我是明组时，你是暗组——互为掩护。我埋伏在他们的"犄角"之外，独自得意并幽幽冷笑。

与蒙人打交道，从理论到实践，我都经历了，略有心得，升华更是必然。理论当然是师父和师兄师姐教的，实践除了劫法场后那场恶战，我还经历过一回。

下花蓴山去了骨董行，又离开骨董行后来到了鬼市。而在离开骨董行、来到鬼市前的这段时区里，我还与蒙人有过一回过招。

按照骨董行老板提供的信息，我居然没费多大劲就找到了师兄师姐。都是卸岭派弟子，彼此的藏迹手法太清楚不过的了。可能是师兄——我相信师姐不会躲我，更不知情——太低估了我的执着，因此并没把藏身的蛛丝马迹尽数收捡利索。

听完骨董行老板的话后，我就在想，师兄师姐的离去，蒙人是外因，内因不定是为了躲开我。可师兄为什么躲开我？难道知道了我的心思？既然知道了我的心思，为什么还要劫法场救我？如果说劫法场是师姐的主张，那么劫了法场后，师兄也可以在路上杀我的——那时师姐不在他身边——为什么不下先手杀我呢？如果说师兄不知道我的心思，那他为什么还是做了不少藏迹的手脚——为躲蒙人故？剪不断，理还乱，左支右绌，毕竟我心里有鬼，一时陷入判断的泥淖。

是在一座小村庄里找到师兄师姐的。找这两个活人，我用尽了找死人的方法。我看见这座小村庄的旁边有一大片茂盛的庄稼，又看见其中一小片委顿低矮了不少，再看了看周遭的土质构造，我确定，这"一小片"下，有一座不小的地宫。

是化装成粮户的样子进的村庄。那是饭口上，好些人家的大人小孩都端着大土碗蹲在门口扒饭。师兄师姐扒着碗，与邻人们扯闲。快两年未见师兄师姐了，他俩的脸还是那么仁义，只是比先前更幸福了。我的近身观察，他们夫妇没有发现。从师兄的脸上还可以看出，他一点没有躲自己的意思，这让我一下感到了卑鄙和自惭形秽。

卑鄙和自惭形秽了好一阵，树林中，一觉醒来后，便烟消云散了，继而代之的，是初衷不改——爱情愈浓，杀气愈陡。一夜之间，师姐的脸有了全部女性人类的美，师兄的脸有了全部男性人类的丑。

但是我一直无从下手。二人如影随形，他们自己不分开，我也没有法子让他们分开，只好埋伏在他们附近伺机动作。

机会终于出现了。是夜，月黑风高，师兄开了门，一个人去了庄稼地。是师兄让师姐多睡一会儿，还是师姐病了？我没有多想。想的是，机会终于来了。

师兄走到低矮的庄稼丛中，像狗一样嗅找着盗口的开掘处。没有比这更好的时候了——这个时候，卸岭派人的全部气血、注意力都凝聚在鼻子嗅力上了。我运了气，正待发掌，却见斜刺里随着庄稼苗的异动，一股带着草原味的劲力向师兄打去。师兄一无所知，却遭到了同时的两种打击。我一个移步，侧了身子，一瞬之间就将掌力释放在了暗处的力道上。掌风的巨响解了师兄的危，又吓了师兄一跳。师兄就是师兄，虽然伸手不见五指，他还是很快分清了敌我。斜刺里三人跃出身影来，蒙人的身手随之而至。

不错，我救了师兄。任何人都可以杀师兄，但我独不允许金鹰门杀。蒙地金鹰门是卸岭派永远的死敌，这是铁律。

我和师兄联手，虽是二对三，但很快就让对手感到了力量的悬殊。今天的我已大异昨天了。蒙人摆了个战形，且战且退，退进了更黑的山林中。

蒙人败走，我立马把师兄当作了敌手。不承想，我的偷袭竟然没有成功——原来师兄的功力也大大长进了。开始是不想暴露自己的身份，后来想着毕竟是同门相残，对不住师父，我到底是没有亮出本门功夫。这样，我就用了更长的时间才渐渐占了上风。正待使出最后一记致命杀着时，师姐赶来了。

师姐一招饿虎扑羊解了师兄的围。其实师姐何需拿出硬招，只轻轻一声娇咤，就可让爱她爱得要死的小师弟丢盔卸甲，让出全部城池。

二人摆正身形，向我围来。我对着师兄一个佯攻后，跳出圈外，迅速逸去，成为黑夜的一部分。

事实上，逸去的，不是我，而是师兄师姐。天刚亮，我就返回了村庄，我发现，师兄师姐人去屋空，不知去向。

17

这天，马灯的光斑里，我和顾伯依然一边摆龙门阵，一边钓着买主。这天其实是老佛爷慈禧太后驾崩的日子——半个多月后从京城传来了这个消息。

就是在这一天，我无意间转了一下脑袋，竟看见蒙人在不远处一闪，又一闪。三个蒙人的鬼魅影子飘飘摇摇出了鬼市。

"顾伯，我去办点事，摊位就拜托你了。"

"小南，去吧，放心，你的宝贝一样也不会少。"

顾伯的话音还未落完全，我就射到了三丈以外。

看见三人出了南门，又走了三里许，开始向东边折去。这时天已大亮，为了不让蒙人发现有人跟踪，我放慢脚步，让自己远远坠在后边。我相信蒙人的动向与目标只会与师兄师姐有关，正像鱼老鸹的动向与目标，只与鱼有关。果然，我看出三人的形迹，总露着跟踪的手段。也正因为他们一心跟踪，也就少了分心防范被跟踪——这让我的跟踪变得轻松自如，如观傩戏。

果然，他们跟踪的目标与我的预料基本吻合：我横飞出去，站在一座山丘上，看见了他们前边的师姐。怎么只有师姐一人，师兄呢？难道师姐此去的目的正是去与师兄会合？师姐在前边走着，走得真好看——师姐怎么走都是好看的。师姐走着，偶尔回头逡视一遍，显然，师姐也在防着被跟踪。蒙人当然看出了师姐的警惕，只远远掉着，似比师姐更为谨慎。蒙人的作态也让我觉得，他们并没有打算立刻就干掉师姐，而是企图随着师姐，找到师兄和我后，一并打理。

师姐自然想不到，她竟成了两队人马的指挥官，一路上，她走，我们走，她停，我们停。过了丘陵地带，在龙泉驿吃了晚饭后，就进入到了龙泉山中。山中有楠木林，更大的乔木是黄桷树，一棵就像一座小山，青郁得发黑。除了树木，古驿道边上，以及更远的地方，偶尔会看见一二农院，炊烟冒着，在周遭的桃林和竹丛上打旋。

师姐急于赶路的样子，似急于与什么人会合，又似急于把省城鬼市甩得远远的。才走了几里山路，天就慢慢见黑了。天黑透后，我就看不见师姐的身影了，虽然看不见师姐，却能从三蒙人的行迹里看见师姐的行迹——她走路的样子。我暗忖，就自己而言，这样的走路，虽说心思杂杂，却是一点不累。

三队五人，逶逶迤迤，向着更高的方向走着，如登天梯。三

272

队五人，无一不是惯于夜行的高手。

快到山顶时，竟听见前方有梆声传来：四更了。梆声一过，竟看见了萤火虫一般的鬼火，先是一点，再两点，渐渐，漫山遍野都有了点点鬼火。再后来，鬼火由点及线，变成一串一串的，不管什么方向的，都向着山顶移动。

正惊异间，一团鬼火，一个举鬼火的鬼竟出现在了前边驿道上，回头一看，也看见了鬼火，也看见了举鬼火的鬼，不远处有一二，稍远处有三四，更远处明明晃晃不能尽数，放眼看去，竟成曲曲弯弯一串。吾本盗墓贼，鬼怪何惧焉。但我还是有些惧的，眼前鬼火与鬼的游动路数、形制与规模都是大大不同既往。

很快就明白怎么回事了：鬼火的光亮让我看清了鬼火和鬼的模样；鬼火哪里是鬼火，它大部分是竹扎松油火把，小部分是防风马灯。原来，一串串的山中鬼火是土著乡民和外地游商举着火把、马灯，肩挑背驮着一些物什、山货，沿着一条条不知从哪个鬼地方跑出来的山路向山顶走去。

灯火分散了我的注意力，也妨碍了我跟踪的眼睛和脚步。前边哪里还有师姐；别说师姐，蒙人也不见踪影。我在灯火中穿来挤去，找着，问着，防备着，并随着灯火到了山顶。山顶是一个寨子，到了山顶也就到了寨子。

古驿道在山寨外边，以一块歇马场的方式停顿了下，就沿着龙泉山东坡下山，经过石经寺向简州府方向爬去。除三五火把继续沿古驿道前往外，其他灯火都向着寨门鱼贯而入。

站在寨门处，观望着，犹豫着，不知是该入寨还是继续前行。妈的，这都是"鬼火"惹的祸 —— 我暗暗骂了句。

决定先沿古驿道追查一段，如不见蒙人或师姐，再返回入寨。于是，提一口丹田真气，从那三五火把上方飞过，直追至石经寺。因没发现目标便返身回行。我能感觉到，因我一去一回刮起的阴风，因火把莫名摇曳，把这三五早行的赶路人弄出了那种疑神疑鬼、四顾茫然的惊恐。

未及山顶便看见了山顶灯火。不是小小的一团，而是大大的，大得如一座灯火辉煌的山中灯寨了。灯火的光线勾勒出了山寨的轮廓，这样看去，就像山寨穿了一件金光闪闪的罗裙。真好看的灯寨，差一点都快赶上我亲亲的师姐刚儿了。

我当然明白，灯寨就是一个山寨与无数火把、马灯叠加组合的结果。

很快，来到了寨门处。此时，公鸡已开始大面积叫唱，依然还有少许用挑担、背篓、提篮讨生活的人往寨子里去。

寨门处，再次看见了令我吃惊的一幕。我看见所有入寨的人都不是人——都戴着鬼面具。我看见所有的人，入寨前，尽皆从身上掏出一副软硬不论的鬼面具戴上；个别人从身上掏出铜钱，在寨门旁一家飘着写有"鬼面具"三字的蓝色店幡的铺子里，买来戴上。穿过寨门，我朝寨里走去，我是唯一的人；但我明显感到寨子里所有的"鬼"都把我当作了异类、怪物；我好像犯错的皇帝，竟在臣子面前不好意思起来。

入乡随俗吧。退出寨门，走到"鬼面具"店前，学着别人的样子买了副狼头皮做的面具，极尽谦卑、老实地戴上。戴上后，眼睛刚好可以从狼头皮的眼洞中看出去——多么匹配，狼脸是肯定的，我的眼该不会成狼眼了吧。

不管咋样，总之是可以鬼模鬼样、大大方方入寨了。

18

就这样，追踪蒙人、师姐，从省城鬼市来到了山中鬼市。

没想到，这个山中鬼市的货品竟一点不逊省城鬼市，甚至市场的整体规模也与省城鬼市相当——整个山寨都是鬼市。不同之处在于，它的时鲜果蔬、鸡鸭鱼肉等农副产品占有较大部分；灯具呢，除了马灯，更多的是火把；买卖呢，以批发为主，很少零卖零售。进入寨子，我无心随行就市，只关心那四个被我关心了一路的人。

但是，不能找到他们；在这里找人，比省城鬼市更难，甚至可以说，基本上不可能；寨子里所有的人——买的、卖的、闲逛的，都戴着鬼面具；声音也低成了耳语，或无声成了手语；从身形上看，他们的剽悍、凌厉远胜于省城人。

黑夜像一只乌鸦飞了去，回来的是一只硕大的雾鸟——天早大亮了，但是，我发现寨子仍未散市，直到太阳拨开浓雾走进寨子，云开雾散，鬼市方散。蜀地多雾，山中尤甚。较之省城，山里的鬼市有着更长的开市时间。

找着人，却发现没有了人；热闹得恐怖的寨子一下成了空寨、寂寨、死寨；风通过所有寨巷，没有一丝阻挠。

裹在云雾中的人，随云雾散去了，全寨关门闭户。这个过程，清风雅静，润物无声，与流水无异，与雪化大同。

我的困倦袭来，与寨子的困倦没有两样。开始寻找客栈。从前寨门找到后寨门，从这巷找到那巷，哪来客栈影子？无奈，就近，对着一间干货铺子开始敲门。很快，门板松动，卸开一块。一位没有戴鬼面具的男人边笼衣裳边望我。我正待说"打扰了。

请问，寨子里有客栈吗？"男子却先问了：

"客官，住店？"

我一愣，不敢相信面前就是客栈，遂试探着问："是啊。老板，不知哪里可住……"

店老板卸了第二块门板："这里就可住呀。"

我不禁惊喜："哦，这……"

店老板卸下第三块门板："客官若不嫌弃，就请进吧。"待我刚刚跨进门槛，走了不到三步，他就一块两块三块地装上了门板。顺着明亮的光线，我看见了窗子及后院的天井。他装上了木门板，我卸下了鬼面具。穿过干货铺，我们向长着几棵大桑树的后院走去。

"婆娘，来客了。"

里屋传来女人的应声："晓得了。"

店老板喊过不久，一位老板娘模样的年轻女人从伙房为我端来了一木盆洗脸水。洁净的洗脸帕在盆水中搔首弄姿，像阴河鱼。

一边洗脸，一边问老板娘："你们这客栈，咋不见店招？"现在，洗脸帕是我的鬼面具了。

老板娘一笑："客官是第一次来山泉寨吧。我们寨子所有的住家户，不管开不开商铺，家家都是客栈。你说，如果家家都伸个店招，岂不脱了裤子打屁——多余。"

"家家都是？难怪不得，难怪不得。"我不好意思起来，把脚伸进老板端来的洗脚盆中，"是我眼窄，少见多怪了。"

洗毕，又用自贡盐擦了牙后，老板娘把我带进客房，说完睡吧，就走出客房，带上了房门。我放下窗布，房间、客栈、寨子以及世界的白昼立马变成墓洞的黑。

倒在床上，直想呼呼大睡，却偏偏不能。这样的鬼市真能养人，这样的山寨，真能藏人。这样想着，就更加深信师姐、蒙人入了这个寨。

可是，师姐住在哪家店内呢？

可是，我并不想见师姐；不杀了师兄，见了师姐又能怎样呢？

可是，我要保护师姐；我不能让金鹰门伤害师姐。

19

只在山泉寨待了两三天就下山了，因为师姐下山了。

到山泉寨的第二天，就在鬼市上发现了师姐身影，但很快不见了。

寻找师姐的间隙，我从干货铺主人及顾客口中获悉了一些寨情，一些市情。

山泉寨，又名山泉铺，后者系官名。之所以叫铺，乃因山泉寨立于一条被称为"东大路"的官道旁边，十里设铺，百里置站，山泉铺就此得名。又因寨主与官府渊源极深，铺上的驿卒等人手，一应委托寨主代理，不仅县衙里人少来干扰，连驿官也难来查巡。

寨主姓蒋，其先人率族人二十余数，于南宋度宗年间路过龙泉驿时，被县尉相拦，央其帮助夺回山泉铺。原来，一股山匪强占山泉铺已达三月。县尉与蒋氏同为武林中人，彼此相知，酒席未散，已成兄弟。赶走山匪，夺回山泉后，这位来自河南的蒋氏先人就成了山泉首任寨主。

不知从何年起，蒋家人撑起了一个武林门派——龙泉山派。

至清初时，其派，竟发展成了与峨眉山派、青城山派齐名的武林门派，并称"蜀中三派"。以一套桃花太极拳剑独步武林的龙泉山派，据说，其脉承与陈家沟有关，大约是陈氏太极拳派生的一茎支脉，与名猫"龙泉山简州猫"打斗技法的融合。问其细节，寨人莫不语焉不详。

而山中鬼市的形成也是有说法的。

没人说得清鬼市开市于何年。蒋家人兴铺、立寨后，逐渐发达起来，这样，以姨太太为主打的女眷们也就多了起来。男人功名利禄，志在四方，女眷在家闲得慌，便晚上打牌，白天睡觉。打牌打到公鸡打鸣时，女眷们便嚷起肚子饿来。仆人便弄来饭菜，久而久之，女眷们又嫌菜肴不时鲜，仆人一听，就出门去买。有了买家，就有了卖家，先是果蔬，后来又有了新鲜的鸡鸭鱼肉供应。农人卖完菜，正好天亮，便熄了火把，出寨返家。这就是最初的山中鬼市。

有了初市，又由于山泉寨位于龙泉驿、华阳、简州三州县交界处，以及蒋氏一门的强硬与荫蔽，便有杀人越货的、偷盗的、躲官的、避仇的、逃债的来此营生。这样，更多的幻想一夜暴富的买主蠢蠢欲动，闻风而来。鬼市货物自是多了去了。布料呢，有家机土布，外国来的竹布、洋布。女人用品呢，有土葛巾、细洋葛巾、香肥皂、白胰子、朱红头绳、针线、胭脂片、花露水、银簪、金钗、玉耳环、西洋假珍珠……总之，要啥有啥。鬼市越来越大，集散能力越来越强，据说，连省城鬼市的一些生货也是从这里进的。

寻找师姐和听寨民闲聊的空档，我在想一些事；想着，似有了云开雾散的顿悟。

开始寻找蒙人。找到蒙人后，故意现了个身，然后把他们引向了简州方向。摆脱蒙人后，返回山寨。距山寨一箭远时，看见师姐出寨门，沿龙泉山西坡疾飞而去。卖个破绽，施个调虎离山之计，一切都搞掂了；为师姐做事的感觉真好。

跟踪师姐，又回到了省城鬼市。

这次，即或天塌地陷，水淹金山也不会把师姐跟丢了。

但愿金鹰门不要跟上来。为防金鹰门，一路上，我时不时顾着身后，这样，竟发现了尾巴。为了咬紧师姐，我被尾巴紧紧咬着，想摆也摆不掉。

好在，入城后，尾巴不见了。

20

跟踪师姐跟到了交子街，并在这条街的一个小宅院里看见了师兄。原来，他俩租了房，住在这闹市里过神仙日子呢。找到他俩的固定居所后，我放下心来，花六十钱雇了东洋车，回到顾宝和客栈，踏踏实实睡了一觉。

藏在暗处，等待机会下手，但他俩总在一起，我一点法没有。遂一边等待机会，一边操起老本行，与顾伯相伴，继续在鬼市混日。这回，我更加隐蔽了。

我去早了些，更夫走晚了些，我们又碰面了；我早晓得更夫不知道鬼市的原因了：老更夫死了，他是刚刚接手的新更夫；与新更夫相好的是一位老寡妇；新更夫敲完四更的梆后，就钻进老寡妇的热被窝敲老寡妇的梆了——这时鬼市还在公鸡嘴壳里醋睡呢。

与磷火忽闪的更夫打了个哈哈，就走开了。

仅仅过了两天鬼日子，就发现了秘密。

他俩确实匿身鬼市谋生。师姐女扮男装，摆摊卖物；师兄既当师姐的媒子，又混在不远处的人群中，观察着周遭的动态。令我大吃一惊的是，那个在鬼市散市后扫地的妇人竟是师兄扮的！我没看出，我刚去鬼市时遇到的那个扫地妇人并不是后来的扫地妇人；为得到扫地岗位，我相信师兄找过街正和五爷。——师兄在时间和空间的边缘地带，警惕着金鹰门和官府（师兄师姐还是劫法场的悍匪）的突然现身与血口吞噬。

这天，鬼市开始散市，扫地妇人开始扫地，我看见师姐朝交子街方向走去。鬼天气没说变也变了，不一会儿，竟下起不大不小的雨来。扫地妇人冒雨打扫着地上的垃圾。街上空无一人。我朝扫地妇人走去，一抹脸，露出了自己的真容。

"师兄，好久不见了，让我好找。"

师兄背对我，并没转身。我感觉出了他内心的愕诧与震动。他慢慢说道："师弟终于来了。"

"师兄，我是来取你性命的。"

"我知道。"

"我爱师姐爱得发疯，我要娶了她。"

"我知道。"

"师兄，你还有啥话说吗？"

"没有。动手吧。"

"我不会手软的。师兄，拿出你的本事来吧。今天，我们必须躺下一个。"

说罢，运了气，一掌向师兄打去。但是，掌力被另一股掌力抓住，抛在了一边。一惊，侧头，看见巷角处师姐正收回右手。师姐头戴斗笠，身披蓑衣，左手拎着一顶斗笠——显然，她为师兄送雨具来了。

"师姐！我……"望着师姐，不知说啥。师兄闻声，转过身来。师姐跑向他，站在他身边。

师姐盯着我，一脸怒气："师弟，怎么回事，我们拼命躲你，像瘟神一样躲你，怎么总是躲不掉呢？"

原来，师兄早知道我的心思：爱心与杀心。

原来，师兄五娃从不认为我对师姐的感情是恋母情结。他把那对猫头鹰一样的眼睛，分分秒秒无处不在地安在了我和师姐之间。他是从我的眼睛里看出危险来的。不仅如此，师兄还发现了我的一个秘密：师姐四寻不着、搭在晾衣竿上的内衫，是我偷的。师兄发现了这个秘密，但他没给师姐说，更没揭穿我。师姐长得好看不说，笑哇哭哇吃哇做事哇练武哇，没有什么不好看，我还躲在岩石后偷偷看过师姐屙尿呢——这个秘密，不知师兄知道不，因为师兄至死也没说。

知道了我的爱心与杀心，但师兄既不忍杀了我，也不愿被我杀，他只希望我远远离开他和师姐。于是，就在我准备向他的新婚之喜痛下狠招时，他想出了一个两全其美的办法——杀一个人，嫁祸于我，让官府代他把我撵得远远的。事实上，在杀不杀我的问题上，师兄也很纠结，那次劫法场后把我背在背上，一路上都想杀我并防着被我杀，他的犹豫与痛苦，直到蒙人出现在山路上才松绑。

应该说，师兄成功了，但他没想到师弟我是个不好打发的主儿，怎么赶也赶不走，怎么躲也躲不开。再加之蒙人金鹰门的追杀、官府的缉捕，他俩的爱情生活十面受伏，真如惊弓之鸟一般。墓室，村庄，山中鬼市和省城鬼市，都待过。当他俩发现我和蒙人出现在省城鬼市后，师姐就故意现身，把两拨敌人引向了山中鬼市。不料，这一调虎离山之计的使用却让我窥见破绽，有了可乘之机。

师姐先前并不知道师兄逼走了我，也不知道我想杀了师兄，更不知道我一直暗恋她，这些，是经历了庄稼地之战、离开村庄后，师兄一并告诉她的。知道后，她连连叹息，不得要领，只巴望时间帮忙，让我忘了她。那几天，她恨死了师兄，之后就不恨了，甚至比以前更爱师兄了。她说，师弟也可怜，又小，我们不能再伤害他了。师兄说，是啊，我们唯一能做的就是躲他，当然，还躲官府和蒙人。

师姐一口气说了很多。师兄说得不多，边说边摇头叹气。

原来，真正的杀人犯是师兄。原来，设计陷害我、害我老鼠样东躲西藏过着地下生活的元凶是师兄。

但是，师兄师姐的说法和一些做法，究竟是让我大有羞愧之感的。我成了无耻之徒，我本身就是无耻之徒，但我是爱的无耻之徒。因此，我并不想罢手。

"不管怎么说，师兄，我还是会杀死你的。"我。

"我不会让你得逞的。再说，就算你杀了师兄，又有何用？"师姐。

"还是卸岭派的师姐说得好。李小南，你杀不了五娃。要杀五娃，也该我们官府来杀。"

这是顾伯的声音。

随着顾伯的现身，我们卸岭派三人被一群人围了起来，街巷、墙头、房顶，到处都是。这群人手持雪亮兵器，打着青纱大包头，身穿红哔叽镶青绒云头宽边号衣，大腿两边各飘一片战裙——他们是全副武装的捕快。

"这么说，从山泉寨下山一直跟着我的，不是蒙人，而是顾伯你了。"我。

"是啊。不仅下山后，上山前，哦不，从你一到省城，我就跟上你了，你应该晓得的。"顾伯。

"狗官！"我。

"顾伯，我为你小子平反昭雪了，你应谢我才是呀。哦，当然，我更该谢谢你这个忘年交，没有你的执着跟踪，我们咋能抓到犯了命案、逍遥在外的真凶呢？人犯五娃，跟我们走吧。"

顾伯拈须微笑，一对老眼单顾师兄，并不看好看的师姐。看来，顾伯并不知道劫法场的是师兄师姐。

师兄望着我，沉沉说道："师弟，师姐就交你照料了。"说罢，他一掌拍在自己胸膛上。随着一记闷声闷气的骨碎肉响，师兄深情望着师姐，血从嘴中涌了出来。师姐拉着师兄的手，扑在他身上，为他擦着嘴边的血。师姐回头一笑，嘱咐我道："师弟，我们夫妇去了，为我们砌座坟吧。师姐这一辈子就求你这一回，你不答应？师姐要看见你点头答应才能闭眼。"

师姐的胸上插着一把短刀；师姐的手，握着刀柄。我扑向师姐。

我要点头的，但还没来得及点，师兄师姐就双双瞌上了眼皮。雨下着，谁也不能看不见我的脸上有泪无泪，鬼也不能。

"滚，滚！"顾伯被我吼走了。顾伯一走，雨中就只剩下一个活人和两个死人。暗处的三蒙人这时偷袭我应该可以得手，但他们转身走了。

"除了鬼自己，鬼没有什么不能的，也没有什么能的。"这话是顾伯、大爷说过的，还是我说过的，记不清白，也无用了。

21

已在师兄师姐的墓室中枯坐百年了。

是老佛爷死后三年多，即辛亥年间钻进的墓室。

人世，我有百变的脸，现在，我只有一张脸——爹妈给的那张。

把师兄师姐安葬后，在鬼市与人世间游荡、逗留了三年。那三年，我满腹心事。那三年，我让自己拼命做事，拼命不想，偏偏是，拼着命在想。后来，我就想着去了墓室——那三年，我一直躲着这墓室的。为师兄师姐做墓的是我，在师兄师姐的墓上开盗口的是我。我钻进墓室后，封了盗口。我把人世间所有的脏关在了墓室外，随身只带着那本祖师爷在花葶山顶赠我的秘籍——想不到这册秘籍的无穷妙用更适合在密不透风的墓室展开。三人墓至今完好无损；这只能是盗墓贼才有的本事；盗墓贼守的墓室，还怕盗墓贼盗吗，蒙人也不能。在这座三人墓中，我是随葬品、殉葬者、守墓人，或者是墓主之一？这些都不重要了。

去墓室，就是为了拼命地想，偏偏是，反而不想了。

就这样枯坐着，靠着师兄师姐的棺椁，蛮好。

2012年3月15日—5月27日初稿

2012—5—30二稿，2012—8—23三稿

创作谈两则（代后记）

一首诗歌的小说路线
——中篇小说《总统套房》创作谈

中篇小说《总统套房》的出笼，得益于我的一首诗歌旧作《经过装修工地》（原载《诗刊》1999年第8期）。而这首诗歌的出笼，又得益于我置身多年的装修生活。

1993年至2000年的七年间，我在航天系统一家国有独资公司任经理，公司的主业之一就是装修。正是这段经历，使我对装修这个行业，以及这个行业中的工人、工头、老板、工种、材料、机具、流程、技术、房宅、运作、三角债等，熟悉得不能再熟悉，就像熟悉母亲的气息与自己的掌纹。

因为熟悉，感到了深刻。因为深刻而难受，因为难受需要出口和表达。这样，就以一首诗歌的形式，写出了我的装修。

诗歌的生成，让我终于透了一口气。但是，随着时间的强行介入，我不能不感到时间的深刻——时间在装修一词上积累的尺度与重量，让诗歌不堪重负。

在成诗十四年后，我决定把这首25行的诗歌，写成小说，一个可堪比诗歌承载更多丑恶、悲剧、血腥、良善和复杂人性的小说。

我看见一群装修工人，其中一个
是我乡下的兄弟。他们挥汗如雨
他们要赶在大雪前面
赶在过年前面，为这座宅子，宅子的主人
打制并穿上内衣，崭新，豪华的内衣

想象宅主穿着这件内衣
在内衣中走来走去的样子
想象宅主与他的老婆或别人的老婆
在内衣里的一些动作。那些装修工人
还有我的乡下兄弟，不知有没有类似的想象

  小说还没写，小说中的人物，已经在十四年前的旧诗中走动
起来，他们嘭嘭的脚步声，把我踩得心惊肉跳。现在，我只消把诗
中的"宅子"变成"总统套房"，"乡下的兄弟"变成"财哥"，
"宅主"变成"局长"，"别人的老婆"变成"丁老师"；把绑架
在时间战车上的因浮躁、生存、金钱、寂寞、拆迁、贪腐、网络等
变异出的世间怪相，纽结绞扣在小说人物的头脑和肢体上；一首诗
歌，就延宕成了小说。从后来的结果看，事实上也是这样的。
  真是得了诗歌的便宜！不仅题材是诗歌给的，连诗歌的情
绪、吊诡、节制、审慎以及想象的向度，也一并给了小说。或
许，正是这一缘由，《西部》杂志用"西部头题·诗人小说"对
其进行了刊发，随即又入了《中篇小说选刊》的法眼。
  我以为，正是诗歌的灵感冲袭与智力帮助，让这个小说出了
一点新，而正是这点新，让这个小说有了一点阅读价值和存在的

那么一点理由。对了，好看、出新、寻找一块精神飞地，是我的
小说主张。《总统套房》应该是这个主张的落地。

嘿嘿，自夸了，莫骂哈。创作谈就是自夸，规定动作，莫法。

真理就是阴差阳错
——《时刻准备打仗》《鸡公车进城》创作谈

钓鱼岛挺让人闹心的，直想闭了眼捂了耳躲得远远的才是，
但事实上却是一刻也离不开电视画面了。正是在这样的思与行被
分裂得更加紧密的时候，我看见了央视播的一条消息。消息说，
国家已出台一个政策，按照这个政策，私营业主可申报成立兵工
厂，生产兵器，当军火商。

看了这则电视消息的后果是，脑子里的画面像鸽儿一样飞个
不停。我看见20世纪60年代中期，战争风云在我国边境弥漫，看
见毛主席蹙着眉头拼命吸烟，看见一群又一群人呈千军万马之势
从北京、上海等一线大城市走出，走到川、陕、甘等三线地区，
秘密地建起了一座又一座研制航天、核工、兵器等产品的工厂、
基地。到了80年代末90年代初，这些工厂、基地刚刚完成竣工验
收准备投产时，我看见它们又开始了大规模下马并调迁到大中城
市之旅，看见广袤的三线地区到处都是风吹草低见牛羊的"中国
空城"，因为国际形势已貌似百年无仗可打。

现在，二十多年过去，国家又开始走强军之路了，并以改革

287

的姿态大力度鼓励民营企业进军国防工业。一板一眼循规蹈矩的时间，开出的总是阴差阳错的大玩笑。此一时彼一时，时间的这个皮囊何其大，它可以装下一切的，包括国际玩笑。

我看见的画面里还有形单影只的我自己，阴差阳错地我在大山中一家航天基地闷声不响干过二十三年。

想到这里，已经觉得有些意思了，于是开始考虑写不写个小说的问题。这一考虑就考虑了一两个月。这天，我自觉不自觉地在百度上搜央视那则消息，奇怪的是，竟不能搜出。我一下感到了吊诡和虚妄。我一下决定写了。十天后，《时刻准备打仗》出笼。

《鸡公车进城》同样是阴差阳错的产物。我所在的龙泉驿，曾经鸡公车遍地，后来，汽车越来越多，鸡公车越来越少。到龙泉驿建了"成都国际汽车城"，又待建"汽车博物馆"时，城镇化过程中家家弃之如敝屣的古旧鸡公车竟阴差阳错地成了俏货。

既然把两个小说放到一块说，总得说点共同点吧。除了两个小说都是阴差阳错的产物，还有一点，它俩都是历史与现实的对话，都是笑不出声哭不带响的荒诞与疼痛。

接《青年作家》电话，嘱我写个创作谈。把这俩小玩意儿放在"影视元"栏目中，我没想到。内里有影视元素吗？如果说有，恐怕就是有些画面感色彩感，并且故事主题明了简单人物集中罢。仅此而已，我想。（发表时放在"专题·高地"栏）

小说是阴差阳错，生活是阴差阳错，真理又何尝不是阴差阳错？我为真理而写作，写出阴差阳错；我为阴差阳错而写作，写出真理。这么囧，不会吧？

（原载《青年作家》2013年第九期"专题·高地·凸凹小说选"专栏）